Christian Herrnleben

DoppelDecker

Christian Herrnleben

DoppelDecker

Kriminal-Roman

Bibliografische Information der Deutschen Nationalbibliothek:
Die Deutsche Nationalbibliothek verzeichnet diese Publikation
in der Deutschen Nationalbibliografie; detaillierte bibliografische Daten sind im Internet über www.dnb.de abrufbar.

Christian Herrnleben, ›DoppelDecker‹
© 2016 Ganymed Edition (www.ganymed-edition.de)
Alle Rechte vorbehalten
Titelabbildung: Bernd Rother, Hemmingen
Gestaltung und Verlag: Ganymed Edition, Hemmingen
ISBN 978-3-946223-17-7

Printed in Germany

Danksagung

Mein besonderer Dank geht an unsere Hündin Pearl. Während die gesamte Familie die Stirn in Falten legte, als ich voller Euphorie von meiner Buch-Idee erzählte, verlor Pearl nie den Glauben an mich. Als das erste Kapitel fertig war, las ich ihr, aus meiner Gartenliege heraus, die ersten Seiten vor. Da kroch sie aus dem schattigen Blumenbeet, kam ganz nah an meine Seite, schaute mich aufmunternd an und sagte: »Wau.«
Vielleicht täusche ich mich auch, aber offensichtlich fand sie Gefallen an dem Text. Dieses Erlebnis hat mich ermuntert, weiter zu machen ...

Prolog

»Was willst du eigentlich mal werden?«

Vater und Mutter nervten. Jeden Tag die gleiche Fragerei. Als wenn es sonst nix gäbe. Ihre Eltern waren der blanke Horror.

»Was willst du eigentlich mal werden?«

Keine Ahnung hatte sie von dem, was sie mal werden wollte. Model vielleicht. Oder Stewardess. Irgendetwas von dem, was alle Mädchen in ihrem Alter werden wollten. Aber eine genaue Vorstellung? Fehlanzeige. Das, was sie schlussendlich wurde, bekamen ihre Eltern gar nicht mehr mit. War wohl auch besser so. Was sie heute machte, war kein anständiger Beruf.

Sie war kein Model.

Sie war keine Stewardess.

»Du musst in deinem Leben etwas auf die Beine stellen.« Was sie genau machen sollte, wusste ihr Vater auch nicht. Nur, dass sie etwas auf die Beine stellen sollte. Hatte sie sich deswegen für ihren Weg entschieden? Nur um ihrem Vater im Nachhinein eins auszuwischen?

Sie stellte nichts auf die Beine. Ganz im Gegenteil.

Sie holte etwas von den Beinen.

Menschen.

Immer wieder mal.

Gegen Geld.

Meistens brauchte sie nur einen Schuss, einen Versuch, einen ›Move‹, wie man in ihrem Alter gern sagte.

Manchmal auch zwei ...

Erster Teil

1

»... und darum möchte ich Sie alle bitten, sich von Ihren Plätzen zu erheben, für ein letztes Gebet zum Gedenken an meinen Vater, unser Gemeindemitglied Alfons Decker ...«

Beim Leichenschmaus im Gasthof ›Oma Biermann‹, im kleinen Städtchen Hemmingen, hatte Pastor Dirk Decker eine wahrlich undankbare Aufgabe zu erfüllen. Vor einer guten Stunde musste er seinen eigenen Vater zu Grabe tragen. Nun war er dabei, die Trauerfeier mit einem letzten Tischgebet zu beenden.

Es waren an die hundert Leute bei der Beerdigung gewesen. Sie hatten gar nicht alle in die Kapelle gepasst. Deckers Trauerpredigt wurde durch zwei krächzende Lautsprecher auf den Vorplatz übertragen. Dort standen gut und gern dreißig weitere Trauergäste.

Dirk Decker hatte die Totenmesse so zelebriert, wie er das bei allen seinen Gemeindemitgliedern getan hätte. Zuerst wurde gemeinsam gebetet und gesungen. Dann hatte er das Leben seines Vaters in wundervollen Worten, treffend und präzise, wiedergegeben. Er sah in den Augen seiner Gemeinde, dass er die richtigen gewählt hatte. Danach waren die Anwesenden in einem bewegenden Trauerzug über den halben Friedhof zu der bereits hergerichteten Grabstelle gezogen, um seinen Vater in stiller Andacht zu versenken.

Burghard Otto, ein alter Jugendfreund seines Vaters, hatte am offenen Grab sichtlich gerührt über die gemeinsame Schulzeit gesprochen. Ein einsamer Bläser des örtlichen Musikzuges hatte ein letztes Halali geblasen und so der Beisetzung Alfons Deckers einen würdevollen Rahmen gegeben. Nun stand der Sohn des Verblichenen an der gedeckten Tafel, die Hände zum Gebet gefaltet, und forderte die Anwesenden auf, es ihm gleichzutun.

»... und deshalb möchte ich Sie bitten, noch einmal kurz innezuhalten und mit mir gemeinsam das Gebet des Herrn zu sprechen ...«

Mehrere Seiten des schwarzen Kondolenzbuches waren beschrieben. Viele Menschen waren gekommen, die Dirk Decker seit Jahren nicht mehr gesehen hatte. Der alte Apotheker aus dem Nachbardorf war da, bei dem sie früher Vaters Medikamente geholt hatten. Den Vorsitzenden des Tennisvereins, dem Vater auf seine alten Tage noch beigetreten war, hatte Dirk gesehen. Auch Frau Schlüter, Vaters langjährige Aufwartungsfrau war erschienen. Alle hatten sie sich in das Kondolenzbuch eingetragen.

Auch Martin Decker, der Bruder des Pastors.

Dirk hatte zu seinem Bruder seit über zehn Jahren keinen Kontakt mehr gehabt. Aber das musste warten. Er wollte Martin nach dem Leichenschmaus zur Rede stellen. Dann wollte er ihn fragen, wo er gewesen war in all den Jahren. Was er sich dabei bloß gedacht hatte, seine Familie einfach zu verlassen, und wie er seinen Lebenswandel rechtfertigen wollte, in den Augen des Herrn.

Dirk Decker hatte gewartet, bis die Suppe auf dem Tisch stand. Klare niedersächsische Hochzeitssuppe. Mit kleinen Markklößchen. Vaters Lieblingssuppe. Dann hatte er mit dem Löffel kurz, aber gut hörbar, gegen seinen Teller geschlagen und war aufgestanden, um das letzte Gebet des heutigen Tages zu sprechen.

»Vater unser im Himmel ...«

Weiter kam der Pastor nicht. Der Knall war völlig irreal. Das Klirren der Scheibe passte so gar nicht in die Ruhe des Augenblicks.

Es war Frau Cramer, eine langjährige Nachbarin des heute zu Grabe Getragenen, die als erste das kreisrunde Einschussloch zwischen Pastor Deckers rehbraunem Augenpaar bemerkte. Während alle um ihn herum stocksteif und mit gefalteten Händen stramm standen, sackte Dirk Decker wie ein Stein zurück auf seinen gut gepolsterten Stuhl. Für Sekundenbruchteile saß er kerzengerade, um dann kopfüber in den vor ihm stehenden Suppenteller zu kippen.

Wäre er so in dem leicht gewölbten Teller gelandet, dass sich ein Markklößchen in die Wunde gebohrt hätte, wäre die Blutung möglicherweise noch zu stoppen gewesen.

Aber so war es nicht.

Ein Großteil der Anwesenden realisierte erst in dem Moment, dass Pastor Dirk Decker seinem Vater ins Reich des Herrn gefolgt war, als die stark blutende Wunde begann, seine klare niedersächsische Hochzeitssuppe derart zu verfärben, dass man meinen konnte, er hätte sich als einziger Tomatensuppe bestellt.

Hatte er aber nicht.

Er hatte auch Vaters Lieblingssuppe essen wollen.

Aber dazu kam er nicht mehr.

Er kam auch nicht mehr zum Beten.

Das mussten jetzt andere für ihn tun.

2

Marcus Knölke, Heimleiter des örtlichen Seniorenheims, hatte Dirk Decker vor gut zwei Wochen die traurige Nachricht vom Tode seines Vaters übermittelt. Per Telefon. Nicht gerade übermäßig taktvoll. Aber Marcus Knölke war ja auch Heimleiter und kein Seelsorger. Geschweige denn Pastor.

»Guten Tag, Herr Pastor. Knölke am Apparat. Ich habe eine traurige Nachricht für Sie ...«

Der Heimleiter hätte gar nicht weitersprechen müssen. Zum einen machte Dirk sich ohnehin schon lange nichts mehr vor, die Tage seines Vaters waren gezählt. Zum anderen hatte der gute Herr Knölke einen so gekünstelt traurigen Ton angeschlagen, dass Dirk schon nach den ersten drei Worten Bescheid wusste.

»Es kam alles so überraschend. Schwester Bärbel wollte ihm sein Mittagessen bringen, da war er schon merklich abgekühlt.«

Wie gesagt, nicht besonders taktvoll. Aber klare Botschaften brauchen kein Taktgefühl.

Dirk Decker verbrachte viel Zeit im Seniorenheim. Dort befand sich quasi eine Art Außenstelle seiner Pfarrei. Die Menschen im Heim brauchten ihn. Es gab so viele vereinsamte Seelen zu betreuen, so viele Geschichten aus den guten alten Zeiten anzuhören, so viele Herzen zu erfreuen ...

Oftmals war er vier, manchmal sogar fünf Tage in der Woche vor Ort. Einfach nur, um da zu sein. Um Hände zu halten, gemeinsam zu beten, zu trösten und mit Angehörigen zu sprechen. Aber eben auch, um seinen eigenen alten Vater zu besuchen. Um ihm nah zu sein und über die Zeiten zu sprechen, in denen sie eine ganz normale Familie gewesen waren. Mutter, Vater, sein Bruder Martin und er.

Trotzdem wusste Dirk nach dem Anruf des Heimleiters zunächst gar nicht, was er machen sollte. Bei Todesfällen in seiner Gemeinde war er natürlich immer sofort zur Stelle und hatte eine gewisse Routine darin entwickelt, tröstende Worte zu spenden, den Trauernden helfend zur Seite zu stehen.

Aber einen Todesfall in der eigenen Familie hatte er noch nie zu organisieren. Pastor Dirk Decker stand plötzlich auf der anderen Seite, war direkt betroffen. Er war der, den es zu trösten galt. Er war der, der Unterstützung brauchte. Er war der, über dem alles einzustürzen drohte.

Seine Unsicherheit dauerte jedoch nicht lange. Nach einem Tag wusste Pastor Dirk Decker ganz genau, was er zu tun hatte. Er musste die Beerdigung organisieren wie immer, die Trauerfeierlichkeiten vorbereiten, ein Lokal für den Leichenschmaus anmieten und die Trauerkarten verschicken. Doch beim Durchgehen der Liste mit den Namen derer, denen er eine Trauerkarte zusenden wollte, verkrampfte sich alles in ihm. Genau in dem Moment, in dem er die Adresse seines Bruders auf den schwarz umrandeten Umschlag schreiben wollte, kam all das wieder in ihm hoch, was er seit Jahren mit stoischer Geduld unterdrückt hatte.

Sein Bruder. Martin Decker. Das schwarze Schaf der Familie. Das pechschwarze Schaf.

***

Dirk Decker wusste nicht mehr genau, wann es passierte. Er mochte zehn oder elf Jahre alt gewesen sein, als ihm das erste Mal auffiel, was bei ihm anders war als bei seinem Bruder. Es gab Streit mit einem Nachbarjungen. Mark oder Maik, den Namen wusste er gar nicht mehr so genau. Auch, um was es damals ging, war ihm entfallen. Er wusste nur noch, dass er schlichten wollte. Er ging mit erhobenen Armen auf den Jungen zu und wollte ihn beruhigen.

Plötzlich schubste ihn sein Bruder zur Seite. Martin packte den Nachbarjungen und schickte ihn mit einem einzigen Fausthieb auf die Bretter. Ein einziger Schlag. Kawumm, da lag der Nachbarjunge flach auf dem Asphalt des Wendehammers in der kleinen Nebenstraße, wo sie immer Fußball spielten.

»So macht man das.« Martin sagte das mit einem Grinsen im Gesicht, dass es Dirk kalt den Rücken herunter lief. »Und den zur Sicherheit«, schob Martin noch lachend hinterher, als er dem am Boden Liegenden den finalen Fußtritt verpasste. »Hast du gut zugeschaut, kleiner Bruder? Der Scheißer kommt uns nicht mehr blöd ...«

Dirk war fassungslos über die Brutalität, die Martin an den Tag legte. Fassungslos darüber, wie man ohne erkennbaren Grund so gewaltsam vorgehen konnte. Er bekam Angst vor seinem eigenen Bruder. Er fühlte sich unwohl in dessen Nähe.

Martins Brutalität nahm ein beängstigendes Ausmaß an. Er lernte schnell. Kein gesprochenes Wort hatte die Wirkung eines blitzschnellen Aufwärtshakens. Ein gezielter Tritt in einen gegnerischen Unterleib zeigte mehr Nachhaltigkeit als jede beschwichtigende Geste.

Martin mutierte zum Einzelgänger.
Martin mutierte zum Gewalttäter.
Martin mutierte zum Monster.

Zwei, drei Jahre später hatten sich Dirk und sein Bruder vollkommen auseinandergelebt. Sie sahen sich immer noch so ähnlich. Durch ihre Adern floss immer noch das gleiche Blut. Und dennoch, es gab nicht mehr viel, was die beiden miteinander verband. Sie spielten nicht mehr miteinander, hatten gänzlich unterschiedliche Freundeskreise und saßen nur noch bei familiären Pflichtveranstaltungen wie Weihnachten oder dem siebzigsten Geburtstag von Oma Christa an einem Tisch.

Ein weiteres Jahr später wurde Dirk Messdiener. Martin zog mit seiner ›Zündapp-Gang‹ über die Dörfer, suchte und provozierte Streit, wo er nur konnte. Er trieb seine Eltern an den Rand der Verzweiflung. Oftmals auch darüber hinaus.

Am achtzehnten Geburtstag, also vor knapp einundzwanzig Jahren, kroch Dirk frühmorgens aus den Federn. Er freute sich über seine Volljährigkeit und die anstehende Geburtstagsfeier.

Sein Bruder war bereits einige Stunden vor ihm aufgestanden, hatte seine sieben Sachen gepackt, einen Zettel mit den Worten ›Ihr könnt mich mal.‹ auf den quittegelben Teppich vor die Schlafzimmertür seiner Eltern gelegt und war ohne jegliche Vorwarnung abgehauen.

Seit diesem Tag hatte Dirk seinen Bruder nicht mehr gesehen. Mutter war über die Jahre verstorben. ›Aus Verbitterung‹, wie Vater stets betonte. Zerbrochen am Werdegang des eigenen Sohnes. Zu Mutters Beerdigung hatten sie auf Martins Anwesenheit verzichtet. Das hatte Vater so entschieden. Jetzt aber hatte Dirk allein entscheiden müssen. Und er hatte entschieden. Er wollte versuchen, die Adresse seines Bruders ausfindig zu machen, sie dann selbst auf die Trauerkarte schreiben und ihn so über Vaters Tod in Kenntnis setzen.

Pastor Dirk Decker hatte sich insgeheim zwei Tage dafür gegeben. Länger wollte er seinen Bruder nicht suchen. Es dauerte keine zwei Stunden, da hatte er die entsprechenden Koordinaten ausfindig gemacht. Sein Bruder lebte in Hannover. Keine zehn Autominuten von ihm entfernt.

Seit zwölf Jahren schon.

3

Die Zeit bis zur anstehenden Beerdigung war prall gefüllt mit organisatorischen Dingen. Für Dirk war der Umgang mit dem Tod nichts Ungewöhnliches. Die von ihm zu betreuende Gemeinde war zwar nicht übermäßig groß, aber doch immerhin so stattlich, dass er in regelmäßigen Abständen die Totenmesse zu lesen hatte.

Im letzten Sommer musste er in einer Woche bei sengender Hitze drei Beerdigungen abhalten. Eine am Montag und zwei am Mittwoch, eine vormittags, eine nachmittags. Da kam er sich vor wie ein Schichtarbeiter. Eine Art von Routine begann, das Ruder der Trauerzeremonien zu übernehmen. Eine Routine, die er eigentlich gar nicht zulassen wollte. Aber der Mensch ist ein Gewohnheitstier. Er auch. Routine war es, was ihm half, am Tod seines eigenen Vaters nicht zu zerbrechen.

Im Laufe seiner Dienstjahre hatte sich Dirk viele alltägliche Handgriffe angeeignet, die er nun als nützliche Automatismen abrufen konnte. Die Traueranzeigen waren verschickt und bei ›Oma Biermann‹ waren vorsichtshalber einige Zimmer geblockt. Dirk hatte in Vaters Haus nach dem Rechten gesehen. Er hatte den Kühlschrank ausgeräumt und die verderblichen Sachen entfernt. Danach hatte er die Stube gesaugt, Vaters Bett abgezogen und zwei Töpfe abgewaschen.

Pastor Dirk Decker hatte klar Schiff gemacht. Das war er seinem Vater schuldig. Er achtete peinlichst genau darauf, dass bis zum Zeitpunkt der anstehenden Beerdigung keine Ruhe in sein Leben Einzug hielt. Er war noch nicht bereit, sich seiner Trauer hinzugeben.

Seine Kirchenoberen hatten ihm natürlich angeboten, einen anderen Seelsorger mit der Beerdigung seines Vaters zu beauftragen. Doch Dirk hatte abgelehnt. Er hatte seinem Vater zu Lebzeiten versprochen, ihn nach seinem Tod unter die Erde zu bringen. Und er würde seinen Dienst dabei so verrichten, wie der Herrgott es von ihm erwartete.

Souverän und ohne zu wanken.

Dirk Decker dachte nicht daran, vor den Augen seiner Gemeinde Schwäche zu zeigen.

Er hatte alles organisiert. Die Verwandten waren angereist. Die kleine Kapelle auf dem Hemminger Friedhof war mit Blumen geschmückt und die Kränze, auch der von ihm bestellte, waren vor dem Sarg aufgebaut. Die Trauerzeremonie lief genauso, wie er sie sich vorgestellt hatte. Seine Stimme war fest und hielt. Bald wäre alles überstanden.

Sie hatten sich am offenen Grab gesehen. Ein flüchtiger Blick nur. Er hatte seinen Bruder sofort erkannt, obwohl sich dieser, wie albern eigentlich, mit einem angeklebten Schnurrbart, dunkler Brille und schwarzem Hut mit ausladender Krempe ein Stück weit unkenntlich gemacht hatte. Während die anderen Trauergäste Blumen oder eine Schaufel Erde in das offene Grab warfen, blieb sein Bruder in den hinteren Reihen stehen und verfolgte regungslos die Trauerzeremonie.

Nach der Beerdigung war die gesamte Gemeinde mit gesenkten Häuptern zu ›Oma Biermann‹ abgezogen. Mit jedem Schritt weg vom Friedhof, hin Richtung Gasthaus, hob sich die allgemeine Laune zusehends. Und kurz vor dem Erreichen von ›Oma Biermann‹ konnte man meinen, dass einige der Trauernden schon wieder bester Stimmung waren. Der Mensch an sich ist vergesslich. Da machten die Bürgerinnen und Bürger des kleinen Städtchens Hemmingen keine Ausnahme.

Dirk war sehr verwundert darüber, dass sein Bruder überhaupt zu der Beerdigung erschien. Noch verwunderter war er aber, dass Martin auch den Weg zum Leichenschmaus gefunden hatte. Vielleicht wollte Martin sich aussprechen? Sich wieder mit ihm versöhnen, vereint in der Trauer um den gemeinsamen Vater? Hatte Martin sich geändert? War er ein ›normaler Mensch‹ geworden? Wollte er nun diesen zugegebenermaßen traurigen Anlass dazu nutzen, zu seiner Familie zurückzukehren?

Martin hatte sich in eine Ecke des kleinen Gastraumes gesetzt. Ganz nach hinten. Ans Ende der Tafel. Er fühlte sich nicht wohl in seiner Haut. Bei der Beerdigung hatte er sich absichtlich etwas entfernt vom Grab positioniert. Er wollte kein direktes Zusammentreffen mit seinem Bruder. Martin wollte eigentlich nur einmal seine Gefühle testen. Er wollte wissen, was er empfinden würde, bei der Beerdigung seines eigenen Vaters. Er wollte eigentlich nur wissen, ob er so etwas wie Trauer empfinden konnte.

Und Martin war froh über das Ergebnis. Nichts hatte er empfunden. Gar nichts. Es war ihm egal gewesen. Scheißegal. Der liebe Gott hatte sich bei der Verteilung des Mitgefühls und der Gefühlskälte offensichtlich verhauen, als er die entsprechenden Portionen an die beiden Brüder verteilt hatte. Dirk hatte im Mutterleib offenbar die ganze Ladung Mitgefühl, Verständnis und Nächstenliebe eingeatmet, die eigentlich für sie beide bestimmt gewesen war. Martin hatte im Gegenzug dazu alles an Gefühlskälte, Arroganz und Kaltschnäuzigkeit abgegriffen, was zur Verfügung stand. Wäre noch mehr davon da gewesen, er hätte sich noch mal bedient.

Schon der Tod von Mutter hatte ihn nicht berührt. Der von Vater erst recht nicht. Das war gut. Martin konnte sich in seinem Leben keine Schwächen leisten. Warum er noch mit zum Leichenschmaus gekommen war? Keine Ahnung. Rein intuitiv. Er hatte Hunger, und die Sache war für umsonst.

Bis auf seinen Bruder kannte er keinen in der Runde. Schon möglich, dass die eine oder andere alte Tante oder irgendein tatteriger Onkel anwesend waren. Martin war es schnuppe. Was ihn aber doch ein Stück weit bewegte, war die Ähnlichkeit zwischen seinem Bruder und ihm. Unglaublich. Sie hatten sogar die gleiche Frisur. Und, vom angeklebten Schnurrbart mal abgesehen, sahen sie sich auch heute noch zum Verwechseln ähnlich.

So was von ähnlich. Und genau das dachte Martin in dem Moment, in dem er den Schuss hörte, seinen Bruder auf den Stuhl sacken und von dort aus kopfüber in den Suppenteller kippen sah.

4

Seinem Alten hatte Martin nie etwas recht machen können. Der maß seinen Sohn immer an dem, was er selber meinte, der Welt an Fußstapfen hinterlassen zu müssen.

»Hör zu, mein Junge, eiserne Disziplin, bedingungsloser Gehorsam, Vaterlandsliebe, das sind die Ideale der Deckers.«

Das waren vielleicht die Ideale, denen sein Vater nachhing. Seine waren es nicht. Es kotzte Martin an, sich das Gerede seines Alten wieder und wieder anhören zu müssen. Das elende Geschwafel über Zucht und Ordnung. Das nicht endenwollende Geseire über Moral und Ethik.

»Deutschland, das Land der Dichter und Denker. Was ist bloß aus unserem Volk geworden?«, philosophierte sein Alter gern beim Abendessen.

Martin konnte den ganzen Schmonsens einfach nicht mehr hören. Und dann noch sein Bruder Dirk, der Sonnenschein in der Familie.

»Ja, Vater. Sicher, Vater. Da hast du völlig recht, Vater. Soll ich dir noch ein Bier aus dem Keller holen, Vater?«

Bier aus dem Keller zu holen brauchte sein schleimender Bruder dann aber meistens doch nicht. Ihr Erzeuger ging lieber einmal quer über die Straße, um sich in seiner Stammkneipe volllaufen und die anderen dort anwesenden Saufkumpane an seinen Moralpredigten teilhaben zu lassen. Und wenn Alfons Decker dann, nicht selten voll wie eine Haubitze, wieder zu Hause angekrochen kam, konnte er oftmals kaum noch stehen.

Manchmal fiel er nur noch ins Bett und sackte weg. Das ein oder andere Mal aber hatte er noch genügend Power, um Martin am Schlafittchen zu packen und ihn dann völlig grundlos windelweich zu prügeln. Doch Martin wurde mit der Zeit immer schneller. Er verstand es immer besser, seinem Vater aus dem Weg zu gehen.

Das war gut für Martin. Aber schlecht für seine Mutter.

Die Aggressionen Alfons Deckers mussten einfach raus. Der ganze Frust über sein monotones, kleinkariertes, beschissenes Beamtenleben.

Das war wie beim Schlussverkauf.

Alles musste raus.

***

Martin war schon in jungen Jahren in etwas sonderbare Kreise geraten. Genaugenommen waren es exakt die Kreise, über die sich sein Alter immer so aufgeregt hatte. Martin hatte Zuflucht bei den vermeintlich ›falschen Freunden‹ gesucht. Und gefunden. Abends war er oft stundenlang und völlig planlos durch die Gegend gestreunt. Er landete schließlich in einem Milieu, in dem der Konsum von Drogen, auch von harten, einfach dazugehörte.

Es dauerte nicht lange und er war umgeben von Junkies der übelsten Sorte. Doch Martin selbst nahm keine Drogen. Egal ob Gras oder Koks. Egal ob Tabletten oder Heroin. Das Zeug interessierte ihn nicht. Zumindest nicht im klassischen Sinn. Er hatte trotz seiner Jugend schon zu viele eingefallene, aschfahle Gesichter gesehen. Kaputte Zombies, die Anfang Zwanzig schon aussahen wie Ende Siebzig.

Was Martin an der Szene faszinierte, war etwas völlig anderes. Er interessierte sich für die wirtschaftliche Seite. Er registrierte sehr schnell: Der Verbraucher war bereit, einen deutlich höheren als den eigentlichen Einkaufspreis zu zahlen. So etwas nannte man dann wohl eine ordentliche Gewinnspanne.

In der Schule war Martin in Mathe nicht wirklich gut. Aber selbst ein so mittelmäßiger Rechner, wie er einer war, bemerkte sehr schnell, dass hier eine Menge Kohle über den Tisch ging. Und dass innerhalb des Verteilerweges vermutlich der ein oder andere gut dotierte Job zu vergeben war. Wenn Martin nun in Mathe schon nur mittelmäßig war, dann war er in Werte und Normen eine völlige Null.

Soll nicht heißen, dass er über keine Werte und Normen verfügte. Sie waren halt nur anders als bei anderen Menschen.

Martins Werte hießen: Kohle, Geld, Zaster.

Seine Normen: Zielstrebigkeit, Rücksichtslosigkeit, Reichtum.

Dass andere Menschen dabei elend ins Gras bissen, interessierte ihn nicht sonderlich. Er empfand es als ein notwendiges Übel. Als Kollateralschaden. Für ihn war es eine perfekte ›win-win‹-Situation. Allerdings mit zweimal ›win‹ auf seiner Seite.

Wenn Martin sich erst einmal so richtig für eine Sache zu interessieren begann, dann war er in seinem Tatendrang kaum zu bremsen. Wie damals, als er mitbekommen hatte, dass man Fröschen einen Strohhalm hinten hineinschieben konnte, um sie dann so lange aufzublasen, bis sie platzten.

Also begann Martin sich auf den Weg zu machen, um erste Einblicke in die dunklen Strukturen der gemeinen Dealer-Drogen-Unterwelt zu gewinnen. Martin lernte auf seinem Selbstfindungskurs, quer durch das Steintorviertel Hannovers, die windigsten Typen kennen. Kleine Kuriere, oftmals zugedröhnt bis unter die Hutschnur, die durch die Innenstadt eierten, nur um irgendwelchen noch ärmeren Schweinen ein mit einer Dosis Heroin gefülltes Stanniolkügelchen anzudrehen. Mittelsmänner, die schon alleine dadurch gut verdienten, dass sie Vertriebswege herstellten oder diese einfach nur am Laufen hielten. Und

Strippenzieher, die Strippen zogen, dass einem angst und bange werden konnte.

Die Strukturen, die Martin dabei zu erkennen glaubte, gefielen ihm. Es gab da eine klare Hackordnung. Klar definierte Aufgabenstellungen und eine deutlich erkennbare Systematik.

Und dann kam der Tag, an dem Martin einen großgewachsenen Mann mit weißem Rauschebart kennenlernte. Einen Mann, den alle nur unter dem Namen Kater Karlo kannten, der mit richtigem Namen aber mit Sicherheit nicht Kater Karlo hieß.

Der Mann mit dem Rauschebart war zu dieser Zeit der unangefochtene Chef der hannoverschen Drogen-Szene und der erste, der Martins Talent erkannte.

Die beiden konnten sich gut leiden.

Kater Karlo wusste viel und Martin wollte viel wissen.

Der alte Mann erzählte und Martin hörte zu. Auch irgendwie eine ›win-win‹-Situation. Aber dieses Mal für beide. Und erfrischend generationsübergreifend. Kater Karlo begann Martin mit kleinen Aufträgen zu versorgen und hatte nach gar nicht allzu langer Zeit einen regelrechten Narren an ihm gefressen.

Die zwei verstanden sich prächtig. Der alte Mann mit Rauschebart war so viel anders als Martins Erzeuger. All das, was Martin bei seinem richtigen Vater nie gefunden hatte, bekam er von ihm: Verständnis, Vertrauen, Anerkennung. Richtig dicke Anerkennung, wenn er seine Botengänge und sonstigen kleinen Aufträge gut machte.

Kater Karlo wurde mit der Zeit so etwas wie ein Ziehvater für Martin, schwafelte nicht viel herum und war großzügig in der Bezahlung. Manchmal so großzügig, dass Martin feuchte Augen bekam.

Es gab viele in der Drogenszene, die sich einen schnellen Euro verdienen wollten. Die meisten von ihnen waren jedoch Eintagsfliegen, selber Konsumenten und somit anfällig für allerlei Grätschen der Konkurrenz. Martin war da anders.

Kater Karlo gab ihm eine Aufgabe, Martin erfüllte sie. Kater Karlo gab ihm eine größere Aufgabe. Martin erfüllte auch diese. Eines Tages gab ihm Kater Karlo eine richtig große Aufgabe. Zwei Kilo Koks von Amsterdam nach Hannover. Ganz alleine und ohne die Erfahrung eines langjährigen Grenzgängers. Martin war damals bereits mittags, einen halben Tag früher als von Kater Karlo errechnet, mit der gewünschten Ware wieder in den Heimathafen eingelaufen. Das hatte dem alten Rauschebart imponiert. Und so nahm er Martin auf seine ureigene, väterliche Art und Weise zur Seite und nutzte den Rest des Tages dazu, ihn in all die kleinen Geheimnisse einzuweihen, die man draufhaben musste, wenn man etwas werden wollte in der Szene.

Und Martin wollte.

An einem sonnigen Freitagabend, vor etwas mehr als zwanzig Jahren, war es dann so weit. Kater Karlo goss sich und seinem designierten Nachfolger einen doppelten Cognac ein. Dann schaute er Martin prüfend an und begann zu sprechen.

»Zunächst einmal brauchst du einen Decknamen, mein Junge. Wenn du in unserer Branche was werden willst, dann hat dein richtiger Name hier nichts verloren. Falls man dich abhört. Falls dich einer verpfeift. Oder aber für den Fall, dass du einen verpfeifen willst: Nenne nie deinen richtigen Namen.«

Kater Karlo lächelte still vor sich hin, fuhr sich mit der Hand durch sein Gesicht und setzte eine nachdenkliche Miene auf.

»Den Martin von gestern gibt es nicht mehr. Hast du mich verstanden?«

Martin hatte nicht gleich verstanden, wusste aber, was erwartet wurde.

»Ja. Klar.«

Kater Karlo musterte seinen Zögling eindringlich und begann laut zu lachen.

»Dünn bist du, 'ne richtige Bohnenstange. Ein langes Elend. Wie der Annaturm.«

Seit diesen Tagen hieß Martin Decker ›Annaturm‹. Benannt nach einem Turm auf dem Kamm des Deisters, einem kleinen Bergzug südwestlich von Hannover. Vielleicht kein so origineller Deckname wie andere einen hatten, aber Martin gefiel er.

Es dauerte nicht lange, da stieg Annaturm auf in der Hierarchie des Clans. Die ersten Dealer-Erfahrungen hatte er bereits vorzuweisen. Weitere Erfolge stellten sich ein. Die Szene registrierte sehr wohl, dass ein gewisser Annaturm eine ganz beträchtliche Ernte einfuhr. Eine ungewöhnlich ertragreiche Ernte, für einen so jungen Bengel.

Die Szene zollte ihm Respekt. Bald wurden Martins Aufgaben anspruchsvoller. Eindrucksvolle Ladungen Koks schaufelte er von A nach B. Er machte Umsatz wie ein Großer. Seine Provisionen konnten sich sehen lassen. Martin stieg langsam aber stetig auf. Es begann die Zeit, da war Ruhe im Karton, wenn Annaturm um die Ecke bog.

Martin mauserte sich vom Kurier zum Strippenzieher. Bald darauf vom Strippenzieher zum Organisator. Und zu guter Letzt, immer unter den Augen seines strengen, aber gerechten Ziehvaters, vom Organisator zum Planer. Zu einem der Macher des Clans.

Martin stieg in die Führungsetage auf und es kam der Tag, an dem ihm Kater Karlo völlig überraschend mitteilte, dass es in seinem Laden nicht viel höher ginge.

Da wäre nur noch einer über ihm. Er selber.

Und dieser Tag sollte der entscheidendste und prägendste Tag in Martins Leben werden. Sein großer Lehrmeister, sein Ziehvater, der einzige Mensch, der ihm je etwas bedeutet hatte, machte sich bereit, Martin die Schlüssel der hannoverschen Drogen-Szene in die Hände zu drücken.

Martin war sich bis heute nicht sicher, ob da eine Träne im Auge Kater Karlos war, als dieser ihm den Arm auf die Schulter legte und zu sprechen begann.

»Mach es gut, mein Junge. Pass gut auf dich auf und vergiss nicht, rechtzeitig den Absprung zu schaffen. In unserer Branche wird man nicht alt, wenn man den Bogen überspannt.«

Das war alles. Mehr hatte Kater Karlo nicht zu ihm gesagt. Danach war er aufgestanden und aus Martins Leben verschwunden.

Sein Alter hatte ihn in seiner Kindheit mit so vielen unbedeutenden Phrasen zugemüllt, dass er noch heute, Jahrzehnte später, das große Kotzen bekam, wenn er darüber nachdachte. Aber die Botschaft dieser beiden einfachen Sätze seines Ziehvaters vergaß er niemals. ›Mach es gut mein Junge. Pass gut auf dich auf und vergiss nicht, rechtzeitig den Absprung zu schaffen. In unserer Branche wird man nicht alt, wenn man den Bogen überspannt.‹ Das hatte sich geradezu in seinen Kopf eingebrannt. Davon wollte er sich sein Leben lang leiten lassen.

An diesem Tag wurde Martin zum hannoverschen Drogenbaron. Er hatte sich im Laufe der Jahre hochgebuckelt. Schritt für Schritt. Immer höher auf der Leiter, bis ganz nach oben. Nun war er also angekommen. Seit diesem Tag wurde in der niedersächsischen Landeshauptstadt kein Gramm Koks durch einen gerollten Fünfziger gezogen, das vorher nicht auch Martins Konto gefüttert hatte.

Annaturm war gefürchtet. Bei seinen eigenen Leuten genauso wie bei seinen Gegnern. Er wusste das und war stolz darauf. Respekt, das war es, was er einforderte. Bedingungslosen Respekt. Seine Widersacher waren meistens konkurrierende Dealer-Banden aus dem Umland. Aus Hamburg, Bremen oder Braunschweig. Und alle, selbst die Giftzwillen aus den Niederlanden, alle hatten Respekt vor ihm.

Das war aber nur die halbe Miete. Respekt bei den Gegnern, schön und gut. Aber Respekt bei den eigenen Leuten, Hörigkeit, Unterwürfigkeit, das konnte man mit guten Worten nicht erreichen. Das musste man sich hart erarbeiten.

Es reichte nicht, einem Drogenkurier, der bei einer Lieferung das eine oder andere Gramm für sich abgezweigt hatte, die Jacke vollzuhauen. So eine Tracht Prügel war schnell wieder vergessen. Martin schnitt so einer Schmeißfliege lieber einen Finger ab. Am Anfang der Karriereleiter noch persönlich, später ließ er schneiden. Das war nicht so schnell wieder vergessen. So etwas sprach sich herum.

Seine Kuriere wussten das. Beim Drogenkurier verhielt es sich ähnlich wie beim Boxer. Das ›Wiegen‹ war wichtig. Beim Boxer und beim Kurier musste das Gewicht vor dem Kampf stimmen. Beim Kurier aber auch danach.

Seit den Tagen, in denen er das Fingerabschneiden eingeführt hatte, gab es nur noch ein einziges Mal Unstimmigkeiten beim Wiegen. Ein besonders ängstlicher Kurier hatte es fertig gebracht, mit zweieinhalb Kilo bestem schwarzen Afghanen in Amsterdam zu starten und mit knapp drei Kilogramm in Hannover anzukommen. Der hatte vor lauter Schiss um seine Gliedmaßen vorsichtshalber noch ein knappes Pfund draufgepackt. Vom eigenen Taschengeld bezahlt. Das war in Ordnung. Damit konnte Annaturm leben.

Vom Tellerwäscher zum Millionär war im Kino. Vom minderjährigen Kurier bis zum Millionär war seine Realität.

Zugegebenermaßen eine ziemlich brutale Realität.

Aber das war sein Leben.

Ein geiles Leben.

5

Eine gute Woche vor dem gewaltsamen Tod seines Vaters hatte Annaturm ein Treffen mit dem Clan-Chef der Hamburger Konkurrenz, mit Einauge. Dessen Büro befand sich in einer unscheinbaren Wohnung an einer unscheinbaren Straße in einem unscheinbaren Stadtteil Hamburgs. Die abgedunkelte Bude war Einauges Hauptquartier. Draußen am Klingelschild stand Müller. Wahnsinnig originell.

Annaturm kannte Einauge schon seit einer gefühlten Ewigkeit. Früher hieß er noch Adlerauge. Das war, bevor er bei einer Schießerei mit einer Hamburger Kiezgröße sein rechtes Auge verlor. Rausgeschossen. So etwas konnte passieren. Pech gehabt. Adlerauge war ein gutes Jahr aus dem Verkehr gezogen, bevor er die Tür zur Drogenszene wieder auftrat, um seine Karriere unter seinem neuen Pseudonym fortzusetzen.

Einauges erste Tat konnte man am nächsten Tag im ›Hamburger Abendblatt‹ bestaunen. Es wurde eine Kiezgröße gefunden. Unten am Hafen. Tot. Man hatte ihr das Fell über die Ohren gezogen. Also nicht nur redensartlich. Es war ein sehr anschaulicher Bericht. Mit Foto. Allerdings von der Seite. Adlerauge war gestern. Einauge war heute. Die Nachricht war in ganz Hamburg angekommen.

»Hör mir zu, Annaturm.« Einauge zog an einer dicken Zigarre und pustete den Rauch in kleinen Ringen genüsslich in den Raum. »Ich habe zwei Nachrichten für dich. Eine Gute und eine Schlechte. Welche willst du zuerst hören?«

»Rede nicht 'rum, sag, was du willst.«

Martin war nicht nach schwafeln. Er hatte Hunger. Außerdem hasste er dieses Chicago-Gehabe, von wegen dicker Zigarre und so. Einauge paffte weiter. Ihn schien die Geschichte zu amüsieren. Die Tür ging auf und ein großer, grobschlächtiger Mann trat ein. Kurze schwarze Haare. Tendenziell ungepflegt. Typ gut bezahlter Bodyguard. Einauge rauchte seine Zigarre nicht, er liebkoste sie geradezu.

»Entschuldige bitte, Annaturm. Ich habe zu unserem Treffen eine junge dynamische Nachwuchskraft dazu gebeten. Drei Augen sehen mehr als eins.«

Einauge war der festen Überzeugung, einen sehr gelungenen Scherz gemacht zu haben, klopfte sich vor Lachen auf seine Schenkel und hustete laut in den Raum.

»Seit wann brauchst du Verstärkung?« Martin sah Einauge fragend an. »Früher haben wir das, was wir zu besprechen hatten, ohne Gorilla geklärt.«

Der Gorilla brummte verärgert und machte einen Schritt Richtung Martin. Dieser schob die rechte Hand in seine Manteltasche und zielte mit einer imaginären Pistole halbhoch, zwischen die Oberschenkel des Gorillas. Einauge schaute grimmig in die Richtung seines Beschützers.

»Warte vor der Tür auf mich, King Kong. Ich komme gleich nach.«

King Kong? Einen bescheuerteren Namen hätten die sich wirklich nicht aussuchen können. Der Gorilla schlich sich raus und Einauge ergriff erneut das Wort.

»Meine Organisation ist gewachsen. Ich habe viele gute junge Leute um mich herum. Ich brauche neue Betätigungsfelder. Eins davon liegt in Hannover, genau da, wo du dich tummelst. Also: Getummelt hast. Du wirst das Feld räumen, alter Freund. King Kong wird mein neuer Statthalter. Deine Zeit ist vorbei. Das war die schlechte Nachricht. Und die gute gleich hinterher. Du kannst bei mir einsteigen. Gerne auch in meiner Führungsebene. Du hast die Wahl.«

Martin fühlte sich wie in einem schlechten Film. Waren die Hamburger Konkurrenten wirklich so stark, dass sie ihn aus seinem Revier einfach so verjagen konnten? Oder war das Ganze hier ein Bluff?

»Wie sieht's aus? Deine Entscheidungszeit beträgt genau zwanzig Sekunden. Danach verschwindest du auf Nimmerwiedersehen oder steigst bei mir ein. Unter meiner Leitung, versteht sich.«

»Versteht sich«, äffte Martin Einauge nach. Er legte eine kleine Kunstpause ein. Dann legte er nach. »Pass auf mein Freund. Wenn du denkst, dass du mich mit deiner Nummer hier beeindrucken kannst, dann hast du dich geschnitten.«

Nun war es Martin, der auf dicke Hupe machte. Er ging auf Einauge zu und packte ihn am Kragen.

»Aus Adlerauge wurde Einauge. Was meinst du wohl, wie lange es dauert, bis aus Einauge Keinauge wird?«

Martin hatte immer ein Messer bei sich. Heute sein altes ›Fingermesser‹. Es war wundervoll geformt und schmiegte sich geradezu wie ein Gedicht in seine Hand. Die Klinge zuckte aus dem Inneren des Messerschaftes. Wie die Zunge eines Froschs, die sich genüsslich eine Fliege aus der Luft schnappte. Das Butterfly tänzelte anmutig vor Einauges Gesicht.

War es King Kongs Intuition, die ihn so taktlos in den Raum hereinstürmen ließ? Oder war es einfach nur so, dass er das ganze Spektakel durch das Schlüsselloch beobachtet hatte? Egal. Also fast egal. Denn wenn sein Auftritt auf Intuition beruhte, dann war King Kong ein wirklich guter Mann. Hatte er durchs Schlüsselloch geguckt, dann war er nur ein kleiner, mieser Spanner. Martin sah die Knarre in King Kongs rechter Hand. Und er sah das entsetzte Gesicht Einauges vor sich. In einem solchen Moment gab es nicht viel Zeit zum Nachdenken.

Egal in welchem Land, egal in welcher Branche – Führungskräfte zeichnen sich im Allgemeinen durch eine schnelle Auffassungsgabe aus. Verbunden mit der Bereitschaft, schnelle und effektive Lösungen zu präsentieren. Und Martin war eine erstklassige Führungskraft. Eine Knarre in der Hand seines Gegenübers war gar nicht gut. Martin musste ein Zeichen setzen. Er wollte hier keinen Toten. Aber Martin musste Einauge und seinem Spannmann schleunigst deutlich machen, dass es sich nicht lohnen würde, sich mit ihm anzulegen.

Das gesetzte Zeichen war mehr als deutlich. Innerhalb von Sekundenbruchteilen trat Martin King Kong die Kanone aus der Hand und bearbeitete den Gorilla derart schnell und effektiv, dass man meinen konnte, er habe ein Filetiermesser im Einsatz. Die mit Zigarrenrauch geschwängerte Luft dämpfte nur unmerklich den kurzen, aber lauten Aufschrei King Kongs. Als Martin sich wieder zu Einauge umdrehte, tropfte Blut von seiner Hand.

»Du hast Recht«, sagte er. »Drei Augen sehen mehr als eins. Und eins sieht mehr als keins.«

Einauge schaute ungläubig Richtung King Kong. Der kniete auf dem Boden, hielt sich beide Hände vor sein stark blutendes Gesicht und jammerte bitterlich.

»Das wirst du mir büßen.« Einauge blieb erstaunlich ruhig. »Das wirst du mir büßen«, wiederholte er. »Ich mach dich fertig. Fix und fertig.«

Martin ging seelenruhig zur Tür, öffnete sie und sog gierig die in den Raum strömende frische Luft ein. Dann drehte er sich noch einmal um, spuckte Einauge vor die Füße und verabschiedete sich eiskalt.

»Du langweilst mich.«

Martin hatte mit einem solchen Verlauf der Unterhaltung eigentlich nicht gerechnet. Wirklich überrascht hatte es ihn aber auch nicht. So was kam vor in seinen Kreisen. Davon durfte man sich nicht schockieren lassen.

6

Einauge hatte nicht lange gebraucht, um seiner Drohung Taten folgen zu lassen. Die Hamburger Szene war aufgeschreckt. King Kongs plötzliche Orientierungslosigkeit war der norddeutschen Unterwelt nicht verborgen geblieben. Alles schaute auf Einauge und manch einer aus der zweiten Reihe fragte sich, ob er seinen Laden wohl noch im Griff hatte.

Einauge musste Stärke zeigen. Annaturm musste weg. Hannover musste erobert werden. Koste es, was es wolle. Seine Kriegskasse war gut gefüllt. An und für sich lebte Einauge auf schmalem Fuß. Aber wenn er sich mal was gönnen wollte, dann langte er richtig zu.

Und nun wollte er sich etwas gönnen: Annaturm.

Mit vollständigem Sehvermögen hätte er es vermutlich selbst gemacht: Gewehrkolben an die rechte Schulter legen. Die linke Hand hält den Schaft. (Linkshänder denken sich das jetzt bitte anders herum.) Dann mit dem rechten Auge Kimme und Korn nehmen – abdrücken.

Blöd war es aber für einen Rechtshänder, wenn er rechts gar kein Auge hatte. Und genau das war Einauges Problem. Sein Glasauge sah von außen vielleicht aus wie echt, von innen war von ihm aber nicht viel zu erwarten. Ohne Kimme und Korn war das Trefferbild für gewöhnlich jedoch mangelhaft.

Also leistet sich Einauge innerhalb seiner Organisation den einen oder anderen Spezialisten. Und davon hatte er einige. Er hatte Spezialisten für die unterschiedlichsten Tätigkeiten. Spezialisten für's Krankenhausreifschlagen eines fremdgehenden Dealers. Oder Spezialisten für das Versenken eines Autos in der Hamburger Außenalster. Und dann gab es noch die Spezialisten unter den Spezialisten. Harte Jungs für ganz besondere Aufgaben.

Einauge hatte da einen ganz Speziellen im Visier. Dem brauchte er nur das Foto eines Opfers unter die Nase zu halten. Einauge musste gar nicht viel sagen. Ein Foto. Ein eindringlicher Blick. Und die Sache lief.

Klappte immer.

Einauge war sich sicher: Maximal zwei Tage, und Annaturm war, welch lustiges Wortspiel, über den Deister. Wenn Einauge seine Maschinerie in Gang setzte, bekam er jede Leiche, die er wollte.

Immer.

Zu einhundert Prozent.

Andere Resultate hatte es bisher noch nie gegeben. Es war aber halt auch noch nie einer dabei gewesen, der einen quasi identisch aussehenden Bruder in der Familie hatte. Und so gesehen war das mit den einhundert Prozent natürlich eine gewagte Aussage. Das konnte auch schnell auf fünfzig zu fünfzig hinauslaufen.

Aber davon wusste Einauge noch nichts. Er lehnte sich genüsslich in seinen Rattan-Sessel zurück, zückte sein Handy und wählte eine vertraute Nummer ...

7

Eigentlich hieß er Mirko Drovac und war seinerzeit aus dem ehemaligen Jugoslawien nach Hamburg gekommen. Nach außen hin boten er und seine Familie ein Paradebeispiel für das, was man vorbildlich integriert nannte. Eine nette und hilfsbereite Frau, die im Wandsbeker Kirchenchor sang. Zwei fußballverrückte Jungs von neun und elf Jahren. Beide aktiv beim Wandsbeker FC.

Familie Drovac wurde in Wandsbek gut aufgenommen. Sie hatten sich in ihrer neuen Heimat prächtig eingelebt. Mirko war Hafenarbeiter. Fünf Tage die Woche. Schichtdienst. Er war aber auch ein begnadeter Schütze, Mitglied im hiesigen Schützenverein und vor wenigen Jahren Schützenkönig von Wandsbek.

Die Begeisterung darüber hielt sich bei seiner Frau stark in Grenzen. Schützenkönig zu werden ist das eine. Die anstehenden Festivitäten jedoch etwas ganz anderes. Ein Schützenkönig musste praktisch das ganze Jahr über einen ausgeben, das ganze Jahr über die Spendierhosen anhaben. Es gab wohl auf der ganzen Welt keinen Titel, der so gefeiert und begossen wurde, wie der Titel eines Schützenkönigs.

Da machte Wandsbek keine Ausnahme. Im Gegenteil. Es gab Tage, da hatte Mirko das Gefühl, die Feierei war in Wandsbek besonders ausgeprägt. Es war in seinem Schützenverein üblich, dass der amtierende Schützenkönig eine finanzielle Unterstützung bekam. Aber 800 Euro waren schnell ausgegeben, wenn der halbe Liter gezapftes Holsten-Pilsener 3,50 Euro kostete.

Die Sache mit dem Schützenkönig bescherte Mirko außer einer ordentlichen Portion Reputation auch eine gewisse finanzielle Notlage. So war es nur verständlich, dass er sich nach einem kleinen Nebenjob umsah.

Er fand einen. Und was für einen.

Oder fand der Job ihn? Einauge hatte zwar nur noch die halbe Sehkraft zur Verfügung, aber auch ein Einäugiger kann Zeitung lesen. Er kam ebenfalls aus Wandsbek. Und er blätterte aus alter Verbundenheit regelmäßig durch den Lokalteil des ansässigen Käseblattes. So bekam er schon vor geraumer Zeit Kenntnis davon, dass der ortsansässige Schützenverein über einen auffällig treffsicheren Schützenkönig verfügte.

Einauge hatte Mirko rein zufällig getroffen. Meinte Mirko. In Wirklichkeit hatte Einauge ihn von seinen Leuten bis ins kleinste Detail unter die Ganovenlupe nehmen lassen. Und da war einiges zusammengekommen. Zum Beispiel,

- dass Mirkos Job im Hafen mittelmäßig bezahlt war
- dass Mirko kaum das Geld für die Klassenfahrten seiner Söhne zusammenzusparen konnte
- dass Mirko eine Freundin hatte, seine Frau davon aber nichts wusste
- dass Mirko dazu neigte, tendenziell über seine Verhältnisse zu leben
- dass Mirko daher schlicht und ergreifend pleite war
- aber auch, dass Mirko unglaublich gut und zielsicher mit einer Waffe umgehen konnte.

All das hatte Einauge sich bestätigen lassen, bevor er Mirko kontaktierte. Er brauchte keine halbe Stunde, um Mirko davon zu überzeugen, seine unglaublichen Fähigkeiten gewinnbringend einzusetzen. Selbstverständlich gegen gute Entlohnung. Genaugenommen gegen eine so unglaublich gute Entlohnung, dass Mirko für die Kohle, die es für einen Auftrag gab, gut und gern ein halbes Jahr im Hamburger Hafen schuften musste. Schichtdienst hin oder her.

Mirko war nie das ganz große As im Umgang mit Zahlen gewesen. Aber die Gleichung, die Einauge ihm aufmachte, leuchtete schon ein. Der aufgerufene Kurs war zu verlockend, die Finanznot zu groß, um nicht in die mit Kohle vollgestopfte, ausgestreckte Hand Einauges einzuschlagen.

Alle nannten ihn bislang Mirko. Was ja auch richtig war. So war er getauft. In seinem ersten Leben. Aber in seinem zweiten Leben, seinem Parallelleben, da kannte ihn keiner unter dem Namen Mirko Drovac. Da nannte man ihn den Spezialisten unter den Spezialisten. Es ging die Mär, er könne einem in zweihundert Metern Entfernung in die Luft geworfenen Apfel das Kerngehäuse aus dem Balg knattern. Und es gab weit und breit keinen, der das Verlangen hatte, den Wahrheitsgehalt dieser Story zu überprüfen.

Ein bisschen so wie Wilhelm Tell einst. Waffentechnisch jedoch deutlich moderner angelegt. Kimme und Korn war gestern. Zielfernrohr war heute. Einauge hatte in waffentechnischer Hinsicht noch jeden Wunsch Mirkos erfüllt. Erfolg macht geil. Das war bei Mirko nicht anders.

Einauge hatte ihm einen Traum von einem Gewehr bewilligt. Ein Steyr-Präzisionsgewehr Modell .460. Der Lauf gezogen wie eine Harfensaite. Das war keine Waffe, geschweige denn ein Sportgerät. Das war ein Gedicht. Eine Stradivari unter den Präzisionsgewehren.

Natürlich konnte Mirko mit so einer Wumme seinen gefürchteten Apfeltrick zelebrieren. Mehr noch: Mit so einem Teil hätte er die Kerne einzeln aus dem Apfel ballern können.

Pumpgun, Dum-Dum-Geschosse, Riesenprügel automatischer Waffen – was hatte die Waffenindustrie nicht alles für überflüssige Sachen entwickelt? Diese Dinge waren für Leute, die Schwierigkeiten hatten, das viel zitierte Scheunentor zu treffen. Aber doch bitte schön nicht für ihn. Den Schützenkönig von Wandsbek. Und hätte ihm seine Alte nicht das Leben zur Hölle gemacht, er wäre es jedes Jahr erneut geworden. Mit einem beliebigen Abstand an Punkten, den man ihm vorher hätte ins Ohr flüstern können.

Mirko war froh über jeden neuen Auftrag, den Einauge für ihn hatte. Zum einen ehrte ihn das Vertrauen seines Chefs, zum anderen war Weihnachten mal gerade sechs Wochen her. Mirkos Kasse war leer. Seine Jungs hatten viele Wünsche. Seiner Frau gelüstete es nach Geschmeide. Also tauchte er Anfang Februar nur allzu gern wieder ein in sein Parallelleben und tauschte Mirko gegen den Spezialisten unter den Spezialisten. Er setzte sich in seinen unscheinbaren Skoda Octavia Kombi und fuhr die A7 von Hamburg Richtung Hannover, Ausfahrt Hannover Anderten und weiter über den Schnellweg Richtung Hemmingen.

Skoda Octavia Kombi deshalb, weil zum einen günstig, aber auch, weil schräg gelegt. Mirkos Superknarre passte ganz elegant in den eigentlich viel zu kleinen Kofferraum.

Das Gasthaus ›Oma Biermann‹ war schnell gefunden. Mirko hatte sich in den Biergarten geschlichen, hinter die Gaststätte. Im Sommer war hier bestimmt die Hölle los. Wenn die umstehenden Bäume hätten reden können, es wären bestimmt einige höchst interessante Geschichten dabei gewesen.

Von hier aus hatte Mirko einen erstklassigen Blick in den kleinen Saal, der sich neben dem eigentlichen Gastraum befand. So hatte Mirko es gern. Präzisionsarbeit an der frischen Luft. Wie bei den Fußballprofis. Bei denen war es auch manchmal nur ein einziger Schuss, der über des einen Glück und des andern Leid entschied.

Einauge hatte ihn wie immer perfekt instruiert. Er hatte das mit der Beerdigung herausbekommen. Er hatte Mirko ein DIN

A4 großes Foto mit Annaturms Konterfei ausgehändigt. Außerdem hatte er Mirko mit einer stattlichen Anzahlung auf seinen Killerlohn angefüttert. Es war relativ warm für die Jahreszeit. Die Bäume waren zwar kahl. Aber eine immer noch saftiggrüne Eibenhecke grinste ihn einladend an. Das war gut für Mirko. So hatte er den Sichtschutz, den er brauchte.

Mirko hob die Waffe und schaute durch sein Zielfernrohr. Dann setzte er wieder ab und sah auf sein Foto. Keine Frage, er hatte den Richtigen im Visier. Den Mann, dem er das Leben auspusten sollte. Annaturm stand mit gefalteten Händen an einer langen Tafel und schaute betroffen in die Runde.

›Du kleiner Schleimer‹, dachte Mirko. ›Faltest die Hände und machst auf gläubig.‹

Er hob seine Präzisionswaffe und hatte sein Ziel sofort wieder im Visier. Dann spielte er mit dem Fadenkreuz des Zielfernrohrs ein wenig herum. Den Finger am Abzug führte er den Lauf seines Gewehres über Annaturms Brust. Direkt auf das Herz. Dann weiter hinauf. An der Halsschlagader entlang, Richtung Kopf. Über den Mund direkt auf das linke Auge, von dort direkt auf das rechte.

Sein Finger wurde unruhig. Es war nicht so, dass er bereits zuckte. Aber schon so, dass er bereit war zu zucken. Es musste nur noch die entsprechende Information aus Mirkos Schaltzentrale kommen.

Mirko war angespannt. Wie jedes Mal. Angespannt, aber auch erregt. Freudig erregt.

Dann ließ er den Lauf seiner Stradivari über das Gesicht Annaturms wandern. Er hatte sich entschieden. Genau zwischen den Augen des händefaltenden Heuchlers hielt er inne. Es würde ein Kunstwerk werden.

Nicht blind in die Rübe geballert. Nicht mit irgendeiner Monsterknarre den halben Kopf vom Rumpf gerissen. Nein. Mirko wollte akkurate Arbeit abliefern.

Genau zwischen die Augen.
1,2 cm Abstand nach links.
1,2 cm Abstand nach rechts.
Mirko wollte nicht planlos töten. Er wollte seinen Auftrag ausfüllen. Stilvoll und zuverlässig wie immer. Und er wollte eine Visitenkarte hinterlassen. Die Visitenkarte eines Künstlers. Und des Schützenkönigs von Wandsbek.

Dann führte er, ganz leicht, aber wirklich nur ganz leicht erregt, das Fadenkreuz genau auf besagte Stelle, murmelte ein fast lautloses ›Fahr zur Hölle, du Hund‹ und drückte voll konzentriert ab.

8

Kommissar Lorenz beugte sich über den leblosen Körper. Er hatte schon deutlich schlimmer zugerichtete Leichen gesehen. Mit viel mehr Blut oder mit abgeschossenen Körperteilen, die völlig planlos am Körper oder an dem, was davon übriggeblieben war, baumelten.

Diese Leiche hier war relativ ansehnlich. Der kleine, aber feine Einschuss zwischen den Augen erinnerte den Kommissar an den Punkt, den man bei Inderinnen immer wieder mal sah. Die Jungs vom Bestattungsunternehmen hätten nachher jedenfalls einen erträglichen Job. Einer vorne die Arme, einer hinten die Beine. Und dann ab in die Kiste.

Es war ein zufällig anwesender Polizistenkollege, der umgehend nach dem tödlichen Schuss sein Handy gezückt und die Meldung an den hannoverschen Polizeiapparat abgesetzt hatte. Nachdem der Anruf auf dem Kommissariat eingegangen war, hatte Kommissar Lorenz gleich seine ganze Armada mitgebracht.

Die Männer in den weißen Einweg-Overalls gingen routiniert ihrer Arbeit nach. Jeder Handgriff saß. Jede vermeintliche Spur wurde begutachtet und wenn möglich eingetütet. Der Schusskanal wurde untersucht und die durchschossene Fensterscheibe mittels Klebeband gesichert. Das Einschussloch war gut zu erkennen. Gar nicht groß. Etwa so, als hätte irgendein Dorflümmel einen kleinen Stein mit zu viel Schmackes durch die Thermopen-Verglasung gedonnert.

Die ersten Techniker machten sich im Außenbereich zu schaffen, um alles irgendwie Verwertbare zu finden. Auch Laborleiter Schmidt – ›Schmidtchen‹, wie er im hannoverschen Kommissariat gerufen wurde – ließ es sich nicht nehmen, Hand anzulegen. Mit Pinsel und Pulver ausgerüstet, suchte er nach Spuren. Direkt nach so einer Tat gab es bekanntlich die größte Chance auf einen zielführenden Fund. Es musste ja nicht gleich der Personalausweis sein, den der Täter im Galopp verloren hatte. Ein Zigarettenstummel mit DNA-Spuren. Ein Schuhabdruck. Oder aber auch nur die Faserspur eines Wollpullovers. Irgendetwas in der Richtung würde dem Kommissar und seinem Ermittlungsteam schon reichen.

»Herr Kommissar.« Eines der weißen Männchen rief von außen durch das Fenster. »Herr Kommissar, kemmans doch bitte amoi aussä.«

›Kemmans doch bitte amoi aussä‹ – was war das denn für ein Deutsch? Kommissar Lorenz stiefelte nach draußen. Direkt in die Arme des örtlichen Bestattungsunternehmers, der bereits Fährte aufgenommen hatte.

»Sie müssen noch warten«, raunzte Lorenz ihm zu. »Wir sind noch lange nicht fertig.«

»Ja, ja«, näselte dieser zurück. »Ich wollte nur schon mal schauen ...« Dabei fuhr er sich mit der Zunge über seine aufgeplatzten Lippen.

Der Anblick des hageren Bestatters in seiner schwarzen Arbeitsmontur erinnerte den Kommissar an einen Aasgeier aus einem alten Schwarz-Weiß-Western mit John Wayne. Immer, wenn der Regisseur dezent auf die scheinbar aussichtslose Lage seines Helden hinweisen wollte, ließ er Geier in den Lüften kreisen und auf irgendeinem kahlen Felsen landen. Von dort aus konnten sie dann ihr Abendessen anvisieren. ›Ich hab' ja schon einen beschissenen Job‹, dachte Lorenz, ›aber der ...‹

Weiter kam der Kommissar nicht.

»Herr Kommissar, tretns bitte amoi hier hinter die Hecke.«

Es war die Stimme des jungen Kollegen Mayrhofer, einer Leihgabe der bayerischen Polizei, die ihn lautstark rief. Mayrhofer war so eine Art Austauschpolizist. Mit seinen über zwei Metern Körpergröße und an die 110 Kilogramm Lebendgewicht war er von durchaus beeindruckender Statur. Er kam aus dem tiefsten Bayern für ein halbes Jahr nach Norddeutschland und war der Mannschaft von Kommissar Lorenz zugeteilt worden.

Die bayerischen Kollegen bekamen im Gegenzug dafür den erfahrenen Kollegen Schabulke untergeschoben. Wofür dieser ›Gefangenenaustausch‹ nützlich sein sollte, entzog sich Lorenz völlig. Als ob die Verbrecher in Norddeutschland anders vorgehen würden als die im süddeutschen Raum. Lorenz war es egal. Kollege Schabulke war eh ein Blödmann und Mayrhofer ging ihm zumindest nicht auf die Nerven.

»Herr Kommissar.« Mayrhofer war augenscheinlich etwas aufgeregt. »I hob wos gfundn.«

Mayrhofer setzte genau den Blick auf, den auch John Wayne drauf hatte, wenn er die Geier bemerkte. Kommissar Lorenz kratzte sich am Kinn. Er musste unbedingt mal wieder ins Kino.

»Was gibt's denn, Kollege?« Lorenz war ein wenig aus der Puste, als er den Busch erreichte, hinter dem der bayerische Austauschschüler ungeduldig auf ihn wartete. Mayrhofer wies mit dem ausgestreckten Zeigefinger auf den Boden und schaute den Kommissar triumphierend an.

»Na ja.« Lorenz ging in die Hocke und schaute auf den Boden. »Das war auch kaum zu übersehen.«

Ihn interessierte nicht der leicht geknickte Gesichtsausdruck Mayrhofers. Vielmehr interessierte ihn das leicht geknickte Gras vor ihm. Und der leicht abgeknickte Ast schräg über ihm. Aber noch mehr interessierte ihn das total verknickte Foto, Format DIN A4, auf dem Boden vor ihm. Das zeigte nämlich, sollte ihn sein latent nachlassendes Foto-Gedächtnis nicht völlig täuschen, eindeutig den Toten aus dem Gasthaus. Farbkopie. Gar keine schlechte Qualität für hochkopiert.

»Schmidtchen«, rief er laut in Richtung seines Laborleiters. »Schmidtchen, komm mal her. Und bring 'ne Tüte mit.«

Schmidtchen und der Kommissar kannten sich seit über dreißig Jahren. Sie hatten früher ab und an mal zusammen einen Joint geraucht. Seit diesen Tagen war der Spruch mit der ›Tüte‹ so etwas wie ein ›Running Gag‹ zwischen den beiden. Obwohl Schmidtchen das Ganze eigentlich gar nicht so witzig fand.

Kommissar Lorenz war zufrieden. So viel konnten die Kollegen an Spuren im Gastraum gar nicht finden, wie er mit Hilfe des bayerischen Austauschermittlers hinter dem Busch entdeckt hatte. Man konnte es ja nicht wissen, aber vielleicht haftete verwertbares DNA-Material an dem Bild? Vielleicht hatten sie den Killer bereits morgen anhand von Fingerabdrücken überführt? Die Ausbeute war mehr als zufriedenstellend.

In anderer Hinsicht war sich der Kommissar viel weniger schlüssig. Gut und gern dreißig Trauergäste waren der Einladung zum Leichenschmaus gefolgt. Damit keine Spuren verwischt werden konnten, hatte er die Trauernden alle in einen Nachbarraum bringen lassen. Die waren natürlich furchtbar aufgeregt und redeten und gestikulierten wild durcheinander.

Sollte Lorenz sie nun der Reihe nach vor Ort vernehmen? Oder sollte er sie für die folgenden Tage nach und nach aufs Präsidium laden?

Vielleicht brauchte er gar keinen zum Verhör zu laden. Er hatte einen Trumpf in der Hand. Das DIN-A4-Foto. Möglicherweise war er morgen schon am Ziel seiner Ermittlungen und der Täter bereits hinter Gittern. Also ließ der Kommissar von jedem der Gäste lediglich die Personalien aufnehmen. Dann entließ er die Trauergemeinde.

Der Bestatter erhielt ein Zeichen und trottete mit gesenktem Haupt, aber innerlich jubilierend, in den Gastraum. Mit ihm zwei ebenfalls ganz in schwarz gekleidete Helfer. Die beiden Azubis packten einmal herzhaft zu und verfrachteten so den im ganzen Dorf beliebt gewesenen Pastor Dirk Decker in eine kalte, harte, circa zwei Meter lange und sechzig Zentimeter breite Holzkiste.

›Pardauz‹ machte es, als einer der Helfer ein wenig zu früh losließ und der mausetote Pastor mit dem Hinterkopf ein wenig unsanft aufschlug. Obwohl das dem ehemaligen Geistlichen mit ziemlicher Sicherheit nicht mehr wehtat, war der böse Blick des Aasgeiers nicht zu übersehen. Dann rollte der Leichenwagen im Schritttempo vom Hof. Auch die Männer in ihren weißen Overalls waren mit ihrer Arbeit durch und machten sich vom Feld.

Schmidtchen war noch da. Und auch der Kollege Mayrhofer konnte sich vom Ort des Geschehens nicht so richtig trennen.

»Mayrhofer, Schmidtchen, kommt mal her.«

Die beiden kamen angetrottet und bauten sich pflichtbewusst vor Kommissar Lorenz auf.

»Ihr mögt zwar gute Ermittler sein«, Lorenz setzte ein staatstragendes Gesicht auf, »aber ich habe etwas entdeckt, was euch garantiert entgangen ist.«

Schmidtchen grinste sich einen. Er kannte den Kommissar schon zu lange, um auf seine Gags hereinzufallen. Mayrhofer ging in die Falle.

»Wos moanans denn?«

»Ist Ihnen nichts aufgefallen?«

»Naa, nur des mit dem Foto.«

Kommissar Lorenz nahm Mayrhofer an die Hand und führte ihn zum Eingang des Gasthofs. Dort hing, wie bei jedem guten Gasthof üblich, in einem kleinen Holzkästchen, mit einer einfachen Glasscheibe gut abgedeckt, die Speisekarte des Hauses.

»Grünkohl mit Kassler und Bregenwurst. Gibt's so was bei euch in Niederbayern überhaupt?«

»I kimm ja ned aus Niederbayern, i kimm aus Oberbayern, aber kenna dua i des ned.«

»Na, dann wird es aber höchste Zeit, dass du neben Leberkäse und Weißwürstchen mal was Anständiges kennenlernst. Los, kommt, ich geb' einen aus.«

Schmidtchens Magen hing eh auf halb acht und Mayrhofer war geradezu angefixt von der Idee eine – ›Wie hoasst des: Bregenwurscht?‹ – zu verspeisen.

»Kamma de zuzeln?«

Schmidtchen und Lorenz schauten sich an und verdrehten die Augen.

»Du kannst sie zuzeln oder in einem runterwürgen«, sagte Schmidtchen. »Völlig egal. Hauptsache, der Kommissar zahlt.«

Und da sah man mal wieder, dass bei allen sprachlichen Barrieren norddeutsche Mägen genauso tickten wie süddeutsche. War einer gefunden, der einen ausgab, rotteten sich die entferntesten Kulturen zusammen. So kam es, dass trotz der Dramatik des Tages der Koch von ›Oma Biermann‹ vor seinem wohlverdienten Feierabend noch drei ordentliche Portionen Grünkohl mit Kassler und Bregenwurst auftischen durfte.

Kollege Mayrhofer war begeistert.

9

»Ja bist du denn total bescheuert?« Einauge war kurz davor, den ›Spezialisten unter den Spezialisten‹ anzuspringen. »Du legst den Pastor um? Vor den Augen der gesamten Gemeinde?«

Er war nicht einfach nur sauer. Wenn Einauge sauer war, dann wusste man, dass er sich früher oder später wieder beruhigen würde. Einauge war stinksauer.

Mirko saß wie ein Häufchen Elend auf einem schäbigen Hocker in Einauges Büro.

»Der sah genauso aus wie der Kerl auf dem Bild«, rechtfertigte er sich kleinlaut. »Genauso wie auf dem Bild. Da gab es überhaupt keinen Zweifel.«

»Keine Zweifel? Na, da bin ich ja beruhigt.« Einauge lief knallrot an. Seine Stimme überschlug sich. »Da werden sämtliche Zeitungen wohl falsch liegen, wenn die heute unisono berichten, dass irgendein Blödmann den Hemminger Pastor abgeknallt hat.«

Einauge hatte sich am frühen Morgen eine ›Hannoversche Allgemeine‹ am Hauptbahnhof gekauft. Ein großes Foto von Pastor Dirk Decker war der berechtigte Aufmacher des Blattes. Über dem schwarz umrandeten Bild stand zu lesen:

›Hemminger Pastor Dirk Decker Opfer eines Mordanschlages‹

Einauge setzte seine Lesebrille auf und starrte Bild und Text an. Er überflog die Zeilen. Dabei hatte er allergrößte Mühe, sich im Zaum zu halten.

»Weißt Du, was die Schreiberlinge sich fragen?«

Mirko schüttelte ängstlich den Kopf.

»Die fragen sich, ob der Täter ein Geisteskranker war! Ein völlig Bekloppter! Einen unbescholtenen Pastor abzuknallen! Die fragen sich, ob da ein total Verrückter am Werk war! Und soll ich dir was sagen?! Genau das frage ich mich auch!«

Einauge nahm die Brille ab und schlug Mirko die Zeitung vor Wut links und rechts um die Ohren. Er kriegte sich gar nicht wieder ein.

»Ein total Verrückter! Völlig plemplem!! Wie konnte das passieren?«

»Das war der auf dem Foto«, jammerte Mirko. »Schau ihn dir doch genau an.«

Einauge setzte seine Lesebrille wieder auf, zog sich die Zeitung bis direkt vor die Nase und studierte das Bild erneut. Er stutzte.

»Nun ja, eine gewisse Ähnlichkeit mit Annaturm ist nicht zu leugnen.«

»Eine gewisse Ähnlichkeit?« Mirko wurde unruhig. «Chef, das ist genau der Typ vom Foto. Ich bin da hin, genau so, wie du es mir gesagt hast. Ich habe mich hinter einer Hecke versteckt, die Lage ausgekundschaftet, den Kerl zweifelsfrei identifiziert, angelegt und abgedrückt. Dann bin ich wieder abgehauen. Da kann unmöglich was schiefgegangen sein. Dann war der Kerl eben Pastor.«

»Annaturm soll Pastor gewesen sein?« Einauge schob entsetzt die Zeitung von sich weg. »Völliger Quatsch. Zeig mir mal das DIN-A4-Foto. Ich will die Bilder vergleichen.«

Mirko wurde blass um die Nase. »Ich hab' es nicht mehr.«

»Wie, du hast es nicht mehr!?«

»Ich habe heute Morgen auch vergleichen wollen. Da war es weg.«

»Weg?«

»Ja. Ich weiß auch nicht. Vielleicht ist es mir aus der Jackentasche gefallen. Wahrscheinlich liegt es noch im Auto.«

»So, so. Wahrscheinlich liegt es noch im Auto.« Einauges intaktes Auge zuckte nervös. »Ich bin nicht traurig über das, was da passiert ist. Nein, viel schlimmer. Ich bin enttäuscht, mein Freund. Schwer enttäuscht.«

Er stand auf, ging zu Mirko und beugte sich über den Hocker.

»Gut, mein Junge. Auch Spezialisten machen mal Fehler. Selten zwar, kann aber schon mal passieren. Ganz besondere Spezialisten machen praktisch nie Fehler. Deswegen sind sie ja ganz besondere Spezialisten. Wenn sie überhaupt Fehler machen, dann nur ganz kleine. Und die dann auch so selten, dass man darüber hinwegsehen könnte.«

Mirko hatte das Gefühl, er würde samt Hocker im Boden versinken. Er kauerte regelrecht unter Einauge. Der schnitt sich mit einem Messer die Kuppe einer stattlichen Zigarre ab. Dann steckte er sich diese zwischen seine bereits angefeuchteten Lippen und begann sie genussvoll zu liebkosen.

»Bist du aber ›Spezialist unter den Spezialisten‹«, Einauge sprach jetzt sehr langsam, sehr betont, »dann machst du gar keine Fehler. Nie. Niemals. Und weißt du auch, warum? Ganz einfach. Weil du sonst ja nicht ›Spezialist unter den Spezialisten‹ wärst. Sondern ›Versager unter den Versagern‹. Eine Niete. Ein Looser. Und Looser kann ich in meiner Truppe an vorderster Front nicht gebrauchen. Looser kann ich überhaupt nicht gebrauchen. Ich kann Looser nicht leiden!«

Und bei dem Wort ›leiden‹ rammte Einauge Mirko das Messer bis zum Anschlag zwischen die fünfte und sechste Rippe, direkt ins Herz. Mirko kippte vornüber vom Hocker und knallte dumpf auf den alten roten Teppich. Das ausströmende Blut war darauf anfangs gar nicht so gut zu sehen. Das war's mit Mirko, dem Schützenkönig von Wandsbek. Für jemanden mit diesem grandiosen Titel ein genaugenommen beschämender Tod.

Wenn Einauge etwas hasste, dann war es Dilettantismus. Zu seiner Sturm- und Drangzeit hätte er sich davor gehütet, seinen Chef auch nur im Geringsten zu enttäuschen. Man lernte doch schon in der Ganovengrundschule, vor dem Verlassen des Arbeitsplatzes noch einmal Visite zu machen. Bloß keine verräterischen Spuren hinterlassen. Er hatte sich bei seinem Oberspezialisten aus dem Wandsbeker Schützenverein schwer getäuscht. Was nützt der beste Schütze, wenn er zu bescheuert war, den Tatort spurenfrei zu hinterlassen?

Gutes Personal war eben schwer zu finden. Erst versagte King Kong, nun ›Der Spezialist unter den Spezialisten‹. Es würde vermutlich nicht mehr lange dauern, und Einauge musste wieder höchstpersönlich in die Bütt. Doch zunächst hatte er beschlossen, die Geschäfte für geraume Zeit ein wenig ruhen zu lassen. Er kannte die hannoversche Kriminalpolizei nicht so genau. Aber so doof konnte kein Ermittler sein, um nicht auch eine Spur nach Hamburg zu finden. Und waren die Ermittler erst einmal in Hamburg angekommen, war der Weg zu ihm nicht mehr weit.

Einauge hatte zu tun. Er musste den bescheuerten Schützenkönig verschwinden lassen. Aber spätestens im kommenden Frühjahr würden die Hamburger Elbfischer ihre Netze wieder auswerfen. Früher oder später würden sie eine aufgedunsene und etwas angefressene Wasserleiche an Bord hieven. Mit Betonklötzen an den Füßen.

Fingerabdrücke würde man allerdings nicht mehr nehmen können. Das ging zwar prinzipiell auch bei Wasserleichen, die bereits mehrere Wochen abgetaucht waren. Aber nicht bei solchen, denen man vorher die Hände abgehackt hatte. Modernste Technik hin, modernste Technik her. Da konnte selbst die gut ausgebildete Hamburger Polizei nichts mehr ausrichten.

10

Der Kommissar hatte nicht zu viel versprochen. Das Kassler war geschmackvoll und schön saftig. Die Bregenwurst geradezu ein Gedicht. Genau genommen waren es zwei mittelgroße Würste, die zu einem Kreis zusammengebunden waren. In deren Mitte lag eine ordentliche Portion Grünkohl. Mit dem Kassler-Stück sowie einigen festkochenden Kartoffeln am Tellerrand war die angerichtete Portion schon rein optisch ein Brüller. Ein reichhaltiger Schlag Senf sowie ein halber Liter Pils vom Fass rundeten das Festmahl ab. Kollege Mayrhofer, dem seine zeitweilige Versetzung in den Norden der Republik zunächst gar nicht behagt hatte, fing an, dem Leben oberhalb des Weißwurstäquators erste positive Aspekte abzuringen.

»Des schmeckt fei guad«, war noch eine seiner zurückhaltenden Äußerungen. Als die Wirtin ihm dann aber noch einen Nachschlag anbot, bestehend aus einer weiteren Bregenwurst, war Mayrhofer nicht mehr zu halten.

»Da haut's di nieder, des schmeckt ja sauguad.«

Schmidtchen, der mal gerade eben so seine Portion schaffte, staunte nicht schlecht, als er sah, was sein neuer Kollege verputzen konnte.

»I hob scho seit zwoa Wocha nix Gscheids zwischn de Beisser ghabt, nua Dosenwurscht und Ravioli. In meiner Pension hams bloß a Frühstück, und alloa kocha macht überhaupts koa Spaß.«

»Noch ein Würstchen, der Herr?«

Die Wirtin erlaubte sich einen kleinen Scherz mit Mayrhofer. »Naa, um Gotteswillen, i wui ja des ois hia in guada Erinnerung behoiten. Vielleicht a gscheids Stamperl Obstler?« Dabei schaute er Schmidtchen und Kommissar Lorenz fragend an.
»Sind wir noch im Dienst?«, fragte Schmidtchen in die Runde.
»Ihr vielleicht, ich nicht«, antwortete Lorenz.
»Und du?« Mayrhofer legte jegliche Scheu vor dem Laborleiter ab und seine Hand auf Schmidtchens Schulter.
»I brauch a oan«, versuchte dieser, den Dialekt seines Kollegen nachzuahmen.

Hätte Frau Wirtin beim Servieren der drei Obstler nicht einen eindeutigen Hinweis auf die Öffnungszeiten gegeben, wer weiß, wie dieser Abend zu Ende gegangen wäre. So aber zückte Kommissar Lorenz seine Geldbörse, zahlte großzügig und die drei verließen das Lokal.

Lorenz warf noch einen letzten Blick in Richtung Tatort. Einmal noch richtig ausschlafen. Morgen früh würde die eigentliche Fahndungsarbeit beginnen.

***

Schmidtchen brauchte genau bis halb zwei mittags, um seinem Chef erste Ergebnisse präsentieren zu können. Lorenz saß an seinem großen eichenen Schreibtisch in der Schaltzentrale des hannoverschen Kommissariats und hatte eine Tasse Tee vor sich.
»Roibusch«, warf er dem eintretenden Schmidtchen ungefragt entgegen. »Soll eine aphrodisierende Wirkung haben.«
»Das sagt man dem neuen Pirelli-Kalender auch nach«, antwortete Schmidt, für seine Verhältnisse ziemlich spontan. »Aber der hält gleich für zwölf Monate. So viel Tee muss man erst mal trinken.«

Schmidtchen legte dem Kommissar ein leeres, schneeweißes Blatt Papier auf den Tisch.

»Was soll das denn?«

»Das sind die ersten Untersuchungsergebnisse. Du wolltest sie umgehend haben.«

»Nichts?«

»Nichts.«

»Gar nichts?«

»Gar nichts will ich nicht sagen. Spuren von humushaltigem Mutterboden. Etwas Nadelabrieb von der Eibenhecke, hinter der wir das Bild gefunden haben. Dort scheint auch etwas Dung einer mittelalten Nacktschnecke anzuhaften. Aber nichts, was uns auf die Spur des Mörders bringen könnte.«

»Es sei denn, es war eine Nacktschnecke.«

»Wie bitte?« Schmidtchen schaute ziemlich entgeistert.

»Der Kerl hat Handschuhe angehabt«, fuhr er fort. »Der, der ihm das Bild mit dem Foto in die Hand gedrückt hat, hat Handschuhe angehabt. Der, der das Bild kopiert hat, hat Handschuhe angehabt. Und es sollte mich nicht wundern, wenn auch der, der den Kopierer mal gebaut hat, Handschuhe angehabt hat. Wir haben nichts. Absolut nichts. Keinen Fingerabdruck. Keine DNA-Spur. Keine Faser eines Kleidungsstückes. So, als ob das Ding in einer sterilen Plastikhülle eingeschweißt gewesen wäre.«

»War es aber nicht«, fuhr Lorenz Schmidtchen in die Parade.

»Ich weiß. Aber was sagt uns das?«

»Dass wir es mit einem ganz ausgekochten Profikiller zu tun haben.«

»Wie meinst du das?«

»Nun ja. Jemand der so kaltblütig und hoch professionell tötet, lässt doch wahrscheinlich nicht aus Versehen ein Foto am Tatort liegen. Das ist eine Botschaft. Der will uns etwas sagen.«

»Ich weiß nicht«, Schmidtchen kratzte sich am Kopf. »Das mit dem Bild kann aber auch gut Zufall gewesen sein. Was für ein Zeichen sollte der Täter denn setzen wollen? Seht her, den habe ich abgeknallt? Oder: Wer so aussieht, ist der Nächste?«

»Was weiß ich? Das müssen wir eben herausfinden.«

Der Kommissar öffnete die rechte obere Schublade seines Schreibtisches und zog eine Liste mit Namen hervor. Es handelte sich um die Personen, die am gestrigen Tage dem Leichenschmaus beigewohnt hatten.

»Theresa, können Sie bitte mal kommen?«

Theresa Schneider war die langjährige Sekretärin des Kommissars. Sie ging ihm nun schon länger als acht Jahre zur Hand und hatte mit ihrer ureigenen weiblichen Intuition schon so manchem Fall die alles entscheidende Wendung gegeben.

Sekunden später bog Theresa um die Ecke.

»Immer zu Diensten Chef. Von Montag früh bis Freitagnachmittag. Vierzig gut bezahlte Stunden die Woche.«

Schmidtchen schnalzte mit der Zunge.

»Frau Schneider. Na Sie sind ja drauf.«

»Lockerheit im Büro, Herr Schmidt. Lockerheit im Büro fördert das Betriebsklima und ist gut für das Allgemeinbefinden.«

»Gut fürs Allgemeinbefinden wäre es auch, wenn wir den Fall von gestern möglichst schnell aufklären würden.« Der Kommissar hielt seiner Sekretärin die Liste mit den Namen unter die Nase. »Vorladen. Alle. Im Halbstundentakt.«

»Bitte«, entfuhr es Theresa. »Bitte. So viel Zeit muss sein.«

Kommissar Lorenz und Schmidtchen schauten sich kurz an.

»Bitte, liebe Theresa. Vorladen. Alle. Im Halbstundentakt.«

11

»Mein Name ist Hilde Hansen und ich habe meinen Mann Volker gleich mitgebracht.«

Zeugenvernehmungen waren für Lorenz schon immer eine Qual. Bereits in seiner Ausbildung, die nun auch schon über zwei Jahrzehnte zurücklag, hatten ihm die Vernehmungen am wenigsten gelegen.

Sinnieren am Schreibtisch; das Zusammenfügen vieler kleiner Fakten zu einem großen Ganzen; das Kombinieren in alle Richtungen – das waren seine Stärken. Die davor liegende Sisyphusarbeit war für ihn die Hölle.

Zu viele Selbstdarsteller.

Zu viele, die immer schon mal davon geträumt hatten, einmal auf dem Revier den großen Zampano zu spielen.

So auch heute.

Das resolute Auftreten der Frau ließ keinen Zweifel daran aufkommen, wer in der Familie Hansen die Hosen anhatte.

»Wir kannten den Pastor gut«, legte Frau Hansen gleich ungefragt los. »Er war ein herzensguter Mann. Er hat unsere Tochter getraut und war immer da, wenn man ihn brauchte.«

»Das interessiert den Kommissar vermutlich gar nicht«, versuchte ihr Mann Volker, den Redefluss seiner Frau ein wenig einzudämmen.

»Warum soll ihn das nicht interessieren? Wir sind doch hier um all das zu erzählen, was wir wissen. Hier geht es um Mord. Da kann jede Kleinigkeit wichtig sein.«

Der halb fragende, halb zurechtweisende Seitenblick Hilde Hansens auf ihren Mann öffnete für Kommissar Lorenz ein kleines Zeitfenster. Das musste er nutzen.

»Mir geht es weniger darum, woher Sie Pastor Decker kannten«, holte er im weiten Bogen aus.

Ein triumphierender Blick von Herrn Hansen flog einmal quer durch den Raum. Lorenz beschloss, die merkwürdige Kommunikation des Ehepaares Hansen untereinander zu ignorieren.

»Ich möchte vielmehr herausbekommen, ob Ihnen bei der Beerdigung und vor allen Dingen beim späteren Leichenschmaus irgendetwas aufgefallen ist. Hier können in der Tat Kleinigkeiten von großer Bedeutung sein. War der Pastor nervös? Fürchtete er sich möglicherweise vor irgendetwas? Machte er Andeutungen? Wirkte er fahrig?«

Kommissar Lorenz hatte bewusst eine wahre Salve an Fragen in Richtung der Eheleute Hansen abgefeuert. Nun wartete er gespannt auf Antworten.

»Mein Gott – fahrig ...« Wie zu erwarten ergriff Frau Hansen das Wort. »Natürlich war er ein wenig fahrig. Herr Kommissar, das war die Beerdigung des eigenen Vaters. Da wird man ja wohl noch ein wenig fahrig sein dürfen. Aber besonders aufgeregt oder ängstlich? Nein. Selbst am offenen Grab, als der Sarg unter seinen Gebeten herabgelassen wurde, blieb seine Stimme fest. Er hatte sich voll im Griff. Und dass der Pastor vor irgendetwas Angst gehabt hätte? Nein, das ist mir auch nicht aufgefallen. Und sonst? Volker, sag' doch auch mal was.«

Sie musste jetzt doch erst einmal Luft holen, laut und deutlich. Die beiden Männer schauten sich erstaunt an. Frau Hansen hatte dem Kommissar ihren Redeschwall entgegengeworfen, ohne zwischendurch auch nur einmal zu atmen.

»Dann sagen Sie doch einmal, Herr Hansen, ist Ihnen etwas aufgefallen?«

»Nein.«

»Keinerlei Auffälligkeiten?

»Nein, nichts.«

Kommissar Lorenz hatte irgendwo mal gelesen, dass jeder Mensch im Durchschnitt so um die fünfzehntausend Wörter pro Tag von sich gibt. Das würde bedeuten, dass im Hause Hansen, vorausgesetzt, die Tochter war nicht da, in etwa dreißigtausend Wörter am Tag gesprochen wurden. Lorenz bezweifelte jedoch ernsthaft, dass hier beide gleichmäßig zum Zuge kamen.

»Danke«, sagte der Kommissar. »Danke, das war es schon.«

»Das war es schon?« Frau Hansens Lungen waren offensichtlich wieder randvoll gefüllt. »Das war alles? Wie wollen Sie denn so den Mörder finden?«

Frau Hansen schaute ungläubig und tief enttäuscht in die Runde. Dann ergab sie sich in das Schicksal. Zwei Minuten später waren die beiden wieder draußen.

Lorenz schaute ihnen nach. Er hatte schon des Öfteren darüber nachgedacht, ob er denn wirklich rundum zufrieden war mit seinem Junggesellenleben. Er hatte sich gefragt, ob es nicht langsam an der Zeit sei, sich nach einer geeigneten Partnerin umzuschauen. Die langen Winterabende über war er oft sehr einsam. Lorenz hatte zugegebenermaßen schon das ein oder andere Mal darüber nachgedacht, eine ernsthafte Beziehung in Angriff zu nehmen. Ganz nebenbei konnte man womöglich auch die Lohnsteuerklasse wechseln. Aber das allein sollte natürlich nicht der Grund sein.

Er hatte – bei der Beantwortung dieser Frage sind die Gedanken frei – auch das ein oder andere Mal seinen Blick Richtung Theresa Schneider schweifen lassen. Sie umgab in letzter Zeit eine Aura, die sein Interesse durchaus weckte. Als er jedoch das Ehepaar Hansen aus dem Präsidium dackeln sah, fiel ihm wieder ein Haufen Gründe ein, die für seinen Status als Junggeselle sprachen. So schlecht war das mit dem Alleinsein vermutlich doch nicht.

Der Kommissar war auf halbem Weg zwischen Schreibtisch und Teekessel, als ihn Theresa aus seinen Gedanken riss.

»Herr Kommissar.«

Wenn man vom Teufel sprach – oder an ihn dachte.

»Herr Kommissar«, wiederholte Theresa. »Sie verlangten einen Halbstundentakt. Das Ehepaar Torbert ist hier. Ich möchte meinen: pünktlich.«

»Dann bitten Sie die beiden doch herein.«

Theresa hatte alle Paare vom Leichenschmaus gleich im Doppelpack zur Vernehmung gebeten. Das war zwar so nicht abgesprochen, jedoch durchaus pfiffig und vor allem zeitsparend. Das Ehepaar Torbert bestand aus der gut aussehenden Frau Torbert und dem etwas älter wirkenden Herrn Torbert, was wohl an Glatze und Hornbrille lag. Ansonsten machten die zwei aber einen deutlich aufgeräumteren Eindruck auf Lorenz als das Ehepaar zuvor. Er komplimentierte beide auf die Stühle vor seinem Schreibtisch.

»Ihre Personalien hat unsere Frau Schneider ja bereits aufgenommen, kommen wir also gleich zur Sache. Ist Ihnen während der Beerdigung oder später beim Leichenschmaus etwas Besonderes aufgefallen?«

Die Eheleute Torbert schauten sich an. Ein Kopfnicken von ihr ermunterte ihn, zu antworten.

»Man achtet ja nicht wirklich bewusst auf Kleinigkeiten, die für Ihre Ermittlung vielleicht interessant sein könnten.« Herr Torbert antwortete ruhig und wählte seine Worte sehr bedacht. »Wir haben uns natürlich auch schon gefragt, was da um uns herum eigentlich passiert ist. Wir waren voller Trauer und sind aufgestanden zum Gebet. Da hörte ich ein leises Klirren. Im nächsten Moment sackte Pastor Decker in sich zusammen und kippte kopfüber in seinen Suppenteller. Es hat bestimmt zehn

Sekunden gedauert, bis ich realisiert hatte, was da Unglaubliches passiert war. Ich weiß noch, dass ich mich wunderte, wie leise so eine Kugel durch die Luft fliegt und wie schnell der Tod eintritt.«

Herr Torbert schaute deutlich mitgenommen zu seiner Frau.

»Ja«, übernahm diese nun das Zepter. »Mir ging es ähnlich. Erst als Frau Cramer laut aufschrie, habe ich gemerkt, dass etwas Furchtbares passiert sein musste. Ich habe den Schuss und das Scheibenklirren überhaupt nicht mitbekommen. Ich war zuvor so mit meinen Gedanken beim alten Herrn Decker, ich war wie weggetreten. Das Nächste, was ich bewusst wahrnahm, war, dass der Herr Pastor mit dem Gesicht in der Suppe lag.«

»Wie gut kannten Sie den Pastor eigentlich?«

»Nun«, fuhr Frau Torbert fort, »wir sind zwar keine eifrigen Kirchgänger, aber ab und zu gehen wir schon. Die Predigten unseres Pastors sind wirklich hörenswert. Ich will sagen, waren ... Verzeihung.« Sie zog ein Taschentuch aus der Hose und tupfte sich die aufkommenden Tränen aus dem Gesicht. »Waren die besten.«

»Kannten Sie die anderen Gäste beim Leichenschmaus?«

Lorenz fragte sich, ob der Begriff ›Gäste‹ im Zusammenhang mit der Beteiligung an einem solchen Beisammensein denn wohl der Richtige war? Ihm fiel aber auch kein Besserer ein.

»Den einen oder anderen kannten wir schon«, antwortete Herr Torbert. »Es waren einige seiner Nachbarn anwesend. Einige Kirchgänger und auch die Verwandtschaft war vertreten.«

»Auch hier nichts Auffälliges?«

»Na ja.« Herr Torbert kraulte sich in seinem nicht vorhandenen Bart. »Für die Nachbarn und die Kirchgänger lege ich meine Hand ins Feuer. Die waren alle voller Trauer. Bei der Verwandtschaft bin ich mir nicht ganz sicher: Verwandtschaft kannst du dir nicht aussuchen. Auch als Pastor nicht.«

»Wie meinen Sie das?«

Der Kommissar beugte sich leicht nach vorne und nahm den vor ihm liegenden Bleistift in die Hand.

»Nun, schon am Grab war mir aufgefallen, dass sich die Trauer über den Tod des alten Decker in der eigenen Familie arg in Grenzen hielt. Und auch beim Leichenschmaus drohte ziemlich schnell eine recht lockere Stimmung aufzukommen. Ich glaube, das war auch der Grund dafür, dass Pastor Decker sich so früh zu seinem Tischgebet erhob. Er wollte den Rest der vorhandenen Trauerstimmung dazu nutzen, seines Vaters noch einmal zu gedenken. Dabei ist mir aber in der Tat etwas aufgefallen.«

Er schaute zu seiner Frau hinüber, die ihm aufmunternd zunickte.

»Was ist Ihnen aufgefallen?«, fasste der Kommissar vorsichtig nach.

»Wir waren mit dem Pastor auch mal privat zusammen. Gesellige Fahrten mit der Gemeinde. Gemeinsame Vorbereitungen zum Weihnachtsmarkt mit anschließendem Umtrunk. Es gab schon Momente, in denen man sich näher kam.«

Lorenz spürte, dass gleich eine verwertbare Info rüberkommen würde.

»Bei einem solchen Beisammensein hat er mal einen Bruder erwähnt. Einen, der offenbar ein wenig abgekommen war vom rechten Weg. Den er zudem schon seit etlichen Jahren nicht mehr gesehen hatte.«

»Und?«

»Nichts ›und‹. Kaum hatte er das erwähnt, wechselte er umgehend das Thema. Ich hielt es nicht für angemessen, weiter nachzufragen.«

Eine sekundenlange Stille erfüllte das Büro des Kommissars. Die drei Anwesenden schauten wortlos in den Raum. Frau Torbert war es schließlich, die ihrem Mann den entscheidenden Anschub gab.

»Nun sag' ihm schon, was du denkst.«

Herr Torbert druckste herum.

»Nur zu, Herr Torbert, was denken Sie?«, versuchte auch Lorenz, ihn verbal ein wenig anzuschubsen.

»Also gut.« Herr Torbert gab sich einen Ruck. »Ich glaube wohl, dass sein Bruder nicht nur beim eigentlichen Begräbnis, sondern auch beim folgenden Leichenschmaus mit anwesend war. In den hinteren Reihen. Mit tief sitzender Mütze und schlecht angeklebtem Schnurrbart. Die Ähnlichkeit im Aussehen war schon sehr auffallend. Auch im Verhalten. Ich glaube, das war sein Bruder. Die beiden waren sich unglaublich ähnlich. Und je länger ich darüber nachdenke, desto sicherer bin ich mir. Ich weiß nicht, ob das für Sie von Bedeutung ist. Ich will hier keinen anschwärzen. Ich meine nur, ich sollte Ihnen das sagen.«

»Danke, das kann schon wichtig sein. Sehr wichtig sogar.«

Lorenz hatte während der Ausführungen zwar keine seitenlangen Notizen gemacht, aber die Stichworte ›Bruder‹, ›jahrelang nicht gesehen‹ und ›angeklebter Schnurrbart?‹ schauten ihn von seinem Schreibblock an.

»Vielen Dank für Ihre Ausführungen. Wenn Ihnen noch etwas einfällt, zögern Sie bitte nicht, mich zu kontaktieren.«

Der Kommissar zückte eine Visitenkarte aus der Brusttasche seines Jacketts und reichte sie Herrn Torbert.

»Egal ob Tag oder Nacht. Wobei mir tagsüber natürlich lieber ist.«

Er schüttelte den Eheleuten die Hand und geleitete sie hinaus. Gedanklich war er schon beim nächsten Schritt.

»Theresa, kommen Sie bitte mal?«

Lorenz war selber überrascht darüber, mit wie viel Hingabe er das ›bitte‹ betonte. Aber es sollte sich auszahlen.

»Ja, Chef, was gibt's? Darf ich Ihnen einen Tee aufsetzen? Orange-Ingwer? Ich habe da was ganz Neues für Sie.«

Lorenz war zunächst ein wenig verdattert. Sollte so wenig Freundlichkeit eine so große Wirkung entfachen können? Er war bemüht, sich seine Gefühlsregung nicht anmerken zu lassen. Aber er musste zu Hause unbedingt mal googeln, welche Wirkung man Orange-Ingwer-Tee so zuschrieb.

Theresa war schon unterwegs, heißes Wasser aufzusetzen, als dem Kommissar wieder einfiel, was er eigentlich von ihr wollte.

»Haben wir eine Kopie des Kondolenzbuches?«

»Haben wir nicht«, antwortete Theresa über die Schulter zurück.

»Wieso das denn nicht?«

»Weil wir das Kondolenzbuch im Original haben.«

»Das ist gut. Wenn Sie dann bitte so nett wären ...?«

»Gerne, Chef. Ich bringe es Ihnen sofort. Im Übrigen haben wir für heute noch dreimal den ›Halbstundentakt‹ im Programm.«

»Oh nein.« Lorenz schlug sich die Hände vors Gesicht.

»Es sei denn, ich sage die Termine kurzfristig ab.«

»Das würden Sie für mich tun?«

»Aber sicher doch. Aber alles der Reihe nach. Erst Tee, dann das Kondolenzbuch und dann sage ich die Termine ab.«

»Wenn ich vielleicht erst das Buch bekommen könnte und dann den Tee?«

»Auch das wird gehen.«

Keine zehn Sekunden später lag das große schwarze Kondolenzbuch vor dem Kommissar auf dem Schreibtisch. Lorenz blätterte sich durch die Seiten und studierte aufmerksam die Namen derer, die sich hier verewigt hatten. Offenbar war es guter Väter Sitte, den Namenszug in einem solchen Buch schön leserlich zu hinterlassen. Jedenfalls konnte er fast alle der hier aufgeführten Namen mühelos entziffern. Einige meinten, den ein oder anderen klugen Satz ihrem Namenszug vorausschicken zu müssen.

›Nicht klagen, dass du gegangen, freuen, dass du gewesen bist‹ – Paula und Benno

›In unserer Erinnerung lebst du fort‹ – Philipp und Munna Steinbock

›Wir sind froh, dich gekannt zu haben‹ – Frank und Anja Sänger

›Heute kann es regnen, stürmen oder schneien‹ – Rolf Zuckowski

Auf was für Ideen trauernde Menschen so kamen. Der Kommissar ging das Kondolenzbuch aufmerksam durch, Seite für Seite, Namen für Namen.

Er fand das Ehepaar Hansen.

Er fand die Eheleute Torbert.

Er fand aber noch Jemanden. Und beim Lesen dieses Namens spürte er, wie sich seine Nackenhaare langsam aufrichteten.

›Martin Decker‹ stand da. In etwas krakeliger Handschrift zwar, aber an und für sich gut lesbar. Martin Decker, der Mann mit der tief sitzenden Mütze. Der Mann mit dem vermutlich angeklebten Schnurrbart. Martin Decker, der offenbar jahrelang verschollene Bruder des Pastors.

Wer war dieser Mann? Hatte er was mit dem Mord am Pastor zu tun?

»Chef, Ihr Tee.«

Theresa hatte ihn völlig aus seinen Gedanken gerissen, als sie mit dem viel gepriesenen Orange-Ingwer-Tee auf dem Tablett um die Ecke kam. Sie servierte ihn mit einem aufreizenden Lächeln.

»Stärkt angeblich die Männlichkeit. Aber ich weiß ja nicht ...«

12

Sie sah nicht schlecht aus. Also eigentlich ganz gut. Ganz gut? War er noch zu retten?

Martin schaute auf sein Handy. Er hatte sie beim Schlafen fotografiert. Sie sah granatenmäßig aus. Die Bettdecke bis unter das Kinn gezogen. Die Haare weit ausgebreitet. Die Augen fest verschlossen. Sie lag da und schlief den Schlaf des Gerechten. So hübsch, so unschuldig, als wäre ein Engel in sein Leben getreten. Das Blöde war nur, genauso schnell wie der Engel in sein Leben eingetreten war, so schnell war er auch wieder verschwunden.

Martin hatte seine ganze Bude auf den Kopf gestellt. Kein Engel im Badezimmer. Kein Engel in der Küche. Keiner auf dem Balkon. Er kroch unters Sofa.

Nix.

Was war denn das für ein geiler Abend gewesen? Was für eine Nacht? Und überhaupt: Was war das denn bloß für eine Frau? Da konnte Angelina Jolie ihre gepimpten Lippen noch so schürzen, da kam selbst die nicht mit.

Martin machte sich einen doppelten Espresso, warf sich auf sein Sofa und schaute aus dem Fenster.

Loft.

Ganz oben.

Ganz groß.

Ganz teuer.

Mist.

Da interessierte er sich einmal im Leben für eine Frau, da war sie auch schon wieder weg. Aber was war passiert?

Die Sache mit Einauge hatte ihn schwer beschäftigt. Er musste wachsam sein. Die Hamburger Konkurrenz hatte ihn im Visier. Martin wusste nur zu gut, dass Einauge so schnell nicht klein beigeben würde.

Trotzdem: Verstecken war nie sein Ding gewesen. Aufpassen schon, aber Verstecken war was für Weicheier. Martin brauchte Zerstreuung. Deshalb war er gestern Abend losgezogen. Ziellos. Planlos. Halt auf gut Glück.

Und so wie Martin aussah, so wie er mit den Augen lachen konnte, so wie er daherkam, blieb er für gewöhnlich nicht lange alleine. Martin wusste, wie er auf Frauen wirkte. Tendenziell gut. Mit leichter Neigung zu sehr gut.

Er konnte sie alle haben. Die meisten wollte er aber gar nicht. Zu alt. Zu doof. Zu dick. Irgendetwas störte ihn immer. Na klar war ein Chauvi. Und was für einer. Aber was soll's? Der liebe Gott hatte sich halt einen Spaß mit ihm erlaubt und bei seiner Herstellung etwas tiefer hineingegriffen in die Kiste mit den Schönheitsattributen.

Knapp über eins neunzig, sportlich schlank, 84 Kilo. Stammgast in der Muckibude. Konnte in seinem Job eh nicht schaden, topfit zu sein. Darüber hinaus auch noch geistreich und kommunikativ. Und wenn es der Damenwelt auch gefiel, warum denn nicht?

Also, was war nun passiert gestern Abend? Zuerst war er im ›La Rocca‹, seinem Lieblings-Italiener. Nudeln mit Gambas. Lecker. Und dann, ah, der Espresso begann zu wirken, im ›Sunshine‹, der Cocktailbar der Extraklasse. Eine Cocktailbar mit Türsteher. Sprach für die Bar. Hier hatte er eine Trefferquote von nahezu einhundert Prozent. Mit Karl Lagerfeld in den Achselhöhlen, Drei-Tage-Bart und für geschätzt dreitausend Euro Klamotten am Leib.

Martin hatte was vom ›Bachelor‹. Aber irgendwie war das nicht sein Abend gewesen. Er fand, keine der anwesenden Damen verdiente seine Rose. Alle Frauen hatten irgendwie gebraucht ausgesehen. Wie bereits erwähnt: zu alt. Zu doof. Zu dick.

Martin war schon bereit gewesen, wieder aufzubrechen, da ging die Tür auf. Seine gerade erst eingeworfenen Gambas wären ihm fast wieder um die Ohren geflogen.

Was war das denn bitte schön? Wo kam die denn her? Vom Mars? Und offensichtlich alleine. Wenn man die geschätzten hundert männlichen Augenpaare mal außer Acht ließ, die jeden Schritt dieses ›Wesens‹ verfolgten. Solche Frauen gingen normalerweise niemals ohne Begleitung aus.

Hätte Martin etwas zu melden gehabt, es wären wenigstens drei Leibwächter an ihrer Seite. Martin hatte hier aber nix zu melden. Noch nicht. Er hatte sie mit seinem geschulten Latin-Lover-Blick einmal von oben bis unten gescannt. Martin schätzte sie auf Ende zwanzig und ausgestattet mit Körpermaßen, die ihm schon fast unverschämt vorkamen. Da muss sich der liebe Gott doch glatt noch eine zweite Laune der Natur gegönnt haben. Martin war kurz davor gläubig zu werden.

Madame war mit elfenhaften Schritten in den Laden stolziert und hatte sich ruhig und bedächtig umgesehen. Wer so einmarschierte, wer so seine Umgebung musterte, der hatte meistens eindeutige Absichten.

Er begann im Geist die Sekunden zu zählen. Es würde genau sieben Sekunden dauern, bis sich das Rasseweib an den ganzen Langweilern vorbei geguckt hätte.

Noch fünf Sekunden, bis ihr Blick am lispelnden Barkeeper vorbei über die Bar geschweift wäre. Drei Sekunden, bis sie in seine Augen schauen würde. Als sich ihre Blicke trafen, war es sofort geschehen. Wer gute Ohren hatte, hätte es hören können.

Pling.

Aber wer hatte heute schon noch gute Ohren? Und dann die laute Musik. Martin hörte das ›Pling‹. Und die fremde Schönheit auch. Er hatte sich sein Glas geschnappt, war aufgestanden von seinem froschgrünen Designerschemel und zielstrebig auf sie zu gegangen.

Es war schon von weitem zu riechen gewesen. So rochen keine normalen Frauen. So rochen auch keine Topfrauen. So rochen Wesen vom anderen Stern. Granatenweiber, die im Zuge eines intergalaktischen Modellaustausches auf die Erde geschleust wurden, um die Botschaft der Liebe zu verbreiten. Und nach dem Vorfall bei Einauge war Martin so was von intergalaktisch veranlagt, dass es kein Zurück mehr gab.

Sabrina – was für ein Name.

Die Anmache war klassisch romantisch abgelaufen. Das erste Getränk mit verträumtem Augenaufschlag. Beim Zweiten kam man sich schon ein wenig näher. An das Dritte bis Achte konnte sich Martin irgendwie gar nicht mehr erinnern. Aber er wusste noch sehr genau, dass sie beide beschlossen, dass Neunte bei ihm einzunehmen.

Im Loft.

Ganz oben.

Ganz groß.

Ganz teuer.

Martin hatte sich voll ins Zeug gelegt. Als ginge es darum, einen rohen Diamanten, wie beim Eierlauf, sicher über die Ziellinie zu bringen. Martin war top gewesen. Aufmerksam. Einfühlsam. Ein guter Zuhörer und ein perfekter Liebhaber. Dann waren sie nebeneinander eingeschlafen. Löffelchenstellung. Das Leben konnte so schön sein.

Mitten in der Nacht war er aufgewacht. Da hatte sie noch neben ihm gelegen. So schön. So sexy. So friedlich. Da konnte er einfach nicht anders. Martin war aufgestanden und hatte das schönste Handyfoto seines Lebens gemacht.

Bei der Gelegenheit hatte er auch gleich noch ihr Handy inspiziert. Und natürlich ihre Nummer abgespeichert. Andere Frauen hatten für ihn oftmals schon kleine Zettel vorbereitet. Eine hatte sich ihre Telefonnummer mit einem Filzer mal quer über die Brust geschrieben. Aber obwohl Martin die Nummer die halbe Nacht direkt vor Augen gehabt hatte, konnte er sich am nächsten Tag nicht mehr daran erinnern.

Eins war klar: Sabrina durfte ihm auf gar keinen Fall von der Stange gehen. War sie nun aber irgendwie doch.

Wahrscheinlich war sie Brötchen holen gegangen.

Oder auf einem Modell-Wettbewerb.

Vielleicht war sie aber auch nur mal kurz nach Hause gegangen. Um ihre Koffer zu packen und bei ihm einzuziehen.

Alle drei Varianten schienen ihm logisch.

Martin stand auf, machte sich frisch und deckte dann den Frühstückstisch. Draußen. Auf seiner einhundertfünfzig Quadratmeter großen Außenterrasse. Blick auf die Marktkirche. Die Glocken läuteten. Der Kaffee war durchgelaufen. Das würde sein Tag werden. Da klingelte es an der Tür.

Martin grinste. Hatte er doch irgendwie geahnt, dass die kleine Zuckerschnecke ihn nicht vergessen hatte.

Martin war wahrscheinlich der einzige Mensch auf der Welt, der einen Türspion aus schusssicherem Glas hatte. Er hatte eines Nachts mal davon geträumt, dass einer seiner speziellen Hamburger Freunde an der Tür klingelte und dabei gleichzeitig eine Knarre von außen direkt auf den Türspion setzte. Man hatte ihm im Traum das rechte Auge weggeschossen. Darüber war Martin so entsetzt gewesen, dass er seinen Türspion austauschen ließ.

Er lud seine 45er Magnum einmal durch und schaute durch das Guckloch. Was er sah, machte ihn nicht wirklich glücklich. Einer in Zivil, einer in Polizeiuniform. Sie waren halt doch nicht doof, die hannoverschen Kriminalisten.

Martin legte seine Wumme wieder in die Hohlstelle unter dem Parkett, strich sich die Falten aus dem Hemd und öffnete die Tür. Kommissar Lorenz blickte ihm direkt ins Gesicht.

»Ach du Scheiße.«

Von Haus aus war der Kommissar ein gebildeter Mann und mit guten Umgangsformen ausgestattet. Seine Eltern pochten auf die Etikette. Und was einem jungen Mann sonst noch an Schliff fehlte, verpasste ihm seinerzeit die gute alte Frau von Hagemeister, seine strenge, aber immer gerechte Tanzschullehrerin. Dennoch entfuhr es ihm gleich ein zweites Mal.

»Ach du Scheiße.«

Martin legte seinen Kopf leicht schief und starrte den Kommissar an.

»Haben Sie mir noch mehr zu sagen, oder war es das?«

Lorenz fing sich mühsam.

»Herr Decker? Martin Decker?«

»Der bin ich. Mit wem habe ich das Vergnügen?«

»Lorenz ist mein Name. Kommissar Lorenz. Ich hätte da ein paar Fragen an Sie.«

»Der Herr in Uniform auch?«

»Der Herr in Uniform wartet vor der Tür auf mich.«

Der Kommissar drehte sich zu seinem Kollegen um.

»Mayrhofer, du passt auf, dass uns hier keiner stört. Wenn es Ärger geben sollte, mache ich mich bemerkbar.«

»Is scho recht, Herr Kommissar.«

Martin Decker machte eine einladende Geste und Kommissar Lorenz betrat die Wohnung. Aber was hieß hier schon Wohnung? So eine Behausung hatte Lorenz noch nie gesehen. Entgeistert blickte er durch das ganze Loft.

»Machen Sie das alles zu Fuß oder fährt hier ein Bus?«

Martin musste grinsen. Polizei im Haus war immer doof. Aber der hier schien wenigstens etwas Humor zu haben. Lorenz war noch immer wie geblendet. Was hier an Einrichtungsgegenständen vorhanden war, sprengte sein Vorstellungsvermögen. Chinesische Vasen auf dem gepflegten Parkettboden verliehen dem vorderen Loft-Bereich ein exotisches Ambiente.

Mitten im Raum stand ein Klavier. Oder galt das schon als Flügel? Der Kommissar war, was die Bestimmung von Musikinstrumenten anging, nicht ganz stilsicher. Malerei war da schon eher sein Gebiet. Die vielen Bilder an den Wänden weckten sein Interesse.

»Darf ich?«

Ohne die Antwort Martin Deckers abzuwarten, inspizierte er im Vorbeigehen die Werke. Vor einem blieb er stehen. Etwas Ähnliches hatte er schon einmal in einer Kunst-Zeitschrift gesehen. Ein Mann mit Hut stand auf einer Brücke und schaute auf Tausende von Seerosen, die sich farbenfroh über einen Teich verteilten. Das Bild aus der Zeitschrift war von Monet gewesen.

Um Gottes willen – das hier auch!

Schwer beeindruckt ging er weiter, vorbei an einer zum Wohnbereich hin offenen Küche, die so viel Platz bot, dass man vor der Kochinsel locker einen Porsche Cayenne hätte einparken können.

Das letzte Highlight, das er bewusst wahrnahm, war ein Riesending von Kamin. In dem konnte man vermutlich einen ganzen Ochsen auf einmal braten. Vielleicht auch zwei.

Martin Decker verhielt sich so, als wäre das alles ganz normal. Er hatte inzwischen beschlossen, den freundlichen Gastgeber zu spielen und wies mit seiner ausgestreckten Hand einladend nach draußen. Der Blick durch die offene Terrassentür ließ Lorenz vermuten, dass er das Wort ›Dachterrasse‹ nach dem Besuch hier würde neu definieren müssen.

»Nehmen Sie Platz, Herr Kommissar. Wir haben zwar Mitte Februar, aber der milde Winter macht es möglich. Ich wollte gerade frühstücken. Bitte bedienen Sie sich. Wie Sie sehen, ich habe schon für Sie mitgedeckt.«

Der Kommissar war nur einen Moment leicht verwirrt.

»Vielen Dank Herr Decker, aber ich habe schon gefrühstückt. Ich bin pappsatt.« Lorenz beschloss, gleich zur Sache zu kommen. »Sie wissen, warum ich hier bin?«

»Ich kann es mir denken.«

»Sie waren bei der Beerdigung Ihres Vaters. Und auch beim anschließenden Leichenschmaus.«

»Stimmt.«

»Das ist ja auch an und für sich nichts Ungewöhnliches. Ach so, mein herzliches Beileid übrigens.«

»Danke.«

»Auch zum Tode Ihres Bruders.«

Martin tat berührt. Eigentlich war es ihm egal.

»Was ein wenig ungewöhnlich anmutet, ist die Tatsache, dass Sie zum einen Ihren Namen im Kondolenzbuch hinterließen, zum anderen aber offensichtlich nicht erkannt werden wollten. Wozu die Maskerade?«

Martin schaute auf die Uhr der Marktkirche. Zehn vor zwölf.

»Ich habe mit meiner Familie schon seit langer Zeit keinen Kontakt mehr. Erst, als unser Vater starb, da suchte mich mein Bruder.«

»Und anscheinend auch erfolgreich.«

»Ja, das war ja auch überhaupt kein Problem. Ich stehe im Telefonbuch. Wie ein ganz normaler Mensch. Ich wohne knapp zehn Kilometer entfernt von Hemmingen.«

»Dann hat Ihr Bruder Sie also vom Tod Ihres Vaters in Kenntnis gesetzt.«

»Genau. Er hat mir kommentarlos eine Trauerkarte zugesandt. Mit Ort und Datum der Beerdigung. Ich habe lange überlegt. Ich hatte kein gutes Verhältnis zu meinem Vater. Unter uns, er war ein Arsch. Aber vermutlich hätte er das Gleiche auch über mich gesagt.«

Martin stand auf und steuerte in Richtung Küchenbereich.

»Möchten Sie wenigstens etwas trinken? Ich habe frischen Tee aufgesetzt.«
Der Kommissar wurde neugierig. »Was denn für einen?«
»Stinknormalen Ostfriesentee. Schmeckt aber super.«
Lorenz nickte zustimmend.
»Zucker oder Kandis?«
»Weder noch. Völlig ungesüßt. Ist besser für die Zähne.«
»Richtig. Schmeckt auch besser.«
Martin kam mit zwei dampfenden Bechern zurück.
»Bitte sehr.«
»Danke.«
Der Kommissar sog den aufsteigenden Tee-Dampf genüsslich ein.

»Schmeckt sehr gut«, lobte Lorenz seinen Gastgeber, um jedoch gleich wieder zum eigentlichen Grund seines Besuchs zurückzukommen.

»Warum die Maskerade?«

Martin Decker kostete einen ersten, vorsichtigen Schluck und antwortete bedacht.

»Wie gesagt, ich hatte meine Familie seit Ewigkeiten nicht mehr gesehen. Ich wollte nicht einfach auf der Beerdigung erscheinen und so tun, als sei die ganzen Jahre über nichts gewesen.«

Er nahm einen weiteren Schluck vom Tee.

»Ich hatte keinen Bock auf die Fragen der buckligen Verwandtschaft oder nerviger Nachbarn meines Vaters. Wo ich denn gewesen sei, die ganzen Jahre? Was ich denn so gemacht hätte, die ganze Zeit? Und überhaupt keinen Bock hatte ich auf die Frage, wie ich meine Familie denn bloß hatte verlassen können, in so jungen Jahren? Wie ich meinen Eltern das bloß hatte antun können? Das geht keinen was an. Die Verwandtschaft nicht, die Nachbarn nicht und nichts für ungut, Herr Kommissar: Sie auch nicht.«

Martin Decker stellte seine Tasse ab und schaute Richtung Kirchturmuhr. Kurz vor zwölf.

»Hatten Sie vor, sich an diesem Tag mit Ihrem Bruder auszusprechen?«

»Auszusprechen ist vielleicht ein bisschen hoch gegriffen. Ich möchte das, was ich vorhatte, mal als vorsichtige Kontaktaufnahme bezeichnen. Aber ja, ich hätte ein kurzes Gespräch gesucht. Das war der Grund dafür, der Trauergemeinde zum Leichenschmaus zu folgen.«

»Wie haben Sie den Mordanschlag vor Ort erlebt.«

»Ich habe es erst gar nicht richtig mitbekommen. Ich war so perplex, zum Tischgebet aufstehen zu müssen. Das habe ich seit Jahren schon nicht mehr gemacht.«

»Was – gebetet?«

»Ja. Und dann auch noch im Stehen.«

»Was war dann?«

»Dann hat es einmal geklirrt und mein Bruder fiel um. Eine Frau schrie und meine Tischnachbarin fragte, was denn passiert sei. Ich hätte es ihr wohl erklären können. Mir war gleich klar, was passiert war.«

»Kann es sein, dass der Schuss Ihnen galt?«

Der Kommissar hatte keine große Lust, lange um den heißen Brei herumzureden.

»Kann es sein, dass man Ihren Bruder mit Ihnen verwechselt hat? Dass die Kugel eigentlich an Sie adressiert war?«

»Was weiß ich? Warum sollte mich einer umbringen wollen?«

»Ich hatte gehofft, Sie könnten mir das erklären.«

Martin hatte keinen Bock mehr. Er verschränkte die Arme vor der Brust und beschloss, die Unterhaltung zu beenden.

»Mehr habe ich nicht zu sagen. Ich möchte Sie daher bitten, jetzt zu gehen. Ich befinde mich in tiefer Trauer und möchte allein sein.«

»Das kann ich verstehen.«

Kommissar Lorenz schälte sich umständlich aus dem Designersessel, in den er sich zu Beginn der Unterhaltung mutig hatte fallen lassen. Dann stellte er seine Tasse auf den silbern eingefassten Glastisch und machte Anstalten aufzubrechen.

»Etwas interessiert mich aber doch noch: Warum dieser überstürzte Abgang? Warum sind Sie nicht geblieben, bis die Polizei kam? Warum dieses fast fluchtartige Verlassen der Gesellschaft? Vor was hatten Sie Angst? Vor was oder wem haben Sie sich gefürchtet?«

Martin und der Kommissar standen sich jetzt Auge in Auge gegenüber.

»Ich habe dem, was ich gesagt habe, nichts mehr hinzuzufügen.« Martin streckte dem Kommissar die Hand entgegen und machte damit unverständlich klar, dass für ihn die Unterredung nunmehr beendet sei.

Dann begleitete er Lorenz den ganzen, langen Weg zurück zur Tür. Dort angekommen schaute Lorenz sein Gegenüber noch einmal eindringlich an.

»Ich komme wieder!«

»Ich weiß«, antwortete Martin Decker.

Nachdem sich die Tür hinter dem Kommissar geschlossen hatte, ging Martin zurück auf seine Dachterrasse und schaute ein letztes Mal Richtung Kirchturmuhr. Fünf nach zwölf.

Na, hoffentlich war das kein schlechtes Zeichen.

Auf der anderen Seite der Eingangstür hatte Mayrhofer geduldig auf seinen Chef gewartet.

»Wie war's?«, fragte er.

»Schöne Scheiße«, antwortete Lorenz. »Das ist nicht nur der Bruder. Das ist der Zwillingsbruder.«

13

Stimmte schon, er war ganz süß. Er roch gut und war aufmerksam gewesen. Und Aufmerksamkeit schätzte sie sehr. Auch sie war selber immer sehr aufmerksam. Besonders in ihrem Job. Da war Aufmerksamkeit praktisch das A und O. Wenn man wie sie als Auftragskillerin arbeitete, war Aufmerksamkeit wirklich das Allerwichtigste. Diesen Monat war sie geschlagene sechs Mal aufmerksam gewesen. In vier Ländern. Auf zwei Kontinenten. Sechs Schuss, sechs Treffer.

Also wenn das nicht aufmerksam war, was dann?

Sie schaute aus ihrem Hotelzimmer. Blick auf Hannovers Hauptbahnhof. Nicht wirklich schlecht. Aber richtige Großstädte sahen irgendwie anders aus.

Moskau. Peng. Auftrag erledigt.

New York. Peng. Gut gemacht.

Paris. Peng. Treffer. Versenkt.

Sie hatte wahrlich schon aus besseren Hotels auf bessere Hauptbahnhöfe geschaut. Einen besseren Liebhaber aber hatte sie selten gehabt. Sie hatte ihren wohlverdienten Feierabend. Die Arbeit war getan. Sie hatte Hunger, Durst und Lust auf Liebe. Guter Sex in einer fremden Stadt, das war nicht immer leicht zu organisieren. Auch dann nicht, wenn man so aussah wie sie. Sie hatte die Erfahrung gemacht, dass die Männer, je näher man an die Hauptbahnhöfe kam, immer besser wurden.

Martin?

Eigentlich ein Allerweltsname. Aber der Junge war wirklich gut. Zärtlich. Romantisch. Rücksichtsvoll. Ging schon in Ordnung, was gestern Nacht passiert war. Sie hatte sich prächtig amüsiert und damit gut.

Sabrina?

Da hatte sie sich aber wieder mal einen flotten Namen einfallen lassen. Sie taufte sich nach Lust und Laune. Ludmilla – Katie – Yvonne. Sie war in vielen Städten unterwegs. Sie hatte viele Namen.

Martin.

Sie fuhr sich mit ihren langen zarten Fingern durch das Haar und betrachtete sich ausgiebig im Hotelspiegel. Die Männer waren verrückt nach ihr. Fanden, sie sehe geil aus. Sexy. Das war ok. Wahrscheinlich hatten die Kerle recht.

Martin wusste nichts von ihr und konnte gern träumen, was er wollte. Auch Anzügliches. Der Gedanke an ihn erregte sie. Sie hatte noch immer seinen Körpergeruch in der Nase. Pikantes Essen. Beste Getränke. Sauberer, ehrlicher Sex. Sie würde Hannover in wirklich guter Erinnerung behalten. Aber jetzt musste sie weiter. Die Arbeit rief. Sie musste die Gedanken an die letzte Nacht aus ihrem Kopf kriegen. Sich konzentrieren. Sie musste aufmerksam sein. Job ist Job.

Von Hannover nach Berlin waren es nur knapp zwei Stunden Bahnfahrt. Sie fuhr gern mit dem Zug zur Arbeit. Keine Kontrollen. Nicht für sie. Nicht für ihr Handgepäck. Aber auch nicht für ihren dunkelroten Rollkoffer, in dem ihre Walther PPQ gemeinsam mit ihrem Schalldämpfer schlummerte, eingebettet zwischen zwei Paar schneeweißen String-Tangas.

14

»Ich weiß etwas, was ihr nicht wisst.«

Klaus Schleicher, eifriger und sehr emsiger Mitarbeiter im Morddezernat, wusste eigentlich nur selten etwas, von dem die anderen nichts wussten. Zumindest bei den Sachen, die wirklich von Bedeutung waren. Das lag vermutlich daran, dass Lorenz ihn normalerweise nur für die Tätigkeiten einteilte, für die seine guten Leute keine Lust oder keine Zeit hatten.

Klaus Schleicher war genau der richtige Mann für die Jobs, die man landauf, landab als ›Sisyphusarbeit‹ bezeichnete. Wenn es darum ging herauszubekommen, wie viele Strafmandate jemand in den letzten zehn Jahren für falsches Parken eingesammelt hatte, war Schleicher derjenige, der darauf angesetzt wurde. Dann vergrub er sich für Tage in Akten und Dateien. Er hatte als einziger des Dezernats den Schlüssel für das alte Kellerarchiv. Hier schlummerten Tausende von staubigen Ordnern, in Hunderten von angerosteten Metallregalen.

Wäre Klaus Schleicher Mitglied eines Bienenvolks gewesen, er wäre eine klassische Arbeitsbiene. Aus den genannten Gründen war das gesamte Dezernat erstaunt darüber, was Schleicher da mit fester Stimme verkündete.

»Ich weiß etwas, was ihr nicht wisst.«

Gleich hinter ihm betrat Laborleiter Schmidt den Raum. Er hielt einen Befund in den Händen und wedelte damit aufgeregt durch die Luft.

»Leute«, rief er freudig erregt, »ich habe was gefunden und ...«

»Und lassen Sie mich raten«, fiel ihm Theresa ins Wort: »Sie haben es Schleicher schon erzählt.«

»Stimmt.« Schmidt war verblüfft. »Aber nur ihm. Ich weiß es doch selber erst seit zehn Minuten.«

Klaus Schleicher ließ sich mit beleidigter Miene auf den nächstbesten Bürostuhl fallen.

»Aber ich habe es vor euch gewusst«, brummelte er trotzig vor sich hin.

»Was gibt's denn nun so Wichtiges?«, schaltete sich der Kommissar ein. »Hast du den Mörder von Pastor Decker gefunden?«

»Das nicht.« Schmidtchen grinste von einem Ohr bis zum anderen. »Ich kann euch ja nicht die ganze Arbeit abnehmen. Aber ich habe einen ersten Ermittlungserfolg aus dem Labor zu vermelden.«

»Na dann vermelde mal«, ermunterte ihn Lorenz.

»Haltet euch gut fest. Wir haben die Kugel aus dem Kopf von Pastor Decker geprokelt und genauer untersucht.«

Bei dem Wort ›geprokelt‹ wurde Theresa kreidebleich im Gesicht und verließ fluchtartig den Raum.

»Schmidtchen, etwas mehr Pietät bitte«, forderte der Kommissar.

Schmidtchen warf eine entschuldigende Geste in den Raum.

»Wir haben die Kugel also fachmännisch freigelegt und dann geborgen. Dabei hatten wir dunkle Klamotten an, waren furchtbar betroffen und im Hintergrund lief Trauermusik. Besser so?«

Lorenz verkniff es sich, auf diese kleine Spitze zu antworten. Stattdessen warf er seinem Laborleiter einen strafenden Blick zu. Früher hätte er über solche Gags gelacht. Wenn er aber heute merkte, dass sie seiner Sekretärin auf den Magen schlugen, wurde er verdächtig einfühlsam und verständnisvoll.

»Was ist nun mit der Kugel? Kann sie sprechen? Hat sie dir verraten, wo und wen wir suchen müssen?«

»Das kann man so sagen. Zumindest hat sie uns eine grobe Richtung vorgegeben. Bei abgefeuerten Kugeln ist es ähnlich wie bei einem Fingerabdruck. Die Spuren, die der Lauf einer abgefeuerten Waffe der Kugel verpasst, sind einzigartig und somit von Waffe zu Waffe verschieden.«

Kommissar Lorenz schaute Schmidtchen verdutzt an.

»Willst du uns veräppeln? Es ist uns allen hier wohlbekannt, dass man eine Kugel einer bestimmten Waffe zuordnen kann. Habe selbst ich schon was von gehört. Polizeisonderschule. Erste Klasse.«

»Ja, ich weiß. Ich dachte nur ...«

»Was dachtest du?«

»Na ja, wegen Mayrhofer. Was weiß ich, wie die das in Niederbayern machen? Und er soll doch auch was lernen bei uns.«

»I kimm gar ned aus Niederbayern, i kimm aus Oberbayern, aus Freilassing, wenns des genau wissn woits. Und ausserdem kenna mir des scho lang.« Mayrhofer lief rot an. »Kollegen, i kimm aus Bayern. Ned von am andern Planetn.«

»Was ist nun mit der Kugel?« Theresa war wieder auferstanden von den Toten.

»Nun ja.« Schmidtchen genoss es, für einen Augenblick im Mittelpunkt zu stehen. »Wir haben eine Kugel mit den identischen Verformungen schon einmal aus einem Schädel geprokelt. Äh, ich meine, dem Kopf eines Getöteten fachmännisch entnommen.«

»Ja und? Nun spann uns nicht länger auf die Folter.«

Es ging auf Mittag. Der Kommissar war hungrig.

»Vor zwei Jahren, vielleicht erinnert ihr euch noch, da wurde in der Innenstadt im Rotlichtmilieu, direkt am Steintor, ein stadtbekannter Zuhälter umgebracht. Die Sache schlug damals hohe Wellen. Den Täter konnten wir bis heute nicht ermitteln. Wir haben damals einen ganzen Aktenberg zusammengetragen. Gelöst haben wir den Fall trotzdem nicht.«

›Aktenberg‹ – Klaus Schleicher hatte gerade eben eines der Reizwörter vernommen, die für ihn das Leben lebenswert machten. Deshalb beschloss er, sich an der Unterredung wieder zu beteiligen.

»Schön und gut, aber was hat denn ein stadtbekannter hannoverscher Zuhälter mit dem Pastor aus Hemmingen zu tun?«

»Das gilt es herauszufinden«, antwortete Schmidtchen gelassen.

Kommissar Lorenz war in Gedanken schon dabei, die entsprechenden Ermittlungsgruppen zusammenzustellen.

»Wer nimmt sich die Akten des alten Falles noch einmal vor?«

Es durchzuckte Schleicher wie ein Blitz. Da waren sie wieder. Die Reizwörter. Eineinhalb Meter Akten.

»Schleicher, kriegst du das auf die Kette?«

Wären Klaus Schleicher und sein Chef alleine im Büro gewesen, Schleicher hätte seinem Chef möglicherweise einen Schmatzer auf die Wange gedrückt. So aber setzte Klaus Schleicher den Blick eines harten Hundes auf und tat pflichtbewusst.

«Jawohl Chef, ich mach' mich da sofort drüber.«

Er sprang aus seinem Stuhl und steuerte, die linke Hand nachdenklich an der Stirn, die rechte, als würde sie nach einem Buch greifen, weit von sich gestreckt, auf direktem Weg in den Keller. Klaus Schleicher wusste ganz genau, welches Regal er anzusteuern hatte. Die Zurückgebliebenen machten derweil weiter.

»Was wissen wir über Martin Decker?«

Laborleiter Schmidt, Theresa und der bayerische Kollege Mayrhofer schauten den Kommissar fragend an.

»Na, dass er der Bruder von Pastor Dirk Decker ist«, reagierte Theresa als erste.

»Waaar«, verbesserte Mayrhofer. »Dass er dem sei Bruader waaar.«

Lorenz wurde konkreter.

»Ich meine, was wir über ihn wissen, im Sinne von: Ist er schon mal aktenkundig geworden? Womit verdient er sein Geld? Dass er eine ganze Menge Geld verdient, davon konnte ich mich bei meinem Kurzbesuch vorgestern selber überzeugen. So wie der eingerichtet ist, wird in dem Laden, in dem er arbeitet, pünktlich und vor allem sehr gut bezahlt. Kollege Mayrhofer, zeigen Sie mal, was Sie drauf haben. Normalerweise wäre das jetzt ein Job für den Kollegen Schleicher, aber der schleicht zurzeit im Keller herum. Theresa, bitte recherchieren Sie mit dem Kollegen Mayrhofer mal, was unser Computer zu der Person von ›Martin Decker‹ noch anderes auszuspucken hat als die Tatsache, dass es sich bei ihm um den Zwillingsbruder des verstorbenen Pastors handelt.«

»Gerne doch Chef«, antwortete Theresa pflichtbewusst. »Herr Mayrhofer, wenn Sie mir bitte folgen würden.«

15

Martin kam sich völlig bescheuert vor. Nicht, dass er nun wirklich drei Tage und drei Nächte auf seiner Außenterrasse gesessen und auf Sabrina gewartet hätte. Nein, so war es nicht. Es war tiefster Winter und zumindest die Nächte kalt. Nachdem Sabrina jedoch auch in den nächsten zwei Stunden nicht aufgetaucht war, hatte Martin den Frühstückstisch wieder abgeräumt und die Lady abgehakt.

Dachte er. Er hatte in seinem Leben schon so viele Damen abgehakt, er hätte glatt als Abhak-König in die Geschichte eingehen können. Aber die Erinnerung an Sabrina ließ sich nicht so einfach abhaken. Dafür sah sie einfach zu gut aus, roch zu perfekt und hatte etwas Geheimnisvolles an sich, was ihn ...

Martin schaute auf sein Handy. Sein Handy schaute auf ihn. Ja gut, er hatte ihre Nummer abgegriffen. Er war Chauvi. Ganz oben auf Hannovers Chauvi-Rangliste. Mit Sicherheit unter den Top drei. Vermutlich die Nummer eins. Martin rief nicht an, er wurde angerufen. Er riss keine Frauen auf. Er riss sie vielleicht ein wenig an. Den Rest forderten die Damen dann geradezu ein. Alle. Immer. Warum diese nicht? Er streckte seinem Handy die Zunge raus. Nie im Leben. Er machte sich doch nicht zum Clown.

Und dann machte er es doch. Sich zum Clown. Und schickte eine WhatsApp-Mitteilung.

16

»Ich weiß etwas, was ihr nicht wisst.«
Kommissar Lorenz schaute Klaus Schleicher skeptisch an.
»Das hast du doch vorgestern auch schon gesagt. Da hielt deine Aussage aber keine zwei Minuten.«
»Vorgestern war vorgestern. Heute ist heute«, antwortete Schleicher und blickte seinen Chef dabei verschmitzt an.
Es hatte kaum zwei Tage gedauert und der Kollege Schleicher hatte sich durch die eineinhalb Meter Akten gearbeitet. Aber was hieß hier schon durchgearbeitet? Er hatte sich regelrecht darin verbissen. Klaus Schleicher hatte die Akten auswendig gelernt, den Inhalt unten im Keller pantomimisch nachgespielt. Er hatte Tag und Nacht Seiten gewälzt. Protokolle gelesen. Informationen abgeklärt, telefoniert und recherchiert. Jetzt wusste er eben etwas, was die anderen nicht wussten.
»Ja – und was weißt Du?«
Kommissar Lorenz war durchaus interessiert an den Informationen, die Schleicher lautstark avisierte.
»So nicht!«
Klaus Schleicher bockte. Er war sich des Wertes seiner Studien durchaus bewusst.
»Schleicher, leg los. Was hast du alte Kellerassel ausgegraben?« Der Kommissar verlor langsam die Geduld.
»Chef.« Theresa schob sich zwischen ihn und Schleicher.
»Chef«, wiederholte sie, nur für ihn hörbar, und schaute ihm tief in die Augen.

»Gut gut«, flüsterte dieser genauso leise zurück. »Ist ja schon gut.« Dann schaltete er wieder auf Gemeinschaftsempfang.

»Also, Kollege Schleicher, willst du uns nicht netterweise deine Ergebnisse mitteilen?«

Schleicher hüllte sich weiter in Schweigen. Lorenz blickte zu Theresa Schneider. Was nun noch? Sie nickte auffordernd. Lorenz seufzte, schaute zu Schleicher und überwand sich.

»Bitte.«

»Oh. Gern doch«, platzte es aus Schleicher heraus. Er konnte seine Infos sowieso kaum noch für sich behalten. »Also, ich weiß was, was ihr nicht wisst.«

»Klaus.« Schmidtchen war selber ein wenig überrascht über den drohenden Unterton in seiner Stimme. »Klaus, jetzt sag' schon, was du weißt. Sonst steck' ich dich noch in U-Haft.«

»Das darfst du gar nicht«, antwortete dieser, fest entschlossen seinen Auftritt bis zum Letzten auszukosten.

»Aber ich«, verwies Kommissar Lorenz dezent auf die herrschende Hackordnung.

»Also gut.« Schleicher nahm eine möglichst würdevolle Haltung ein. »Ich habe Folgendes herausgefunden: Der vor gut zwei Jahren am Steintor umgebrachte Zuhälter – Alfred Wiener – war eine stadtbekannte Größe. Stadtbekannt aber nicht nur in Hannover, sondern offenbar auch in Hamburg. Dort sind die ansässigen Kiezgrößen auf seinen augenscheinlich sehr ertragreichen Broterwerb aufmerksam geworden. Die Untersuchungen der Kollegen, die den Fall damals bearbeiteten, haben ergeben, dass sich Hamburger Zuhälter die hannoversche Szene offenbar einatmen wollten.«

›Einatmen‹ war ein Wort, das Klaus Schleicher im Zuge seiner sehr seltenen Vorträge schon immer mal verwenden wollte.

»Jedenfalls gingen die Kollegen damals davon aus, dass die Kugel, die Alfred Werner direkt auf Wolke Sieben befördert hatte, aus Hamburg abgefeuert wurde. Jetzt vielleicht nicht die ganze Strecke. Der Mörder wird wohl über die A 7 angereist sein. Aber der Absender ist den Ermittlungen nach mit ziemlicher Sicherheit in Hamburg zu suchen.«

»Und was ist bei diesen Untersuchungen damals herausgekommen?«

Kommissar Lorenz hatte den Ausführungen Schleichers aufmerksam gelauscht. Der damalige Fall war ihm noch gut in Erinnerung. Aber so ganz hatte er die Geschichte auch nicht mehr auf dem Schirm.

»Nichts.« Schleicher klappte seine Unterlagen wieder zu. »Eine Krähe hackt der andern kein Auge aus. Die Ermittlungen verliefen im Sand. In diesen Kreisen wird wohl mal einer umgenietet. Man spricht aber nicht darüber. Wir haben damals keinen gefunden, der bereit war auszusagen. Niemand aus der Szene wollte zur Aufklärung des Falles etwas beitragen. Die feinen Herren klären so etwas lieber unter sich.«

»Und dieselbe Waffe, mit der damals der Zuhälter umgepustet wurde, ist jetzt bei Pastor Decker wieder zum Einsatz gekommen?«, hakte Theresa nachdenklich nach.

»Bingo.«

Klaus Schleicher genoss seinen Auftritt.

»Du moanst oiso, der Mörder vom Pastor kimmt aus dera schummrigen Szene vom Hamburger Rotlichtmilieu? Der Absender von dem bleiernen Gruß is in Hamburg zu sucha?«

Kollege Mayrhofer war offensichtlich hellwach.

»Bingo.«

Klaus Schleicher hatte ein neues Lieblingswort. Er sackte zufrieden auf seinen Stuhl.

Was für ein Auftritt. Wenn das seine Frau gesehen hätte.

Mist, er hatte gar keine.

»Liebe Frau Schneider, verehrter Herr Kollege Mayrhofer, was haben Sie denn über den Herrn Martin Decker herausbekommen können?«

Der Kommissar hatte sich vorgenommen, lieber einen Touch freundlicher zu sein als zwingend notwendig. Er wollte auf gar keinen Fall einen weiteren Rüffel seiner Sekretärin heraufbeschwören. Und schon gar nicht vor den Kollegen.

»Herr Kommissar, aufgrund von den sprachlichen Hürden, denen wo i ois bayerischer Aushuifssherrif unterlegen bin, ham de Theresa und i beschlossn, dass de Theresa unsane Ergebnisse vortragn duad.«

Dem Kommissar war schon bei Grünkohl mit Bregenwurscht der sonnige Humor Mayrhofers aufgefallen. Was musste der Mann verbrochen haben, dass ihn seine Kollegen für ein halbes Jahr gegen Schabulke eintauschten. Lorenz konnte sich nicht dagegen wehren. Der bayerische Austauschbulle fing an, ihm sympathisch zu werden. Theresa räusperte sich.

»Na gut, dann fang ich mal an. Nach außen hin ist Martin Decker ein eher unauffälliger Kerl. Er ist auch seit Jahren in keinem Polizeiprotokoll mehr aufgetaucht. Aber früher mal, da war was. Früher heißt in dem speziellen Fall vor ziemlich genau elf Jahren.«

Kollege Mayrhofer saß mit verschränkten Armen da und nickte zustimmend. Theresa fuhr fort.

»Damals hatten ihn die Kollegen vom Drogendezernat im Visier. Die haben beobachtet, dass sich Hannover vom Provinzmarkt zu einem bundesweit bedeutenden Drogenumschlagplatz entwickelt hatte. Mengen, die bislang für die niedersächsische Landeshauptstadt undenkbar waren, wurden auf einmal innerhalb kürzester Zeit auf dem Markt umgesetzt. Von Marihuana über LSD bis hin zu Heroin. Alles war dabei. Richtig auffällig war die Entwicklung bei der damaligen Modedroge Kokain.«

»Schnrfft«

Der ganze Saal vernahm ein nasales Sauggeräusch und blickte geschlossen zu dem Kollegen Mayrhofer. Der war gerade dabei, seinen Zinken über den Handrücken der linken Hand zu ziehen. Damit fertig, wischte er sich seine Nase einmal kurz ab und schaute irritiert in die Runde.

»Ned des, wos ihr denkts. A gscheider bayrischer Schnupftabak is des. Woids aa wos?«

Ein vierfaches Kopfschütteln war die Antwort.

»Theresa, bitte fahren Sie fort.«

Der Kommissar wollte dringend bei der Sache bleiben und sich nicht ablenken lassen.

»Ja gut. Wo war ich stehen geblieben? Ach ja, beim Kokain. Nun, das war es ja auch schon im Großen und Ganzen. Jedenfalls gilt Hannover seit diesen Tagen als Drogenhochburg und Martin Decker war in der Tat einer derjenigen, die unsere Kollegen für kurze Zeit mit dem dahinter stehenden Machtapparat in Verbindung brachten.«

»Wie bitte? Wieso das denn? Der eineiige Zwilling eines Pastors?« Der Kommissar wollte seinen Ohren kaum trauen.

»Ja, warum nicht?«, entgegnete ihm Theresa. »Mag ja sein, dass sein Bruder ein Mann der Kirche war, Martin Decker ist es mit Sicherheit nicht. Kurz nachdem unsere Kollegen ihn in der Mangel hatten, ist er abgetaucht. Einfach verschwunden. Für circa drei Jahre. Dann war er auf einmal wieder da. Schwarze Schuhe. Roter Lamborghini. Weiße Weste. Was der Kerl in den Jahren gemacht hat, haben die Kollegen nie herausgefunden. Aber er muss sich in der Zwischenzeit etwas sehr Lukratives aufgebaut haben. Ich sage nur eins: Kohle satt. Die Kollegen haben ihn immer wieder mal abgecheckt, aber nie etwas gefunden, was man ihm hätte vorhalten können.«

Lorenz fand, dass es sich schon fast ein wenig anrüchig anhörte, wie seine langjährige Sekretärin das Wort ›abgecheckt‹ betonte, behielt seine Beobachtung aber lieber für sich.

»Ja, das war es an und für sich. Kollege Mayrhofer, hab' ich was vergessen?«

Der schaute Theresa an. Dann hauchte er sich einmal auf den Daumen seiner rechten Hand und rollte diesen über die frisch polierte Armlehne seines Bürostuhls.

»Ach ja«, setzte Theresa noch einmal an. »Da war ja noch was. Die ermittelnden Kollegen haben damals den Schuss bis zu der Stelle zurückverfolgen können, an der der Schütze sich postiert hatte.«

»Ja, und?« Der Kommissar hing gebannt an den Lippen seiner Sekretärin. Leider nur mit den Augen, wie er fand.

»Nun, der Killer hatte sich in einem Stundenhotel auf der anderen Straßenseite unter falschem Namen eingemietet. Von dort aus hatte er durch das leicht geöffnete Fenster seine Kugel abgefeuert. Unsere Spezialisten haben vor Ort dann die verschiedensten Spuren sicherstellen können. Es wurde ganz offensichtlich nicht nach jedem Besucher gründlich sauber gemacht. Mit den gefundenen Spuren hätte man ausgestorbene Landschaften wieder besiedeln können. Stundenhotel halt.«

»Frau Schneider, bitte.«

Schmidtchen erkannte seine Kollegin gar nicht wieder. Die zuckte bloß mit den Schultern.

»Ja, was glauben Sie denn, was man so für Spuren findet an gebrauchten Kondomen im Mülleimer?«

Schmidtchen lief knallrot an. Mayrhofer grinste sich einen. Theresa ignorierte beide und fuhr fort.

»Außerdem haben die Kollegen da einen Haufen Fingerabdrücke gefunden. Die meisten konnte man irgendwelchen Freiern, Prostituierten oder sogenannten Reinigungskräften zuordnen. Für einige jedoch, zum Beispiel die am Fenstergriff, fand man keine entsprechende Person. Sie sind damals aber vorschriftsmäßig archiviert worden und befinden sich in unserer Datenbank. Bis heute hat man die passende Hand dafür nicht gefunden. Aber wer weiß, wir sollten diese Information für den Fall der Fälle parat haben.«

»Schmidtchen«, schaltete sich Kommissar Lorenz wieder ein. »Warst du damals nicht auch in die Ermittlungen involviert?«

»Ja«, antwortete dieser, immer noch entsetzt von der direkten Ansprache Theresas. »Ja, ich habe damals die Spuren gesichert. Auch die an den Kondomen. Hört zu, Kollegen und auch Kollegin, ich reiße mich nicht um solche Arbeiten. Das sind die Schattenseiten meines Berufes. Aber ich sichere Spuren nun mal da, wo sie anfallen. Alles im Sinne der Ermittlungen.«

»Kollege Schmidt, nun haben Sie sich doch nicht so.« Theresa wusste gar nicht, warum Schmidtchen pikiert tat. »Kondom aus dem Mülleimer fingern, umstülpen, Probe nehmen und fertig. Was ist denn schon dabei?«

Mayrhofer war eigentlich nach einer weiteren Prise Schnupftabak. Er hatte jedoch Angst, diese unter dem Einfluss eines Lachanfalls planlos in den Raum zu prusten. So entschied er sich also, auf den Schnupftabak zu verzichten und lachte lieber gleich los.

»So.« Theresa ließ sich von ihrer Linie nicht abbringen, »Ich glaube, jetzt habe ich aber alles vorgetragen, was wir beide herausgefunden haben. Oder habe ich noch irgendetwas vergessen, verehrter Kollege Mayrhofer?«

»Naa, hams ned. Aber i hätt fast wos vergessn.«

»Und was?«, fragte der Kommissar.

»I wollt nur amoi gsagt ham, dass des a ausgeschbrochen erfrischende überregionale Zusammenarbeit von zwoa völlig fremde Kulturen war, und i möcht drauf hiweisn, Herr Kommissar, wenns wieda amoi de Mannschaft in da Gruppen aufteilen woin, ja, dass i dann gern wieder mit da Theresa zamma arbeitn dad. Da herobn sans eimpfach netter ois wia bei mir dahoam, und de Theresa ganz bsonders.«

Die Truppe schaute geschlossen Richtung Mayrhofer. Theresa lief eine Träne über ihre gerötete Wange. Mit einer flotten Handbewegung wurde sie umgehend weggewischt.

»Mayrhofer«, Schmidtchen war der Erste der seine Sprache wiederfand. »War das denn so schlimm in deinem süddeutschen Dezernat?«

Mayrhofer nickte stumm.

»So schlimm, dass es nach einer Versetzung verlangte?«, fasste Schmidtchen im Stile eines erfahrenen Laborleiters umgehend nach.

»Woids jetz ihr des genau wissn?«

Ein mehrkehliges »Jo« erfüllte den Raum.

Mayrhofer holte tief Luft, überprüfte den Satz, den er nun absetzen wollte noch einmal kurz auf seinen Wahrheitsgehalt und sprach dann energisch in den Raum.

»Es war grad zum Speibm – also zum Kotzn.«

17

Berlin. Das war wirklich mal ein richtiger Hauptbahnhof.

Die Fahrt hatte Sabrina gut gefallen. Sie hatte mit einer japanischen Touristengruppe in einem Abteil zusammengesessen und sich köstlich amüsiert. In gebrochenem Englisch und unter dem Einsatz von Händen und Füßen hatten die Japaner mit ihr das gemacht, was sonst Sabrinas Spezialität war. Sie hatten sie gelöchert. Und zwar mit Fragen über Gott und die Welt – die europäische Welt.

Nun war sie angekommen.

Berlin. Schöne Stadt. Und große Stadt. Mit unüberschaubar vielen Einwohnern.

Morgen früh schon würde es wohl einer weniger sein. Sie war geschäftlich hier. Und bei so einer großen Stadt, mit so vielen Einwohnern, da war das praktisch wie bei einer guten Linsensuppe. Nimm eine Linse raus aus dem Topf. Merkt keiner. Bleibt immer noch eine gute Suppe.

Sabrina griff ihren Koffer und lächelte ihren schlitzäugigen Weggenossen noch einmal herzhaft zu. Was die wohl von ihr denken würden? Bestimmt: nette Frauen in Deutschland. So groß. So hilfsbereit und aufgeschlossen. Viel offener als die japanischen Frauen.

›Wartet mal ab‹, dachte sie. ›In vier Wochen bin ich dienstlich in Tokio.‹

Sabrina schlenderte Richtung Hotel Adlon. Wenn schon, denn schon. Ihre Auftraggeber waren meist illustre Leute mit viel Geld. Wer sich ihre Dienste leisten konnte, musste zwangsläufig über richtig viel davon verfügen.

Ihr Berliner Job war vergleichsweise schwierig. Sie sollte eine Frau umbringen. Frauen schrien häufig wie am Spieß. Deshalb war es auch so wichtig, dass gleich der erste Schuss saß. Wenn man einem Mann aus Versehen erst einmal einen Streifschuss verpasste, dann schaute der zunächst irritiert. Genug Zeit, neu anzusetzen und die Sache stilvoll zu beenden. Frauen fingen bei einem suboptimalen Treffer sofort an zu schreien. Da war es schon besser, wenn gleich der Erste passte.

Man hatte ihr die Adresse zukommen lassen und ein Foto der Dame geliefert. Ende fünfzig. Sah zickig aus. Unternehmergattin mit der ausgeprägten Neigung, ihrem erfolgreichen Mann das Leben zu vermiesen. Außerdem war die alte Nebelkrähe ihrem Alten und seiner zwanzigjährigen Sekretärin auf die Schliche gekommen. Das war nicht schön. Der Göttergatte hatte überschlägig ermittelt, dass so ein perfekter Auftragsmord aus ihren geschulten Händen möglicherweise sündhaft teuer, im Verhältnis zu einer Scheidung aber geradezu ein Schnapper war.

Also einchecken im Adlon. Duschen. Gegen zehn ab in die Falle. Frühmorgens, hellwach, da traf sie am besten.

Das Essen war ein Gedicht. Sie hatte wohl schon mal Wachteln gegessen. Aber so lecker hatte sie die kleinen Federviecher nicht in Erinnerung. Dazu Algensalat. Warum nicht? Der Weißwein, den ihr der gutgebaute Ober mit dem knackigen Hintern empfohlen hatte, entpuppte sich als grandioser Wegbegleiter durch das Menü.

Es war kurz nach zehn. Zeit, das Zimmer aufzusuchen.

Sie machte sich gerade bettfertig, als ein kurzes, aber eindringliches Bellen ihre Aufmerksamkeit weckte. Nein, da war kein Hund in ihrem Zimmer. Das war ihr aktueller Melde-Ton für WhatsApp-Nachrichten. Wer konnte das sein? Nicht viele hatten die Nummer ihres ›Diensthandys‹. Sie schaute auf ihre Nachrichten und schlug fast lang hin.

›Ich würde Dich gern wiedersehen. Gruß Martin.‹

Und dann noch so ein dämlicher Smiley mit Herzchen-Augen. Sabrina öffnete die Minibar und griff nach Mister Beam.
Jim Beam.
Martin.
Woher hatte der Kerl ihre Handynummer? Sie checkte sein Profil. Status: ›Hellwach‹. Wie originell.
Profilbild? Mister Beam umging geschickt das Glas und rauschte direkt aus der Pulle durch ihre leicht geöffneten Lippen. Das konnte doch gar nicht sein. Was für ein Volltrottel war aus ihr geworden? Ließ sich von Casanovas Ur-Ur-Enkel vernaschen, die Handynummer klauen und, als wenn das nicht schon genug wäre, im Tiefschlaf knipsen und als Profilbild missbrauchen?
Ja, war der Kerl denn wahnsinnig geworden?
Ihr Bild. Für jedermann einsehbar?
Sie war Profikillerin. Kein Model.
Sabrina holte tief Luft. Sie würde morgen in aller Früh ihren Job machen. Aufmerksam. So wie immer. Dann musste sie hier weg.
Ihr geknacktes Handy musste weg.
Das Bild musste weg.
Der Kerl musste weg.
Sie schaute in die Minibar. Mister Beam's Bruder lebte noch. Sie brachte ihn um. Dann griff sie nach ihrem entweihten Telefon, tippte ins Textfeld und antwortete.

›Ich vermisse Dich. Komme Dich bald mal wieder besuchen.
Mach Dich auf was gefasst. Küsschen Sabrina.‹

18

Mittlerweile hatte auch der kleinste Ganove Hamburgs mitbekommen, welchen Bock ›der Spezialist unter den Spezialisten‹ geschossen hatte. Und dass dieser Bock ein Pastor war.
Einauge avancierte zum Gespött der Unterwelt. Der kapitale Fehlschuss seines Schützenkönigs war der Lacher schlechthin. Auch die Nachricht über King Kongs plötzliche Sehschwäche hatte sich in Windeseile verbreitet.
Einauge hatte deutlich an Reputation verloren. Wenn es ihm nicht gelang, blitzartig Stärke zu zeigen ... So viel war klar: Seine potentiellen Nachfolger rieben sich schon freudig erregt ihre Ganovenhände. Er musste etwas unternehmen. Und zwar umgehend.
Seit dem Fehlschuss des Wandsbeker Schützenkönigs war einige Zeit ins Land gegangen. Die hannoverschen Ermittler waren zumindest bis jetzt noch nicht bis nach Hamburg vorgedrungen.
Das war gut.
Andererseits lebte Annaturm immer noch.
Das war schlecht.
Annaturm ging vermutlich fleißig seinen Geschäften nach. Den Geschäften, die Einauge sich eigentlich einverleiben wollte. Einen neuen, treffsicheren Oberspezialisten anlernen? Dafür fehlte eindeutig die Zeit. Es half nichts. Einauge musste sich die Leistung, die er sehen wollte, extern einkaufen. Jetzt. Killer gab es wie Sand am Meer.

»King Kong«, rief er ein Bürozimmer weiter. »Komm mal her.« Das Klackern des weißen Blindenstocks über den frisch gelaugten Parkettboden verriet ihm, dass King Kong seinen Ruf gehört hatte. King Kongs Augen waren schlecht. Genaugenommen sehr schlecht. So schlecht Augen eben sein konnten, wenn sie gar nicht mehr vorhanden waren. Aber die Natur war ein kompliziertes Gebilde. Die menschliche Natur sowieso.

Bei King Kong verhielt es sich so, dass sein Körper die neue Fehlfunktion schnell akzeptiert hatte. Dann begann er, die restlichen Sinnesorgane noch besser zu durchbluten als jemals zuvor. King Kongs Ohren waren vorher schon berüchtigt gewesen. Jetzt wurden sie legendär. Deswegen hatte Einauge ihn letztendlich auch behalten. King Kong war blinder als ein Maulwurf. Aber er konnte hören wie eine Fledermaus.

Trotz seiner Einschränkungen war King Kong immer noch brauchbar. Und wenn jemand seinen Dienst hauptsächlich am Handy versah, Festnetz war verpönt in Einauges Kreisen, dann musste derjenige nicht zwingend gut sehen können. Gut hören, auch zwischen den Zeilen. Das war King Kongs Stärke.

»Chef, was gibt's?«

»Die Zeit ist gekommen, Rache zu nehmen. Wir beide haben noch eine Rechnung offen. Eine ziemlich große Rechnung sogar. Wir müssen Annaturm von der Platte fegen.«

Es gab Begriffe in King Kongs Wortschatz, die ließen ihn völlig kalt. Liebe, Treue, Herzlichkeit, alles Begriffe, mit denen er nichts anfangen konnte. Andere Begriffe jedoch törnten ihn geradezu an. Begriffe wie ›Rache‹, ›offene Rechnung‹ und ›von der Platte fegen‹.

Das war so wie früher in der Schule. King Kong besuchte sie nicht wirklich lange. Insgesamt acht Jahre. Davon auch noch drei in ein und derselben Klasse. Wenn er aber in Deutsch einen Aufsatz schreiben sollte, dann konnte das durchaus sein Tag werden.

Das lag ausschließlich an seiner Lehrerin. Frau Huser. Sie liebte es, den Kindern drei, vier Begriffe an die Tafel zu schreiben. Aus diesen Schlüsselworten sollten sie dann eine möglichst spannende Geschichte machen. Das war King Kongs Chance. Schrieb Frau Huser die Begriffe ›Prinz‹, ›Schloss‹, ›Verlobung‹ an die Wand, verließ King Kong kommentarlos den Klassenraum.

»Das gibt eine Sechs«, pflegte Frau Huser daraufhin zu sagen.

»Das ist mich egal«, antwortete King Kong dann lachend beim Hinausgehen.

Standen an der Tafel jedoch Wörter wie ›Räuber‹, ›Messer‹, ›Mord‹, ›Gefängnis‹, lieferte er schon mal vier eng beschriebene DIN-A4-Seiten ab. Grammatikalisch auch nicht auf allerhöchstem Niveau, aber immerhin.

King Kongs Geschichten waren dabei geprägt von allerlei Phantasien. Und das war es ja eigentlich auch, was die Lehrerin bei ihren Schülerinnen und Schülern fördern wollte. Die eigenen Phantasien. Dass King Kong dabei aber seinen Räuber gleich massenhaft Leute aufschlitzen ließ und dabei auch nicht versäumte, ausgiebig das Hervorquellen der Gedärme zu beschreiben, war auch für Frau Huser ein wenig zu happig.

King Kong war der einzige Schüler, der seine literarischen Ergüsse nicht vor der Klasse vorlesen durfte. Außerdem wurde der Schulpsychologe eingeschaltet. Zwei Jahre, nachdem King Kong ohne Abschluss die Schule verlassen hatte, fand man eben diesen Schulpsychologen mausetot über einem Jägerzaun hängend. Irgendjemand hatte ihm den Bauch aufgeschlitzt.

Es gab also Wörter, auf die reagierte King Kong kein Stück. Und es gab Begriffe, die, wenn auch noch in der richtigen Reihenfolge ausgesprochen, heftigste Reaktionen bei ihm auslösten. Einsetzender Speichelfluss war da noch eine der harmloseren. King Kong war schwer erregt.

»Egal, wie wir es machen, Chef«, und dabei wischte er sich mit der flachen Hand den Schaum vom Mund, »ich bin dabei.«

Einauge nickte einmal kurz. Ein längeres Nicken hätte auch keinen Sinn gemacht. King Kong hätte es eh nicht gesehen.

»Ich wusste, dass ich auf dich zählen kann. Da gibt es nur ein kleines Problem. Wir sind zurzeit etwas schwach auf der Brust, treffsichere und vor allen Dingen verschwiegene Sportschützen aufzustellen. Wir brauchen jemanden von außerhalb. Jemanden, für den sich so ein kleiner Auftragsmord auch lohnt. Einen, der Interesse daran hat, den erteilten Auftrag verschwiegen und sauber über die Bühne zu bringen. Einen Profi.«

Einauge fummelte sich eine Zigarre aus seiner Jackentasche, kramte umständlich nach Streichhölzern und zündete sich den Bolzen an.

»Du hast die besten Ohren weit und breit. Was wir brauchen, ist ein Killer. Ein Superkiller.«

Einauge begann sich derart in Rage zu reden, dass er drauf und dran war, am Rauch seiner Zigarre zu ersticken. Er hustete lautstark in den Raum und bekam einen hochroten Kopf.

»Wir brauchen jemanden, der uns Annaturm aus dem Weg schafft. Jemanden, auf den wir uns blind verlassen können.«

Einauge bemerkte gar nicht, wie unsensibel diese Bemerkung King Kong gegenüber war. Eine weitere Hustenattacke unterstrich derweil in dramaturgisch ungemein eindrucksvoller Art und Weise seine keinesfalls nur gespielte Erregung.

»Ich will Annaturm auf den Brettern sehen. Blutend und bewegungslos. Hast du mich verstanden?«

»Ich höre mich um, Chef. Es wird nicht lange dauern, und ich werde dir den entsprechenden Mann liefern. Versprochen.«

King Kong drehte auf der Hacke um und stiefelte, den weißen Stock wieder klackernd voraus, zurück in sein kleines Büro. Einauge drückte seine Zigarre in einem ausgehöhlten Elefantenfuß aus und rieb sich die vom Rauch geröteten Augen. Dann stand er auf. Er ging zu seiner Schatztruhe und öffnete sie schwungvoll. Einauge hatte die abgeschnittenen Hände seines Wandsbeker Sportschützen in Folie eingeschweißt und in seiner Tiefkühltruhe auf Eis gelegt. Zu all den anderen.

Früher, in seiner aktiven Zeit als Jäger, hatte Einauge in seiner Truhe halbe Wildschweine gebunkert. Jetzt lagen dort abgehackte Hände. Dieses Büro kannte niemand, außer ihm und King Kong. Und wenn, auf die Kühltruhe als Versteck kam niemand. Ein idealer Ort, um sie vor den elenden Polizeischnüfflern zu verstecken.

Ab und an, wenn sich das Jagdfieber wieder bei ihm meldete, öffnete er die Truhe und schaute sie sich an. Die tiefgekühlten Pfoten von Versagern, Widersachern und anderem Kroppzeug.

Im Radio spielten sie ›Hands Up‹ von der Gruppe Ottawan.

Das war sein Lieblingssong.

Aber warum gerade jetzt?

Das Leben war voller Überraschungen.

19

»Chef, deaf i moi wos sagn?« In Mayrhofers Stimme lag etwas Bedeutungsschwangeres.

»Natürlich.«

Der Kommissar blickte von seinem Schreibtisch auf.

»Wir leben in einem freien Bundesland. In Niedersachsen legen wir großen Wert auf die Einhaltung der Grundrechte.«

»Des is aber vom Grundsatz her in Bayern aa ned anders«, versuchte Mayrhofer, seine Heimat zu verteidigen.

»Leg los, Mayrhofer, was wolltest du mir mitteilen?«

»Oiso, i wui eigentlich gar nix sagn, sondern wos frogn.«

Lorenz holte tief Luft.

»Ja, dann fragens«, versuchte er, den Dialekt seines Mitarbeiters als Lockmittel einzusetzen.

»Ja, oiso, des Restaurant, in dem wo mir gessn ham, nachdem mir den toten Pastor angschaugt ham ...«

»Was ist mit dem Restaurant?«

»Des war ned schlecht, oder?«

»Ich persönlich fand es gut«, antwortete Lorenz. »Ich fand es sogar ausgesprochen gut.«

»Grünkohl mit Bregenwurscht, des war fei scho guad.«

»Mayrhofer. Es geht auf Mittag. Deinen Chef plagt eh schon ein kleines Hüngerchen. Jetzt sag' mir bitte, was du auf dem Herzen hast. Ich hab' Schmacht. Ich kann mich nicht mehr lange konzentrieren. Komm bitte auf den Punkt. Schnell. Egal was es ist. Wenn ich kann, helfe ich dir.«

»Ja, des kennas. Mir helfn, moan i, Sie und die andern aa. Die Theresa, der Schleicher und der Schmidtchen. Ihr olle kennts ma heiffa.«

Das Büro von Kommissar Lorenz war zu klein und die Wände zu den nebenliegenden Räumen waren einfach zu dünn, als dass man Mayrhofers tiefe Stimme nicht auch andernorts gehört hätte. Wie auf Kommando steckten die Vorgenannten, Schleicher und Schmidtchen, genauso wie Theresa Schneider ihre Köpfe durch die Tür und grinsten in das Büro von Kommissar Lorenz.

»Was gibt's?«, ernannte sich Klaus Schleicher zum Sprecher der interessierten Gruppe.

»Ich weiß es noch nicht«, brachte Lorenz die Mannschaft auf den aktuellen Informationsstand. »Der Kollege Mayrhofer mährt sich nicht so richtig aus. Er scheint sich mit irgendetwas herumzuquälen. Und entweder rückt er nun damit raus, oder aber ich schicke ihn zurück nach Niederbayern. Also los jetzt.«

»Viertel nach zwölf«, entfuhr es Theresa mit Blick auf die Wanduhr über dem leicht erregten Kommissar. »Es geht auf Mittag. Kollege Mayrhofer, mach hin.«

»Ja, guad. Aber zuerst amoi möcht i drauf hinweisn, dass, wennst mi wirklich nach Niederbayern abschiebm wuist, dass i von dort mit dem Zug no zwoamoi umsteign müsst, damit i wieder hoam kimm. I wohn nämli gar ned in ...«

»Mayrhofer!«

Ein vierstimmiger Chor fiel dem bayerischen Kollegen ins Wort.

»Ja, oiso, es is so. Der niederbayrische Kollege, der wo aber gar ned vo Niederbayern kimmt«, bei dieser Wortwahl schlug sich Mayrhofer vor Lachen lautstark auf den Schenkel, »der hat übermorgn Geburtstag. Ja, und ihr seiz ja de einzign, de wo i da herobm kenna dua. Ja, und ihr würds mir a große Freid machn, wenn i eich zum Essen einladn deaffad.«

Mayrhofer strahlte über beide Backen. Wenn der Kollege Mayrhofer über beide Backen strahlte, dann war das so, als würde im düsteren Ambiente des hannoverschen Kommissariats die Sonne aufgehen.

Schleicher war der erste, der das Wort ergriff.

»Übermorgen ist Freitag. Da kann ich. Also, Kollege Mayrhofer, ich wäre dabei. Gerne. Sogar sehr gern.«

Laborleiter Schmidt zog seinen Terminkalender aus der Hosentasche und fuhr mit dem Finger über die entsprechende Kalenderseite.

»Also, bei mir steht nix. Von mir aus können wir uns auch einen hinter die Binde kippen.«

Theresa trat durch die Tür. Sie nahm Mayrhofer einmal kurz in die Arme und schluchzte: »Kollege Mayrhofer, übermorgen ist der 8. März. 8. März, Mayrhofer, verstehst Du? Da ist Internationaler Frauentag! Jedes Jahr! Ich bin dabei.«

Lorenz verdrehte die Augen. Er erkannte seine Heldentruppe gar nicht wieder. Dieselben Leute, die Leichen öffneten und wieder zunähten. Dieselben Leute, die perverseste Killer jagten. Dieselben Leute, die ihn die ganze Woche über als Chef ertragen mussten. Dieselben Leute mutierten auf einmal zu handzahmen Kollegen. Er wusste nicht genau warum, aber Mayrhofer tat der Truppe gut.

»Äh, ja, ich bin natürlich auch dabei. Also vorausgesetzt, du willst deinen Chef wirklich dabei haben.«

»Freilich, wui i des, Chef. Dann würd i euch gern in des Restaurant einladn, wo mir den Pastor gfundn ham. Chef, i hob an Namma vergessn.«

»›Oma Biermann‹. Gut bürgerliche Küche«, antwortete Schmidtchen.

»Respekt Mayrhofer, eine gute Wahl«, ergänzte Lorenz, Zunge schnalzend.

»Des is schee, sagn ma am Freitag um achte, wenn des basst?«

»Des daad bassn«, sprach Schmidtchen für alle, »des daad bassn.«

»So, dann machen wir jetzt alle erst mal Mittag«, verkündete der Kommissar die anstehende Pause.

Mayrhofer grinste in die Runde. Er fühlte sich sauwohl in seiner neuen Truppe. Schade nur, dass seine Zeit begann, abzulaufen. Von den sechs Monaten Auslandsaufenthalt, wie es seine Kollegen gern nannten, waren bereits über vier Monate vorbei.

Die Truppe begann sich wieder zu zerstreuen. Mayrhofer sah glücklich aus.

»I woaß aa scho, wos i wieder ess. An Grünkohl mit dera Bregenwurscht.« Und dabei wischte er sich mit seinem rechten Hemdsärmel forsch über den Mund.

»Äh, Kollege Mayrhofer, ich muss dir da was sagen.«

Laborleiter Schmidt brauchte länger als eine halbe Stunde, um seinem bayerischen Kollegen klar zu machen, dass es sich bei Grünkohl mit Bregenwurscht um eine saisonale Spezialität handelte und die entsprechende Saison zwischenzeitlich abgelaufen war.

»Des gibt's ja gar ned. Weißwürscht krieg i in Bayern doch aa des ganze Jahr üba.«, wollte ihm diese niedersächsische Eigenheit zuerst überhaupt nicht einleuchten. Als er dann aber hörte, dass die Wirtin des ›Oma Biermann‹ geradezu berühmt berüchtigt war für ihre handtellergroßen Schnitzelvariationen, leuchteten Mayrhofers Augen wieder auf.

»So groß wia mei Hand?«

Mayrhofer fuhr seine beeindruckende Pranke aus und schaute Schmidtchen fragend an.

Die Schnitzel waren in der Tat verdammt groß. Aber ob sie auch so groß waren wie Mayrhofers Handteller, das wusste Schmidtchen auch nicht mehr genau. Aber egal. Mayrhofer sollte sich schließlich auf seine Geburtstagsfeier freuen.

»Hinter einem Schnitzel von ›Oma Biermann‹«, hob Schmidtchen mit erhabener Stimme an, »kann sich unsere Frau Schneider komplett umziehen. Ohne, dass du auch nur einen Blick von ihr erhascht.«

»Is des dei Ernst?«

»Des is mei Ernst.«

20

Die Alte war aber auch wirklich zu blöd.
»Halt, was soll das? Nicht schießen. Ich gebe Ihnen alles, was ich habe. Zehntausend Euro.«
»Zehntausend Euro?« Sabrina stöhnte leise auf. »Was bist du denn für ein Flittchen? Dein Alter gibt mir hunderttausend, damit ich dich von der Platte fege.« Dann zog sie ihre Knarre. Ausgeschlafen und hochkonzentriert.
»Bitte nicht, ich flehe Sie ...«
Peng.
Jede Wette, sie hatte noch ›an‹ sagen wollen. Der Klassiker kurz vor Ultimo. Da fangen fast alle an zu flehen, zu betteln oder sonst was. Es war kurz nach sieben. Was waren das für Leute, die morgens um kurz nach sieben durch ein nebeliges Berliner Waldstück joggten? Andererseits konnte man natürlich auch fragen, was das für Leute waren, die morgens um kurz nach sieben mit einer Walther PPQ in ein nebeliges Berliner Waldstück gingen. Man konnte es so und so sehen.

Sie waren allein. Kein Schwein weit und breit. Sabrina trat an die am Boden liegende Tote heran und begutachtete ihren Schuss. Nahezu perfekt. Als hätte man ihr ein drittes Auge verpasst. Mitte, Mitte. Ein Meisterschuss.

Wahrscheinlich würde sie keinem fehlen. Ihrem Alten nicht. Seiner Sekretärin nicht. Und bei ihrem Übergewicht war vermutlich sogar der leicht moosige Waldboden froh, nicht länger traktiert zu werden.

21

Der Mord an Alfred Werner war über zwei Jahre her. Kommissar Lorenz hatte sich die alten Akten auf seinen Schreibtisch legen lassen. Er studierte sie aufmerksam. Konnte es sein, dass der vermeintlich unbescholtene Bürger Martin Decker gar kein so unbescholtener Bürger war? Den Verdacht hatten die damals ermittelnden Kollegen offenbar auch schon.

Den Akten konnte er entnehmen, dass man Martin Decker seinerzeit über Wochen beschatten ließ. Seine Tagesabläufe wurden bis aufs Kleinste dokumentiert und festgehalten. Sein Festnetz wurde abgehört. Eine Handyortung war den Unterlagen nach nicht möglich gewesen. Offenbar besaß Martin Decker eine große Anzahl von Prepaid-Handys, die er immer nur für kurze Zeit benutzte. Das machte ihn in den Augen seiner ermittelnden Kollegen natürlich noch verdächtiger.

Aber auch der stärkste Verdacht nutzt einem nichts, wenn man ihn nicht irgendwann auch einmal lückenlos beweisen kann. Und von lückenlos war man offensichtlich meilenweit entfernt. Außer einem Anfangsverdacht hatten sich während der Ermittlungen keinerlei Hinweise darauf ergeben, dass Martin Decker mit dem Mord an Alfred Werner etwas zu tun haben könnte.

Ein fader Beigeschmack blieb. Aber irgendwann hatten seine Vorgänger offensichtlich das Interesse an Martin Decker verloren und die Ermittlungen eingestellt.

Theresa hatte gemeinsam mit dem Kollegen Mayrhofer die Aktenlage gut studiert. Sie hatten alle Punkte, die von Belang waren, herausgefiltert. Theresa und Mayrhofer waren sehr gewissenhaft. Das wusste Lorenz nur zu gut.

Dennoch hatte der Kommissar ein untrügliches Bauchgefühl. Keine sichtbaren Beweise. Alles sah aalglatt aus. Und trotzdem ahnte er, dass irgendetwas nicht stimmte. Dass irgendetwas nicht in Ordnung war. Dass da möglicherweise einer frei herumlief, der genaugenommen für Jahrzehnte hinter Gitter gehörte.

Martin Decker, der Zwillingsbruder des ehemaligen Hemminger Pastors, hatte Dreck am Stecken. Lorenz hatte das gleiche ungute Empfinden wie seine Kollegen damals. Die Frage war nur, ob er seine Vermutung auch würde unterfüttern können. Lorenz wollte nicht, dass der hiesige Staatsanwalt bei der Beantragung eines Haftbefehls vor Lachen vom Stuhl fiel.

Der damals erschossene Alfred Werner war kein kleines Licht im hannoverschen Zuhältermilieu gewesen. Es hatte offenbar eine ganze Menge Mädels gegeben, die nach seiner Pfeife tanzten. Am hannoverschen Steintor gehörten ihm drei ertragreiche Etablissements. Außerdem sagte man Werner nach, über reichlich Finanzkraft zu verfügen. Dass dem jemand ans Leder wollte, um die Claims neu abzustecken, leuchtete Lorenz wohl ein.

Die weiteren Ermittlungen gingen damals der Frage nach, wer denn die großen Profiteure dieses Mordanschlages gewesen waren. Eine Zeit lang sah es so aus, als würde das frei gewordene Terrain unter den restlichen, örtlich ansässigen Zuhältern aufgeteilt. In der Zwischenzeit konnte man aber feststellen, dass es eine neue Gruppe von Zuhältern gab, die sich im hannoverschen Steintorviertel niedergelassen hatte. Und zwar ziemlich genau auf dem Terrain, auf dem Alfred Werner seinerzeit seinen Geschäften nachging. Diese Gruppe operierte ziemlich geschickt. Sie hatte keinen offiziellen Frontmann, sondern zog ihre Geschäfte mit mehreren Leuten an der Spitze durch. Und das ziemlich lautlos.

»Der Hamburger Kiez ist im Anmarsch«, hatte ihm ein Kollege der Sitte beim Essen in der Kantine gesteckt. »Die Jungs sind gut organisiert und gehen über Leichen«, fügte er in der Schlange vor der Essenausgabe, zwischen Kartoffelpüree und Mischgemüse, noch hinzu.

›Na, das würde doch passen‹, überlegte Lorenz. ›die Hamburger Zuhälterszene beschließt, Hannover für sich zu erobern. Sie versuchen den hiesigen Platzhirschen davon zu überzeugen, sein Gebiet kostengünstig abzugeben. Dieser spielt aber nicht mit. Danach folgen ein, zwei Drohungen. Dann der finale Fangschuss. Rumms, bumms. Aus die Maus.‹

Man musste jetzt nur noch etwas Gras über die Sache wachsen lassen und die freigewordene Fläche nach und nach mit den eigenen Leuten besetzen. Die gleiche Kugel, die auch damals zum Einsatz kam, flog nun offensichtlich wieder durch die niedersächsische Luft. Da stellte sich doch zunächst die Frage nach dem ›Warum‹?

Es lag doch auf der Hand, dass der bleierne Gruß an Pastor Decker einen ähnlichen Hintergrund haben musste wie der damalige an den Zuhälter Alfred Werner. Und wenn Martin Decker damals schon ins Visier der Ermittlungen geraten war, lag ein weiterer Verdacht mehr als nah: Der angereiste Killer hatte es sich im Biergarten von ›Oma Biermann‹ gemütlich gemacht, sein DIN-A4-Foto aus der Westentasche gezogen und durch sein Zielfernrohr den Klienten geortet.

Dann hat er durchgeladen, gezielt und abgedrückt.

Das war nicht gut für Pastor Dirk Decker.

Konnte der Killer doch nicht wissen, dass der eigentliche Empfänger für die todbringende Kugel acht Plätze weiter rechts neben seinem eineiigen Zwillingsbruder saß.

Aber einer wusste es mit Sicherheit sofort. Und zwar der, für den die Kugel eigentlich bestimmt war: Martin Decker.
Er war der Schlüssel zur Aufklärung dieses Mordes.

22

Sabrina.
Was für ein Name. Was für eine Frau. So hatte Martin noch nie empfunden. So hatte er noch nie gefühlt.

Eine halbe Ewigkeit war er um sein verschissenes Handy herumgeschlichen. Dann hatte er seinen inneren Schweinehund letztendlich doch über Bord geworfen und seinen als lockeren Anmachspruch getarnten Hilferuf ins Netz gejagt. Und was war geschehen?

Der Himmel war online und Engel Sabrina auf Empfang. Sie hätte ihrer Nachricht auch einen Smiley beifügen können. Den Lachenden. Oder so was wie Daumen hoch. Oder auch das prickelnde Sektglas. Aber egal, die Botschaft war eindeutig:

›Ich vermisse Dich. Komme Dich bald mal wieder besuchen. Mach Dich auf was gefasst. Küsschen Sabrina.‹

Das war für Martin eindeutig genug. Nun hieß es warten. Warten bis der Himmel seine Schleusen öffnete und die schönste seiner Bewohnerinnen vor seine Lofttür beamte. Er würde auf alles gefasst sein. Komme, was wolle.

Martin schnappte sich sein Handy. Er öffnete die Galerie, suchte nach einem gepflegten Sonnenuntergang und änderte sein Profilbild. Man musste es ja auch nicht gleich übertreiben.

23

Theresa Schneider war bereits vor allen anderen da. Es war zehn vor acht. Sie hatte ihren gelben Renault Twingo in rekordverdächtiger Zeit aus Hannover-Döhren über die holprige Brückstraße Richtung Hemmingen gelenkt. Nun stand sie vor der großen doppelflügeligen Eingangstür des ›Oma Biermann‹. Das ›Oma Biermann‹ war eigentlich kein reines Restaurant. Genaugenommen war es ein kleines Hotel mit dazugehörender Gastronomie. Diese war aber augenscheinlich so gut, dass sie sich über die Grenzen Hemmingens hinweg einen gewissen Namen gemacht hatte.

Kurze Zeit später trafen auch Theresas männliche Mitstreiter ein. Klaus Schleicher hatte sich freundlicherweise freiwillig zum Fahrdienst gemeldet. Sichtlich aufgeregt sprang Mayrhofer als erster aus dem Wagen. Er begrüßte Theresa und schickte sich an, die Treppenstufen hochzuflitzen, um seiner Kollegin die Tür aufzuhalten.

»Mayrhofer, komm da wieder runter. Oder willst du etwa, dass das ganze Restaurant unser Ständchen hört?«

»Wos moants ...«, wollte Mayrhofer gerade ansetzen, als ihm ein vierkehliger Gesang entgegenschlug.

›Zum Geburtstag viel Glück, zum Geburtstag viel Glück, zum Geburtstag lieber Mayrhofer, zum Geburtstag viel Glück.‹

Der Kollege Mayrhofer sprang die Treppe wieder runter, nahm alle einmal herzlich in den Arm und brachte vor Rührung kaum was raus.

»Jetz kemmts fei mit«, brachte er dann aber doch unter Schmerzen hervor. »Jetz gibts a Abendessn. Der Chef wird unruhig.«

Der Tisch war reserviert und der Abend verlief genau so, wie Mayrhofer es sich erhofft hatte. Er war sich zwar nicht ganz sicher, ob er die Kollegin Schneider hinter einem Schnitzel nicht doch noch erkannt hätte, aber egal. Die Teile schmeckten erstklassig. Zusammen mit Rotkohl, Kroketten und brauner Soße war es seit der legendären Bregenwurscht das mit Abstand Leckerste, was er in den letzten Monaten gegessen hatte. Getränke gab es reichlich, und es dauerte nicht lange, da fand Schleicher seine Idee mit dem Fahrdienst nicht mehr so witzig. Mayrhofer nahm den Kollegen Schleicher in den Arm.

»Lass guad sei, Klaus. Deinen Karrn holn mir morgn ab, mit Blaulicht.«

Es sollte der ›Running Gag‹ des Abends werden. Jedes Mal, wenn Mayrhofer eine Runde Obstler bestellte, setzte er seine Hand, ein Blaulicht imitierend, auf den Kopf, um mit einem herzlichen ›Tatütata‹ den ganzen Saal zu amüsieren.

Alle hatten ihm was mitgebracht. Theresa ein Buch über norddeutsche Kochkunst. Schmidtchen eine astreine Lupe aus seiner Asservatenkammer. Kollege Schleicher einen Schwarzwälder Schinken. Auch der Kommissar war nicht ohne Geschenk gekommen.

»Hör zu, Mayrhofer«, hob er, einen Briefumschlag in der Hand haltend, mit ernstem Gesicht an. »Ich hab' hier was, von dem ich nicht weiß, ob es dir gefallen wird. Aber Dienst ist Dienst und Schnaps ist Schnaps.«

Lorenz versuchte verzweifelt, seiner Stimme etwas Dramatik zu verleihen.

Die Laune der Anwesenden war jedoch so ausgelassen, dass das keiner so richtig zu bemerken schien.

»Lassz mi raten. Eishockey-Karten?«

»Nichts dergleichen.« Der Kommissar fuchtelte mit dem Briefumschlag vor Mayrhofers Gesicht herum.

»Ja, wos issn dann?? Sag hoit einfach, wos.«

»Na gut. Du hast es nicht anders gewollt. Ich wollte dir den Abend nicht versauen, aber ich habe Kontakt zu deinem Vorgesetzten in Niederbayern aufgenommen.«

Mayrhofer war so entsetzt, dass er bereit war, über die geographischen Unzulänglichkeiten hinwegzusehen.

»Ich habe Kontakt zu deinem direkten Vorgesetzten aufgenommen. Dem Kommissar Winkelhuber.«

»Winklhuber«, verbesserte Mayrhofer. »Ohne ›e‹ nach dem ›k‹.«

»Netter Kollege«, ließ sich Lorenz nicht in die Parade fahren. »Ich habe ihm von unserem Fall erzählt, und dass wir ganz nah dran sind, hier eine dicke Nuss zu knacken.«

»Und?« Mayrhofer rutschte unruhig auf seinem Stuhl hin und her.

»Dann hab' ich ihm gesagt, dass ich hier keinen Mann entbehren könne. Das würde die Ermittlungen beeinträchtigen. Und dass wir kurz davor wären, einige Ganoven dingfest zu machen. Ganoven, die drauf und dran seien, sich nach Niederbayern abzusetzen.«

Mayrhofer drohte akute Schnappatmung.

»Ja, und?«

»Das wäre ihm egal, hat er gesagt. Er säße ja nicht in Niederbayern. Aber möglicherweise würden die Ganoven ja auch nach Oberbayern kommen. Und das fände er auch nicht so toll.«

Mayrhofer griff nach einem Obstler, den Schmidtchen vor sich geparkt hatte.

»Und wos hoaßt jetz des für mi?«

Der Kommissar öffnete den Briefumschlag und fingerte das Schreiben heraus. Er hatte im Büro die entsprechende Textstelle bereits gelb markiert.

»... kommen wir auf Ihr Schreiben vom 22. des Monats zurück und bestätigen Ihnen hiermit, dass wir Ihnen den Kollegen Mayrhofer für weitere sechs Monate zur Verfügung stellen.«

»Des gibt's doch gar net.«

Mayrhofer war sichtlich gerührt. Der Kommissar wusste nicht, was dem Kollegen in seiner Heimat widerfahren war. Es war ihm auch egal. Kollege Mayrhofer war beliebt in der Truppe. Und wenn er ihm einen Gefallen damit tat, seinen Aufenthalt hier zu verlängern, wollte er das gern tun.

»Die machen das so ohne weiteres?« Theresa freute sich mit allen anderen, wunderte sich aber schon über diese komplikationslose Zusammenarbeit zwischen Nord und Süd. »Wirklich völlig ohne jegliche Gegenleistung?«

»Na ja, nicht völlig«, gab der Kommissar zu. »Im Gegenzug müssen wir den Kollegen Schabulke einen Monat früher wieder zurücknehmen. Aber das habe ich alles schon geklärt. Den schicken wir zu den Kollegen der Sitte. Die freuen sich schon.«

Der weitere Verlauf des Abends war von heiterer Stimmung geprägt. Noch etliche Obstler gingen über den Tresen. Kommissar Lorenz freute sich, eine so homogene Truppe beisammen zu haben. Er wusste aber auch, dass die Zeit gekommen war, die entscheidende Operation im Fall ›Pastor Dirk Decker‹ einzuleiten. Und was ihm da so alles vorschwebte, war in der Tat nicht ohne.

24

King Kong legte den Hörer aus der Hand und grunzte erleichtert. Einauge würde zufrieden sein.

Die anfallenden Kosten waren zugegebenermaßen geradezu unverschämt. 200.000 Euro. Eine stattliche Summe. Aber mit ziemlicher Sicherheit gewinnbringend investiert. Ein gutes Geschäft musste für beide Seiten ein gutes Geschäft sein. Und aus King Kongs Sicht war es ein verdammt gutes Geschäft, was er da soeben eingefädelt hatte. Es würde ein kurzes Treffen geben. Es gab einige Details zu besprechen. King Kong war fast schon ein wenig stolz auf sich. Er erhob sich aus seinem Sessel und fingerte nach seinem Stock. Dann schlurfte er gemächlich zu Einauges Büro und klopfte an.

»Komm rein.«

Einauge hatte schon sehnlichst darauf gewartet, dass King Kong ihm einen schusssicheren Killer präsentieren würde. Die Zeit wurde knapp. Einauge wollte Rache.

»Hast du einen Superkiller für uns gefunden?«, hustete Einauge King Kong fragend entgegen.

»Nein«, antwortete dieser pflichtgemäß.

»Und warum nicht?« Einauge war kurz vorm Platzen.

»Keinen Superkiller. Eine Superkillerin.«

Einauge war von Haus aus eigentlich stockkonservativ. Frauen gehörten hinter den Herd. Männer davor. Aber die Zeiten änderten sich. Er hatte von Männern gehört, die in den Erziehungsurlaub gingen. Er hatte von Frauen gehört, die sich zum Skispringen verabredeten. Nichts war mehr wie früher. Lag vermutlich am Klimawandel.

»Eine Frau?«

Einauge wusste selber, wie bescheuert seine Nachfrage war. Er hatte zwar nicht ganz so gute Ohren wie King Kong, aber sowohl rechts als auch links noch nahezu die volle Punktzahl.

»Eine Frau«, beantwortete Einauge sich die Frage dann auch selber. »Wenn das klappt, hab' ich zwei Fliegen mit einer Klappe geschlagen. Annaturm ist Geschichte, und ich hab' in meinem Laden die Frauenquote eingeführt. Wann triffst du sie? Was habt ihr besprochen?«

»Übermorgen«, antwortete King Kong. »Wir treffen uns übermorgen. Sie muss anscheinend eh nach Hannover. Da besprechen wir alles. Ich habe ein gutes Gefühl. Sie ist die Beste.«

Einauge schaute skeptisch. »Das hört sich nicht gerade billig an.«

King Kong nickte still vor sich hin. »Ach, Chef. Was ist schon billig heutzutage? Wenn wir die Beste wollen, dann werden wir auch entsprechend zahlen müssen.«

Ahnte Einauge doch, dass die Sache einen finanziellen Haken haben würde.

»Wie viel?«

»200.000 Euro«, hüstelte King Kong in den Raum.

Dann schnappte er sich seinen Stock und sah zu, dass er Land gewann.

25

Der Kerl war ihr lästig geworden. Das war nicht klug von ihm. Sie hatte ihren Mantelkragen hochgeschlagen und das Treppenhaus flotten Schrittes passiert.

Sicher, sie hätte auch den Fahrstuhl nehmen können.

Loft.

Ganz oben.

Ganz groß.

Ganz teuer.

War praktisch immer mit Lift im Haus. Oftmals landete dieser sogar direkt im Schlafzimmer. Aber zum einen hatte sie sich aus Konditionsgründen angewöhnt, Treppen zu steigen. Zum anderen war sie als kleines Kind mal in so einem Scheißding stecken geblieben. In einem Kaufhaus, zwischen der ersten und zweiten Etage. Zusammen mit einer von den Ziegen, die an den Parfumständen, eingedieselt von oben bis unten, ihre Düfte anpriesen.

Knapp zwei Stunden hatte sie mit dem Braten im Aufzug festgesessen. So lange hatte es gedauert, bis die herbeigerufenen Techniker die Kiste wieder zum Laufen gebracht hatten. Als Entschädigung hatte sie damals von dem Kaufhaus einen Warengutschein in Höhe von einhundert Euro erhalten. Sie hatte sich davon nach der Befreiung sofort neue Klamotten gekauft. Die Alten hatten so gestunken, dass ihr fast übel geworden war.

Hätte sich ihre mit Schalldämpfer bestückte Knarre schon damals in ihrer Handtasche befunden, sie hätte die alte Stinkmorchel an die Aufzugsinnentür genagelt.

Nun stand sie vor seiner Tür. ›Decker‹ stand am Klingelschild. ›Martin Decker‹ – was für ein Scheißname. Egal. Bald konnten sie das Schild hier abschrauben. Sie fuhr sich einmal ordnend durchs Haar und setzte ihr bezauberndstes Lächeln auf. Ein wenig eitel war sie schon. Und sie hatte Stil. Wenn sie schon mordete, dann sollte das Ganze auch optisch anspruchsvoll über die Bühne gehen.

Sabrina schaute sich um. Außer ihr schien sich niemand im Treppenhaus zu befinden. Sehr gut. Sie griff in ihre Handtasche und zog eine Walther PPQ heraus. Kaliber 9 mm. Ein Superteil von Knarre. Und so zuverlässig.

Ein zweiter Griff förderte den Schalldämpfer zu Tage. Sündhaft teuer, aber schön wie ein Schmuckstück. Wäre es erlaubt, sie würde das Ding an einer goldenen Kette um den Hals tragen. War aber nicht erlaubt.

Das Gefühl, den Dämpfer auf die Knarre zu schrauben, weckte erotische Assoziationen in ihr. Na klar war sie anders als die anderen. Sie war sich dessen bewusst und genoss es.

Sabrina steckte ihr Handwerkszeug in ihre große Manteltasche. Mit einem flüchtigen Blick in ihren Taschenspiegel überprüfte sie ein letztes Mal ihr perfektes Aussehen. Dann drückte sie den Klingelknopf. Natürlich mit dem Handrücken. Sabrina war Kundin bei Media Markt. Sie war ja nicht blöd.

Martin öffnete die Tür. Er strahlte sie an. Dann bat er sie herein. Martin hatte eine Martinsgans im Ofen. Wie süß. Bei dem, was sie vorhatte, wären Miesmuscheln angebrachter gewesen.

Aber egal.

Das Leben war kein Wunschkonzert.

Sabrina hatte nicht vor, lange zu bleiben. Von Muscheln bekam sie Pickel und Martins Deo ließ ihre Gedanken sofort wieder Richtung Kaufhaus-Lift abgleiten.

Sabrina sprach kein Wort. Sie grinste ihn nur einmal kurz an. Dann zog sie ihre Waffe und jagte ihm ihr komplettes Magazin in seinen durch jahrelanges Fitnesstraining gestählten, ganzkörperrasierten Edelbody.

Für einen kurzen Moment genoss Sabrina das Ergebnis ihrer Arbeit. Sie schloss die Augen und versuchte, sich das süße Bild ihres Tuns einzuprägen.

Dann verstaute sie ihre noch qualmende Knarre, machte auf der Hacke kehrt und verließ Loft, Treppenhaus, Straße und Stadt genauso schnell und unauffällig, wie sie gekommen war. Sabrina war nicht wirklich in Eile. Aber sie hatte einen neuen Job angenommen.

Erkenschwick. Keine Ahnung, wo das lag. Das Foto ihres nächsten Opfers zeigte einen alten, gebrechlichen Mann. Die Gage war bezaubernd. Aber sie musste sich sputen. Nicht, dass ihr der Alte zuvorkam und sich auf natürlichem Weg verabschiedete. Zeit war Geld. So gesehen, hatte sie einen Job wie jeder andere.

Sabrina saß kerzengerade auf ihrem Hotelbett. Doppelzimmer zur Einzelnutzung. Mit Blick in den Park. Halbpension. Klitschnass geschwitzt.

Sie warf die Bettdecke zur Seite und ging ins Bad. Die Halbpension war nicht so der Brüller. Aber das Bad war super. Sie hing sich über das Waschbecken, drehte am Kaltwasser und warf sich zwei Hände voll ins Gesicht. Dann schrubbelte sie sich trocken und schaute in den Spiegel. Sie hatte Federn gelassen. So einen Mist hatte sie schon seit Ewigkeiten nicht mehr geträumt.

Wobei Mist? Es lief doch alles wie am Schnürchen. Wenn sie Martin ins Jenseits zu befördern hätte – genau so würde sie es machen. Sabrina legte sich wieder hin. Sie hatte einen Termin in Hannover. Irgend so ein Kerl namens King Kong hatte sie kontaktiert. 200.000 Euro für einen Schuss. Für Sabrina nicht die Welt. Aber Kleinvieh machte bekanntlich auch Mist. Sie würde mit dem Typen reden. Vielleicht war das ein guter Job. Und wenn sie dann ohnehin schon in Hannover wäre, konnte sie sich auch gleich um Martin kümmern.

26

Klaus Schleicher war rein optisch kein Brüller. Auch intellektuell stieß er schnell an seine Grenzen. Aber Schönheit und kulturell Hochtrabendes war nicht wirklich gefragt, als es für ihn vor knapp einundzwanzig Jahren darum ging, in den Polizeidienst einzutreten. Bei Staatsbürgerkunde war er ganz vorne mit dabei. Auch in Sport machte ihm keiner so schnell etwas vor. Außerdem war Schleicher ein guter Teamplayer. Loyal, offen und mit einer feinen Spürnase ausgestattet. Diese Spürnase hatte ihn schon zu ziemlich jedem Regal des Kellerarchivs geführt. Es kam ausgesprochen selten vor, dass er sich verschnüffelte.

Hätte es ein amtliches Mitteilungsblatt gegeben, in dem veröffentlicht wurde, auf welchen Ganoven Klaus Schleicher gerade angesetzt war – manch einer der Strolche hätte sich vermutlich freiwillig auf der nächsten Polizeiwache gestellt. Diese feine Spürnase Schleichers war es auch, die ihn beim Kollegen Mayrhofer etwas Unergründliches erschnüffeln ließ. Etwas, was Schleicher unbedingt herausfinden wollte.

Die Fragestellung war ganz einfach: Warum wurde der bayerische Kollege für ein halbes Jahr nach Norddeutschland abgeschoben? Gab es eine Anweisung von ganz oben? War es der Wunsch Mayrhofers? Hatte dieser gar Dreck am Stecken?

Diese Fragen ließen Klaus Schleicher kaum noch ruhig schlafen. Ein kleiner Vorstoß in Richtung Kommissar Lorenz brachte auch keine Aufklärung. Dieser erklärte ihm glaubhaft, auch nicht zu wissen, warum Mayrhofer bei ihnen im Dezernat gelandet war.

Also beschloss Schleicher, auf eigene Faust herauszubekommen, worin der Grund für die Landverschickung des bayerischen Kollegen lag. Dass dieser ganz gern mal gut aß und trank, hatte sich im Dezernat mittlerweile herumgesprochen. Doch selbst im ausgelassenen Ambiente bei ›Oma Biermann‹ hatten sie ihm den Grund für sein halbjähriges Zwangspraktikum nicht entlocken können.

»Koa Kommentaar«, antwortete Mayrhofer stets, wenn es um das Thema ging.

Schleichers Spürnase begann so heftig zu jucken, dass er nicht anders konnte, als an dem Fall dranzubleiben. Darum hatte er sich etwas überlegt. Klaus Schleicher war Fußballfan. Und zwar ein Ausgewiesener. Hannover 96. Seit seiner Kindheit schon. Er hatte Hans Siemensmeyer die Außenlinie entlang spurten sehen. Seit dem war es um ihn geschehen.

Bereits zu Saisonbeginn hatte Schleicher zwei Karten gekauft. Westtribüne. Mittlere Reihe. Bombenplätze.

Nicht zu weit weg von der nächsten Bier- und Würstchenbude und den Fanblock in Sicht- und Hörweite. Doch damit nicht genug. Mayrhofer konnte seine Herkunft ja nicht wirklich verheimlichen. Und da Schleicher ihm als Bayern mal latente Fußballkenntnisse unterstellen durfte, hatte er die zwei Karten nicht für irgendein Spiel besorgt, sondern für DAS Spiel. Den Saisonhöhepunkt seines Lieblingsvereins.

Hannover 96 gegen Bayern München.

Schleicher hatte sich das volle Programm zurechtgelegt.

Eine Stunde vor Spielbeginn vorglühen bei ›Elite‹. Das war eine unter den einheimischen Fußballexperten berühmt-berüchtigte Lokalität, in unmittelbarer Nähe der Arena. Von dort aus, unter dem Absingen einschlägiger Songs, der kollektive Einzug ins Stadion.

Hier angekommen direkt Richtung Verpflegungsstation. Dann, linke Hand eine Bratwurst, rechte Hand den 0,5-Liter-Jiri-Stainer-Plastik-Gedächtnisbecher, auf kürzestem Weg Richtung W11, Reihe zehn, Platz neunzehn und zwanzig.

Dort kurz die Lage inspizieren, um dann schon beim Einmarsch der Gladiatoren den Bayern gesanglich die Lederhosen auszuziehen. Der Rest würde sich zeigen. Bei Niederlage: Schwamm drüber und wieder zu ›Elite‹. Bei Sieg: Autokorso durch die Innenstadt.

Schleicher passte den bayerischen Austauschkollegen vor der Kantinentür ab.

»Mayrhofer, schau mal.« Dabei wedelte er mit den zwei Karten, als wolle er sich frische Luft zufächern.

So frisch war die Luft aber gar nicht und Schleicher registrierte unterbewusst, dass es heute Frikadellen mit Kartoffelsalat geben würde. Aber egal. Er sah an Mayrhofers Augen, dass dieser, wie passend auf dem Weg zum Kantinengang, bereits angebissen hatte.

»Wos is des?«

»Eintrittskarten.«

Mayrhofers Blick signalisierte starkes Interesse. Seine Augäpfel begannen ein Stück weit herauszutreten.

»Holiday on Ice?«

»Quatsch.«

»Synchronschwimma?«

»Mayrhofer, willst du mich für dumm verkaufen? Du bist hier in der norddeutschen Fußballhochburg Hannover. Schon mal was von den Roten gehört?«

Mayrhofer hatte.

»Is mir wurscht, gegn wen. Egal, wann. Egal, wos es kost. I bin dabei.«

»Das kostet dich gar nichts Kollege. Ich lade dich ein.«

»Des is ned dei Ernst.«

»Des is mei Ernst.«

Schleicher fand mittlerweile Gefallen daran, ab und zu mal ins Bayrische zu verfallen.

»Samstag in zwoa Wocha. I zähl auf di.«

Kollege Mayrhofer bekam den Mund nicht mehr zu.

»Samstag in zwoa Wocha? Da gehts gegn de Bayern. I hob mi doch scho lang infoamiert, des Spui is ausverkafft. Ois bsetzt. Orschlecka, koane Karten mehr da, hamms mia gsagt. Ois ausverkafft..« Mayrhofer setzte sein strahlendstes Lächeln auf. »Dann aber gscheid. Mit Vorglühn und allem.«

»Kollege Mayrhofer, du wirst mir immer sympathischer. Aus dir kann noch was werden. Also, halt dir den Termin frei.«

27

»Was hast du erreichen können?«

Einauge hatte King Kong instruiert, gleich nach seinem Treffen mit der angeblichen Superkillerin bei ihm vorstellig zu werden. Er hatte auf eine persönliche Berichterstattung bestanden. Die Festnetzanschlüsse wurden in seiner Branche ohnehin alle abgehört. Aber auch den mobilen Telefonen traute er schon lange nicht mehr.

Einauge wollte die entscheidenden Infos in einem Gespräch unter vier Augen.

Also unter zwei.

Genaugenommen war es ein Gespräch unter einem Auge. Trotzdem besser als Telefon.

»Ich glaube, sie beißt an.«

»Was heißt hier ›ich glaube‹? Haben sie die 200.000 Euro Anfütterung nicht unruhig gemacht?«

Einauge meinte, bei der ihm nachfolgenden Generation einen gewissen Werteverfall beobachtet zu haben. 200.000 Euro – dennoch zögerte die Dame, in den Deal einzuwilligen? Einauge schüttelte mit dem Kopf.

»Als ich mich warmlief, um ganz nach oben zu kommen, hätte ich für zweihundert Mark auf der Kirmes einen vom fahrenden Kinderkarussell geschossen. Und heutzutage?« Er verstand die Welt nicht mehr.

King Kong wusste sehr wohl, was sein Chef meinte. Aber die Zeiten hatten sich geändert. Es wurde immer schwieriger, gutes

Personal zu finden. Deshalb ja auch der Blick über die Tischkante. Deshalb ja auch der Versuch, gute Arbeit gegen gutes Geld einzukaufen.

»Das Mädchen ist nicht doof. Und genau das ist es doch, was wir brauchen. Die Kleine macht einen ruhigen, sehr selbstsicheren Eindruck. Ihre Referenzen sind bestechend. Jeder Schuss ein Treffer. Wie einst beim jungen Rudi Völler. Das Mädchen hat ihre Prinzipien. Als ich ihr ein Bier angeboten habe, hat sie sofort verneint. Ein stilles Wasser hat sie sich bestellt. Stille Wasser sind tief, hat sie gesagt.«

Einauge lauschte angeregt King Kongs Ausführungen.

»Was hältst du von ihr?«

»Wenn Madame hält, was sie verspricht, dann bläst sie uns Annaturm genau auf das Planquadrat, welches wir vorher auf den Boden gezeichnet haben. Und dann«, Einauge vernahm ein deutliches Sabbern, »dann mache ich ihn alle.«

»Wie seid ihr verblieben?«

»Sie hat sich eine Woche Bedenkzeit erbeten. Ich glaube aber, sie ruft früher an.«

Einauge blies seinen Zigarrenqualm planlos in die Luft. Er war zufrieden mit dem, was King Kong ihm zu berichten hatte. 200.000 Euro waren eine Menge Heu.

Aber möglicherweise war die Dame den Betrag wert. Eine ruhige, selbstsichere Killerin war allemal besser, als irgend so ein hibbeliger Schützenkönig mit Sehschwäche. Sehschwäche brauchte Einauge extern nun wirklich nicht mehr einzukaufen.

28

Mayrhofer war überpünktlich. Genaugenommen stand er schon seit gut zehn Minuten am Eingangstor zu ›Elite‹.
Die davor postierten Sicherheitsleute wiesen schon rein optisch auf das vermutlich gepflegte Innere der Lokalität hin. In modisch adretten, schwarzen Bomberjacken, das Wort ›Security‹ auf den Unterarm tätowiert, hielten sie hier die Wacht am Rhein. Sie signalisierten jedem erfrischend offen, wer hier der Herr im Hause war. Mayrhofer war ein Freund klarer Verhältnisse. ›Elite‹ fand er gut.
Klaus Schleicher hatte ein leicht mulmiges Gefühl. Natürlich freute er sich auf das Spiel. Seit Wochen schon. Aber die Vorstellung, mit einem Bayern-Fan das Stadion zu betreten, verursachte leichtes Bauchgrummeln bei ihm. Mit so einem Ur-Bazi im Schlepptau machte man sich auf der hannoverschen Westtribüne nicht zwingend Freunde. Schon gar nicht, wenn es gegen die Bayern ging.
Vielleicht konnte er seinen Kollegen ja davon überzeugen, nicht jedes Bayerntor wie ein Verrückter abzufeiern. Man würde sonst möglicherweise den gesamten Block W 11 gegen sich aufbringen. Die beiden beherrschten zwar nahezu blind den Polizeigriff. Aber eben nur bei jeweils einem potentiellen Gegner. Den ganzen Block konnte man zu zweit nicht in den Schwitzkasten nehmen.
Schleicher reiste wie üblich mit der Straßenbahn an. An der Haltestelle Stadionbrücke stieg er in einem Pulk von gefühlt

einhunderttausend Hannover-96-Fans aus. Er rückte sich Schal und Mütze zurecht und steuerte auf direktem Weg Richtung Eingang der verabredeten Lokalität. Mit dicken Leuchtlettern grinste ihn der grüne Elite-Schriftzug schon von weitem entgegen. Dort hatte er sich mit Mayrhofer verabredet. Schleicher hoffte inständig, dass sie ihn dort an seinem Bayern-Schal noch nicht aufgeknüpft hatten.

Bei ›Elite‹ angekommen, ließ er sein Auge fachmännisch über die Menschentraube wandern. Ganz hinten, direkt neben einer Bier-Bude, meinte er, eine Person ausgemacht zu haben, die Mayrhofer ähnlich sah. Aber konnte das Mayrhofer sein? Das gab es doch nicht.

Schleicher konnte es gar nicht fassen.

Schwarz-weiß-grüner 96-Schal. Die passende Pudelmütze auf dem Kopf und, als wenn das nicht schon gereicht hätte, hatte sich sein bayerischer Kollege in ein abgewetztes, viel zu enges 96-Trikot gezwängt. Er schien kaum Luft zu kriegen. Ein Trikot mit der Rückennummer 1. Jörg Sievers. Uralt. Mit Original-Autogramm, quer über den Brustkorb...

»Mayrhofer«, rief Schleicher in die Menge.

»Ja, hier. Kimm ummi, i hob scho ozapfn lassn..«

Mayrhofer empfing seinen norddeutschen Kollegen mit einem halben Liter Gerstensaft und strahlte in die untergehende Sonne.

»Heit haumas weg.«

»Ich denke, du bist Bayern-Fan?«

»Ah geh, woher. Ois Schmarrn. Kimm, trink ma oan.«

»Kollege Mayrhofer, du bist für mich ein Buch mit sieben Siegeln. Aber Deine Einstellung – grundsolide.«

Zwanzig Minuten später schlenderten sie Richtung Stadion. Zwischen den beiden entwickelte sich eine Stimmung, die man getrost als ›tendenziell ausgelassen‹ bezeichnen konnte. Mit Bratwurst und Bier ausgestattet, steuerten sie auf ihre Plätze.

Die Viertelstunde vor dem Anpfiff nutzt ein eingefleischter Fußballfan für gewöhnlich dazu, die im Stadion herrschende Fan-Luft einzuatmen, den Gesängen zu lauschen, die Tabelle zu studieren, der Stadionzeitung bislang unbekannte Geheimnisse zu entlocken oder aber einfach nur, den sich warm machenden Spielern zuzuschauen und mit Bemerkungen zu glänzen wie: ›der Neuer ist aber fett geworden.‹

Für Nicht-Fußballfans sind das völlig unbekannte Gefühle. Bei Toren der eigenen Mannschaft fallen sich schon mal wildfremde Menschen um den Hals. Menschen, die sich im normalen Leben nicht mit dem Hintern ansehen würden, legen im Stadion ein bisweilen recht merkwürdiges Verhalten an den Tag. So oder so ähnlich musste es auch bei Schleicher und Mayrhofer ausgesehen haben, als die Mannschaft von Hannover 96, angeführt von kleinen Balljungen, die heute ausnahmsweise mal Ballmädchen waren, ins große Rund der Arena einlief.

Die beiden standen auf ihren Sitzschalen und stimmten mit rund 85 Prozent der Anwesenden in die 96-Hymne ›Alte Liebe‹ ein. Die restlichen 15 Prozent versuchten, durch gelegentliche Buh-Rufe mit leicht bayerischem Dialekt von dem bedeutsamen Text des Liedes abzulenken. Kurz und gut, die Stimmung war erstklassig. Die Mannschaftsaufstellungen donnerten aus den Lautsprechern, wobei jeder 96-Spieler mit tosendem Applaus und jeder Bayern-Spieler mit ohrenbetäubendem Pfeifkonzert bedacht wurde.

»Sag mal, Kollege«, Schleichers Stimme wurde warm und weich: »Du bist 96-Fan?«

»Ja. No ned lang, aber seitdem i da bin, schau i scho moi da im Stadion vorbei. Und so oan wie den Schmiedebach, den kanntns bei de Sechzger aa brauchn.«

»Sechziger?« Schleicher fasste sich an den Kopf. »Du bist Fan von 1860 München?«

»Vom scheensdn Club auf dera Woid, oiso mit de 96er. Aber Sechzger bin i ois kloana Bua scho gwesn, immer scho.« Mayrhofer wischte sich eine Träne aus den Augen. »Und Klaus, i werd's aa immer bleibm..« Er angelte sich ein Taschentuch aus seiner Jackentasche und schnaufte in beeindruckender Lautstärke hinein. »Des is ja aa der Grund dafür gwesn, dass i weg bin von meim Dezernat in Bayern.«

»Wie bitte?« Schleicher war völlig gerührt von dem Gefühlsausbruch seines Kollegen. »Wieso bitte schön verschwindest du denn aus Bayern, wenn du doch Fan von 1860 München bist?«

»No wegen de Kollegen. Ois Fans vom FC Bayern. An dera Wand im Kommissariat, a FC-Bayern-Wimpel. Genau neberm dera Kruzifix. Die trinkn eahnan Kaffee alle aus FC-Bayern-Haferln. Da hängt a FC-Bayern-Schal überm Schreibtisch vom Chef. Und auf seim Schreibtisch seim buidl vom Uli Hoeneß. Handsigniert. ›Fürn Winklhuber, vom Uli‹ steht da drauf. Des is furchbar für an Sechzger. Die Hölle auf da Erdn.«

»Und deswegen bist du da weg?«

Mayrhofer drehte sich zu Schleicher um und schaute ihm tief in seine glasigen Augen.

»Woaßt, wia des is ois oinzga Sechzger zwischen fuchzehn FC-Fans? Des is wiara unbezwingbare Dschungelprüfung. Des geht ned. Klaus, i hobs doch vier Jahr lang probiert, es geht ned. Jeden Mondag des Gesinge. Champions-League aa no. Und de Sechzger? Pokal-K.O. in da ersten Rundn irgendwo aufm Dorf. Zwoate Liga, hinten dro, und da is aa boid da Arsch weg. I hob nix anders doa kenna außer konvertiern oda mei Versetzungsgesuch eireichn.«

»Nach Hannover?« Schleicher konnte es gar nicht fassen. »Aber im Pokal scheiden wir doch auch in regelmäßigen Abständen in der ersten Runde auf dem Dorf aus.«

»Is wurscht, da müssma jetzt gemeinsam durch.«

Genau in diesem Moment pfiff der Schiedsrichter die Partie an.

»Komm, Mayrhofer, jetzt noch deinen Vornamen und du hast dir alles von der Seele geredet, was dich bedrückt.«

»Des sagst aber fei koam weiter, gell.«

»Ich schwöre. Ehrenwort.«

»Wennst lachst oda petzt, na krachts, hast?«

»Du kannst dich auf mich verlassen.«

»I sags fei bloß oamoi..«

»Ok. Ich vergesse es auch gleich danach wieder«, ermutigte Schleicher seinen Kollegen, nun endlich seinen Vornamen preiszugeben.

Mayrhofer bewegte deutlich die Lippen. Aber der aufbrausende Gesang der einheimischen Fans machte eine weitere Konversation nahezu unmöglich.

»Mayrhofer, ich hab' nichts verstanden.«

Mayrhofer grinste sich einen.

»Naa. Noamoi bring i des nimmer überd Lippen.«

29

Sabrina hatte ja bereits geträumt, wie sie es anstellen würde, Martin zu eliminieren. Und wenn es im Traum doch so gut klappte, dann gab es eigentlich keinen Grund, am Ablauf viel zu ändern.
Auf ein Neues also.
Der Kerl war ihr lästig geworden. Das war nicht klug von ihm. Sie hatte ihren Mantelkragen hochgeschlagen und das Treppenhaus flotten Schrittes passiert.
Sicher, sie hätte auch den Fahrstuhl nehmen können.
Loft.
Ganz oben.
Ganz groß.
Ganz teuer.
War praktisch immer mit Lift im Haus. Oftmals landete dieser sogar direkt im Schlafzimmer. Aber zum einen hatte sie sich aus Konditionsgründen angewöhnt Treppen zu steigen, zum anderen war sie als kleines Kind mal in so einem Scheißding stecken geblieben. In einem Kaufhaus, zwischen der ersten und zweiten Etage. Zusammen mit einer von den Ziegen, die an den Parfumständen, eingedieselt von oben bis unten, ihre Düfte anpriesen.
Knapp zwei Stunden hatte sie mit dem Braten in dem Aufzug festgesessen. So lange hatte es gedauert, bis die herbeigerufenen Techniker die Kiste wieder zum Laufen gebracht hatten. Als Entschädigung hatte sie damals von dem Kaufhaus einen Warengutschein in Höhe von einhundert Euro erhalten. Sie hatte sich davon

nach der Befreiung sofort neue Klamotten gekaut. Die alten hatten so gestunken, dass ihr fast übel geworden war.

Hätte sich ihre mit Schalldämpfer bestückte Knarre schon damals in ihrer Handtasche befunden, sie hätte die alte Stinkmorchel an die Aufzugsinnentür genagelt.

Nun stand sie vor seiner Tür. ›Decker‹ stand am Klingelschild. ›Martin Decker‹ – was für ein Scheißname. Egal. Bald konnten sie das Schild hier abschrauben. Sie fuhr sich einmal ordnend durchs Haar und setzte ihr bezauberndstes Lächeln auf. Ein wenig eitel war sie schon. Und sie hatte Stil. Wenn sie schon mordete, dann sollte das Ganze auch optisch anspruchsvoll über die Bühne gehen.

Sabrina schaute sich um. Außer ihr schien sich niemand im Treppenhaus zu befinden. Sehr gut. Sie griff in ihre Handtasche und zog eine Walther PPQ heraus. Kaliber 9 mm. Ein Superteil von Knarre. Und so zuverlässig.

Ein zweiter Griff förderte den Schalldämpfer zu Tage. Sündhaft teuer, aber schön wie ein Schmuckstück. Wäre es erlaubt, sie würde das Ding an einer goldenen Kette um den Hals tragen. War aber nicht erlaubt.

Das Gefühl, den Dämpfer auf die Knarre zu schrauben, weckte erotische Assoziationen in ihr. Na klar war sie anders als die anderen. Sie war sich dessen bewusst und genoss es. Sabrina steckte ihr Handwerkszeug in ihre große Manteltasche. Mit einem flüchtigen Blick in ihren Taschenspiegel überprüfte sie ein letztes Mal ihr perfektes Aussehen.

Danach drückte sie den Klingelknopf. Natürlich mit dem Handrücken. Sabrina war Kundin bei Media Markt. Sie war ja nicht blöd. Martin öffnete die Tür. Er strahlte sie an. Dann bat er sie herein. Martin hatte eine Martinsgans im Ofen. Wie süß. Er strahlte wie ein Honigkuchenpferd.

»Schön, dass Du gekommen bist. Ich freue mich.«

»Ich freue mich auch.« Sabrina trat ein und schaute interessiert auf den Backofen. »Du kochst?«

»Ich wollte dich verwöhnen.«
Sabrina lachte einmal kurz auf.
»Das ist lieb von Dir. Wie lange dauert es noch?«
Martin schaute auf die Uhr.
»Noch gut zwanzig Minuten. So hungrig?«
»Nein.« Sabrinas Augenaufschlag ließ Männerherzen höher schlagen. »Zwanzig Minuten ist ok. Reicht völlig.«
»Wofür?«
»Ich wollte Dich auch verwöhnen.«
Martin begann die kurze Unterredung zu gefallen.
»Wenn ich den Ofen etwas kleiner stelle, komme ich auf eine Dreiviertelstunde.«
Und das war irgendwie genau das, was Sabrina hören wollte.
Es war ein schöner Abend. Es war eine noch schönere Nacht. Zugegeben, eigentlich hatte sie vor, ihn umzulegen. Aber Sabrina war eh für kurze Zeit in Hannover. Da kam es auf ein, zwei Tage auch nicht an.
Martin hatte sein Profilbild geändert.
Das war gut.
Martin hatte Martinsgans zubereitet.
Das war fast noch besser.
Nicht viele Männer konnten kochen. Sie hatte Hunger. Und so eine Gans schmeckte zu zweit, bei Kerzenschein, gutem Wein und Eros Ramazotti im Hintergrund richtig gut. Zumindest deutlich leckerer als alleine. In einer Blutlache sitzend.
Der Zeitvertreib bis zum Essen hatte sich als sensationell erwiesen. Da hatte sie ihren Latin-Lover doch richtig in Erinnerung behalten. Am nächsten Morgen musste sie früh raus. Sabrina hatte einen Termin. Halb elf. Markthalle Hannover. Beim Italiener. ›Amorosa‹ hieß der Laden.

***

King Kong wartete schon. Wie sie ihn erkennen würde, hatte sie vorab gefragt? Schwarzer Mantel. Schwarzer Hut. Schwarze Brille. Weißer Stock. King Kong war schnell gefunden. Der Kerl war blind wie die Nacht.

Er roch schlecht.

Martin roch deutlich besser.

Aber Geld stank nicht. Und so hörte sie sich sein Angebot an. 200.000 klangen ganz gut. Die Sache schien nicht allzu schwierig zu sein. King Kong erzählte ihr haarklein, wie er sich die ganze Sache vorstellen würde. Sie sollte ihr Opfer gar nicht töten. Sie sollte den Kerl nur kampfunfähig schießen. Den Rest wollten King Kong und sein Chef dann alleine erledigen.

Der schlecht Riechende fummelte ein Foto aus der Manteltasche und schob es über den Tisch. Sabrina schaute einmal kurz drauf. Stimmt schon, sie hätte sich fast an ihrem Mozzarella-Brötchen verschluckt. Aber eben nur fast.

Konnte kein Außenstehender sehen. Und die Blindschleiche vor ihr sowieso nicht. Sabrina sah vielleicht aus wie ein Engel. War aber keiner.

»Abgemacht«, sagte sie. Dann steckte sie das Foto in ihre Jackentasche und schlug in King Kongs feuchtwarme Pranke ein. »100.000 Euro vorab. Ich melde mich, wenn der Termin steht. Es gibt da einiges vorzubereiten. Aber Probleme sehe ich nicht.«

30

Es klingelte an Martins Tür. Er guckte durch den Spion und beschloss, die 45er Magnum unter dem Parkett ruhen zu lassen.
»Guten Tag, Herr Kommissar.«
»Guten Tag, Herr Decker.«
Martin nickte dem hinter Lorenz stehenden Mayrhofer einmal kurz zu.
»Ich gehe davon aus, dass Sie wieder vor der Tür warten wollen?«
Mayrhofer schaute zu seinem Chef. »Wui i des?«
»Du willst. Wenn ich Hilfe brauche, dann mache ich mich bemerkbar.«
»Woaß i scho«, antwortete Mayrhofer.
Martin machte eine einladende Geste.
»Na dann, hinein in die gute Stube. Ich weiß es sehr wohl zu schätzen, dass Sie zu mir kommen.«
Lorenz schaute verdutzt.
»Sie könnten mich auch ständig auf das Präsidium zitieren. Da ist mir ein Heimspiel schon lieber.«
»Bei Ihnen ist es gemütlicher als bei uns.«
Lorenz war wieder fasziniert von der Atmosphäre, die dieses Loft bot.
»Außerdem habe ich mich in den Ausblick von hier oben verliebt. Ein traumhaftes Plätzchen.«
»In der Tat«, antwortete Martin. »Aber heute ist es zu kalt. Darf ich Sie zu meiner bescheidenen Sitzgruppe bitten?«

»Sie dürfen.«

Was Martin Decker als ›bescheidene Sitzgruppe‹ bezeichnete, wäre andernorts als gehobene Wohnlandschaft einer achtköpfigen Millionärs-Familie durchgegangen.

»Nehmen Sie Platz, Herr Kommissar.« Martin zeigte auf einen eleganten Sessel.

»Rolf-Benz. Arktikblau. Einzelstück.«

Lorenz nickte anerkennend mit dem Kopf.

»Schön, schön.«

»Tee?«, fragte Martin Decker.

»Danke, nein. Heute nicht.«

Martin schaute verdutzt.

»Sodbrennen«, schob Lorenz erklärend hinterher. »Wirklich schön bei Ihnen. Aber der tollste Sessel ist nix gegen Ihre Dachterrasse. Wäre doch sehr schade, wenn Sie diese schöne Aussicht eintauschen müssten.«

»Wogegen?« Martin gefiel die Entwicklung des Gespräches nicht wirklich.

»Was weiß ich? Schwedische Gardinen? Die beige getünchten Wände beim Hofgang? Es gibt viel schlechtere Aussichten als die Ihre hier.«

»Kommen Sie zur Sache Herr Kommissar. Was kann ich für Sie tun? Nennen Sie mir den Grund Ihres Besuches?«

Lorenz hatte sich vorgenommen, heute mal ein wenig dicker aufzutragen. Er machte ein staatstragendes Gesicht und legte los.

»Herr Decker, ich denke mal, ich nehme Sie fest. Sie stehen im dringenden Verdacht, am Tod eines gewissen Alfred Werner beteiligt gewesen zu sein. Nur zu Ihrer Erinnerung: Das war vor circa zwei Jahren. Außerdem gehen wir davon aus, dass Sie den Absender der Kugel, die Ihren Bruder ins Jenseits befördert hat, sehr wohl kennen. Des Weiteren wissen wir, dass Sie eine mehr als führende Position in der hannoverschen Drogenszene innehaben. Und zu allem Überfluss haben wir auch noch vor,

Ihnen all das zu beweisen.« Kommissar Lorenz war zufrieden. Das war doch mal eine geschmeidig vorgetragene Breitseite. Martin blieb äußerlich völlig ruhig.

»Wie wollen Sie etwas beweisen, was nicht stimmt? Ich kenne keinen Alfred Werner. Habe auch nie einen gekannt. Und das mit meinem Bruder habe ich jetzt mal überhört. Ich hatte Sie ehrlich gesagt für pietätvoller gehalten.«

»Sie wissen genau, wer hinter dem Mord an Ihrem Bruder steckt«, blieb Lorenz am Ball. »Es mag ja sein, dass Sie hier keinen Zusammenhang sehen. Der Staatsanwalt, dem ich unsere Fakten auf den Tisch gelegt habe, sieht aber sehr wohl einen. Wenn ich einen Haftbefehl gegen Sie beantrage, bekomme ich auch einen.«

»Wer sagt das?« Martin ahnte, dass sich dieser Tag nicht zu dem schönsten in seinem Leben entwickeln würde.

»Wer das sagt?«

Lorenz wurde immer überzeugender. Er begann schon fast selber das zu glauben, was er einfach vor sich her log.

»Na, wer wohl? Der Staatsanwalt sagt das: ›Herr Lorenz‹ – Sie müssen wissen, dass der Staatsanwalt mich nicht Kommissar Lorenz, sondern seit Jahren schon Herr Lorenz nennt – ›Herr Lorenz‹, sagte er also nach intensiver Akteneinsicht, ›beantragen Sie den Haftbefehl, ich stelle Ihnen den Wisch aus.‹«

Martin hatte das Gefühl, dass sich dieser Tag gar zu dem beschissensten in seinem Leben entwickeln könnte.

»Und warum beantragen Sie ihn dann nicht?«, fragte er dennoch aufreizend lässig.

»Ach wissen Sie, Herr Decker, ich habe eigentlich überhaupt kein Interesse an Ihnen.«

»Da bin ich ja beruhigt.«

»Ich will den Mörder Ihres Bruders zur Strecke bringen. Was habe ich davon, wenn ich Sie einbuchte und Sie kein Ton sagen?«

»Nichts.«

»Eben. Nichts. Wir werden wohl genügend Beweise zusammenkarren, um Sie für die nächste Dekade hinter Schloss und Riegel zu bringen. Der Mörder Ihres Bruders läuft aber weiter frei herum. Und schlimmer noch: Vielleicht ballert er auch weiter durch die Gegend. Hören Sie zu, Decker. Der Kerl, der Ihren Bruder umgepustet hat, hat vor zwei Jahren auch Alfred Werner von der Piste geschossen. Und Sie werden mit großer Wahrscheinlichkeit der Nächste sein. Sie waren ja eigentlich dieses Mal schon dran.«

Jetzt machte es sich der Kommissar auf seinem sündhaft teuren Sessel aber mal so richtig gemütlich. Er schaute zufrieden und ließ die von ihm abgefeuerte Salve mal einige Augenblicke lang ihre Wirkung entfachen. Dann grinste er Martin Decker breit an.

»Was wollen Sie?«, fragte Decker.

»Eine Aussage von Ihnen. Eine Aussage, die mich zum Mörder Ihres Bruders führt.«

Martin überlegte. »Was kriege ich dafür?«

»Kronzeugenregelung«, antwortete Kommissar Lorenz im Stile eines abgebrühten Ermittlers. »Sie bekommen die Kronzeugenregelung. Sie sorgen dafür, dass wir den Killer und seine Hintermänner schnappen. Dafür klappen wir die alten Akten wieder zu. Und jetzt kommt der Hammer: Wir legen auch keine neuen Akten über Sie an.«

Lorenz machte wieder eine kleine Pause.

»Außerdem kommen Sie ins Zeugenschutzprogramm.«

Martin lachte laut auf.

»Zeugenschutzprogramm? Ich bin mein eigenes Zeugenschutzprogramm.«

Lorenz räkelte sich auf seinem Sessel, stützte die Hände auf die gut gepolsterten Lehnen und machte Anstalten aufzustehen.

»Also wie sieht's aus? Kommen wir ins Geschäft, oder nehme ich Sie besser gleich mit?«

Martin Decker saß in der Falle. Da war sich der Kommissar ganz sicher. Und er hatte keine Chance, da wieder rauszukommen. Da war sich der Kommissar auch ganz sicher.

Der Kommissar war Martin Decker in die Falle gegangen. Da war sich Martin Decker ganz sicher. Und hatte auch nicht vor, ihn da wieder rauskommen zu lassen. Da war sich Martin Decker auch ganz sicher.

»Haben Sie mit dem Staatsanwalt diesen Kuhhandel auch besprochen?«, fragte Martin scheinbar ohne großes Interesse.

»Habe ich. Natürlich habe ich das. Und wollen Sie wissen, was er gesagt hat? ›Herr Lorenz‹, hat er gesagt – ich glaube, ich erwähnte schon die Tatsache, dass der Staatsanwalt mich nicht ›Kommissar Lorenz‹ nennt?«

»Ja«, Martin kratzte sich nachdenklich am Kopf, »das erwähnten Sie bereits.«

»Sehen Sie, mir war auch so. Jedenfalls sagte er: ›Herr Lorenz, so wie die Dinge stehen, stimme ich Ihrem Vorschlag hinsichtlich einer Kronzeugenregelung zu. Hauptsache das Geballere hat bald ein Ende.‹«

»Das hat der Staatsanwalt gesagt?«, fragte Martin.

»Das hat der Staatsanwalt gesagt. Ich schwöre. So wahr ich hier sitze.« Bei dieser Aussage kreuzte Kommissar Lorenz seine Finger hinter dem Rücken. Er war ein wenig abergläubisch.

Martin stand auf, ging zu seinem Panoramafenster und schaute hinaus. Auch von hier aus konnte er die Turmuhr der Marktkirche sehen. Es war schon wieder kurz vor zwölf. Dann wendete er seinen Blick ab und erspähte etwas anderes. Auf der anderen Straßenseite befand sich ein kleines Reisebüro. Die Palmen in dem winzigen Schaufenster sahen irgendwie saftiger aus als bei anderen Agenturen. Auch die Strände waren weißer.

»Kronzeugenregelung? Ich habe Ihr Wort, Kommissar?«

»Sie reden schon wie der Staatsanwalt. Natürlich haben Sie mein Wort. Sie ebnen mir den Weg zu dem von uns gesuchten

Killer und ich halte mein Feuerzeug an Ihre Akten. Sie können sich auf mich verlassen.«

Und als wenn der Kommissar seine Worte noch unterstreichen wollte, reichte er Martin Decker die Hand.

»Schlagen Sie ein, das ist gewiss kein schlechter Deal.«

Martin überlegte nur kurz. Dann griff er zu.

»Ich bin dabei. Aber wenn Sie mich reinlegen, werden Sie das büßen.«

»Soll das etwa eine Warnung sein?«

Lorenz hatte zu Hause vor dem Spiegel oft die Geste des Augenbrauenhochziehens geübt. Er fand, irgendwie sei heute der richtige Zeitpunkt, diese Geste auch mal gewinnbringend einzusetzen.

»Aber nicht doch, Herr Kommissar«, antwortete Martin. »Das war doch nur so daher gesagt. Geben Sie mir ein paar Tage Zeit, und ich liefere Ihnen die ganze Korona auf dem Silbertablett.«

»Das haben Sie aber nett formuliert.«

Lorenz stand auf und nickte zufrieden.

»›Ganze Korona‹, das hört sich gut an.«

Lorenz machte sich zum Gehen bereit.

»Ich warte auf Ihre Nachricht«, Herr Decker.

»Sie werden nicht lange warten müssen«, antwortete dieser.

Martin begleitete den Kommissar zurück zur Haustür. Lorenz ging extra langsam. Er konnte sich an der Bude einfach nicht sattsehen. Ein letzter Händedruck, dann fiel die Tür ins Schloss.

»Und, Chef, wia wars?«

»Ich muss da noch mal drüber nachdenken. Aber ich glaube ganz gut.«

»Des is fei schee. Mittagessen bei da ›Oma Biermann‹?«

»Mayrhofer, ab ins Büro. Wir haben zu tun.«

31

Es gab zwar keine Martinsgans, aber der Abend war topp. Sabrina fühlte sich wie Mata Hari. Doppelagentin. Auf der einen Seite dieser ominöse King Kong. Mit Taschen voller Geld. Auf der anderen Seite Martin, in dessen Taschen offenbar auch das eine oder andere Bündel schlummerte. Auch Sabrina hatte etwas in der Manteltasche: ihre Superknarre. Sie hatte schon seit einigen Tagen nicht mehr gearbeitet. Es ging nicht nur um das Geld. Auch, aber eben nicht nur. Hauptsächlich ging es um den ›Thrill‹.

Vielleicht war hier an zwei Fronten abzuräumen? Der Gedanke reizte sie.

King Kong sah so aus wie einer, den man schon mal verarschen konnte.

Martin sah aus wie einer, den man schon mal vernaschen konnte. Und danach verarschen.

Es konnten vermutlich wesentlich mehr dabei herausspringen als diese lächerlichen 200.000 Euro. Sabrina war spontan. Sie lebte geradezu von ihrer Spontanität. Also: Frontalangriff.

Sie langte in ihre Tasche, zog die Knarre und drehte sich zu Martin. Diesem fiel fast das Silbertablett aus den Händen. Er hatte etwas Limette geschnitten und neben den Jakobsmuscheln drapiert. Gläschen Champagner dazu. Sah aus wie im Fünf-Sterne-Restaurant. Dem Sex von eben entsprechend. Vom Feinsten.

Er schaute direkt in den Lauf der Walther PPQ.

Sabrina lächelte ihn an.

»Ich soll dich umbringen.«

»Lass uns erst eine Kleinigkeit essen und trinken.«

Martin stellte das Tablett ab. Eins hatte er im Laufe seiner Karriere wohl gelernt. Übermäßige Hektik brachte sowieso nichts.

»Umbringen kannst Du mich später auch noch. Gläschen Schampus?«

»Genaugenommen soll ich dich nur anschießen. Zu Boden ballern. Dann wäre mein gut dotierter Job erledigt. Den Rest wollen dann andere übernehmen.«

»Sieh an, sieh an.« Martin nahm sich eine Muschel vom Tablett und drückte etwas Limettensaft darüber. »Henkersmahlzeit. Aber bitte, bediene Dich.«

Sabrina legte die Waffe zur Seite. Martin schien es nicht sonderlich zu interessieren.

»Was bin ich denen wert?«

»200.000 Euro. Unverhandelt.«

Sabrina nahm sich ein Gläschen vom Tablett.

»Und?« Martin war noch immer die Ruhe selbst. »Machst Du es?«

»Ich weiß noch nicht. Das Geld könnte ich gut gebrauchen. Eigentlich bist Du ja ganz nett. Aber als Profi darfst du dir keine Gefühlsduseleien erlauben. Also, ich glaube schon.«

Martin schielte auf Sabrinas Knarre. Schönes Teil. Es würde vermutlich nicht sehr wehtun.

»Wer hat mit Dir gesprochen?«

»Ein Blinder namens King Kong.«

Martin schaute genervt. »Der ist sauer auf mich. Ich bin am Verlust seines Augenlichtes nicht ganz unschuldig.«

Er fummelte sein altes ›Fingermesser‹ aus der Hosentasche und legte es, wie zum Beweis, neben sich auf das Sofa. Sabrina beobachte ihn dabei ganz genau.

Sie würde maximal eine zehntel Sekunde brauchen und Martin wäre durchsiebt.

»Jetzt weiß ich wenigstens, warum der so schlecht auf Dich zu sprechen ist. Das erklärt einiges. Wie sind die Muscheln?«

Martin leckte etwas Limettensaft von den Fingern. »Super. Echt lecker.«

Sabrina griff zum Champagnerglas. »Der Lohn ist beachtlich, wenn man bedenkt, dass ich dich lediglich anschießen soll. Das kann ich eigentlich nicht ausschlagen.«

»Stimmt.« Martin fasste sich an die Brust und täuschte einen leichten Herzschmerz vor. »200.000 Euro. Ich dachte, ich wäre mehr wert.«

Sabrina fand das Gespräch amüsant. »Was bist Du denn für ein toller Hecht, dass solche Kurse aufgerufen werden.«

Martin musste grinsen. »Import – Export.«

»Import – Export von was?«

»Na, sagen wir mal, von allem, was verboten ist.«

Sabrina nickte andächtig. »Von allem, was verboten ist und was man rauchen, schlucken oder spritzen kann. Stimmt's? Hast Du noch einen Schluck?«

Martin goss nach.

»Nicht schön formuliert. Aber vom Kern her richtig. Ich bin die Nummer eins in Hannover. King Kongs Chef ist die Nummer eins aus Hamburg.«

Das war oft so bei Champagner. Das zweite Glas schmeckte noch besser als das erste.

»Er will Dich beerben.«

»Wenn er mich beerben will, muss ich erst mal tot sein. Und weil er und seine Leute zu doof dafür sind, hat er dich engagiert.« Martin griff nach einer weiteren Muschel. »Vermutlich bist Du auch nicht die Schlechteste in Deiner Branche.«

»Na ja.« Sabrina wurde ein wenig rot im Gesicht. »Die einen sagen so ...«

Martin hatte sich nicht getäuscht. Was für ein Weib. Es war zugegebenermaßen eine skurrile Situation, in der er sich befand. Aber ihm war schon immer klar, dass er in seiner Branche mit so etwas zu rechnen hatte. Er wäre nicht der erste Ganovenkönig, den eine Salve Blei aus der Arena fegen würde. Bei Muscheln und Champagner. Von einer wunderschönen Frau. Das war direkt stilvoll.

»Also, was machen wir jetzt? Wirst Du mich umlegen?«

Sabrina schob sich ihre linke Hand unter das Kinn und begann, es leicht zu kneten. Sie tat so, als dächte sie angestrengt nach. Wollte sie an beiden Fronten abräumen, musste Martin am Leben bleiben. Sie nahm ihre Knarre in die Hand und schraubte den Schalldämpfer ab.

Egal, wann sie das tat.

Egal, wo.

Es weckte immer erotische Assoziationen in ihr.

Die Walther PPQ verschwand in ihrer Manteltasche.

Munition musste sie keine herausnehmen.

Es war gar keine drin.

Dann schaute sie Martin verträumt an.

»Umlegen ist die eine Version. Flachlegen die andere.«

Der Abend endete genauso, wie er begonnen hatte.

32

»Sie hat sich gemeldet.« King Kong war mächtig aufgeregt. Er stand bei Einauge im Büro und sabberte sich in einen wahren Rausch. »Sie hat sich gemeldet, unsere Profikillerin.«

Einauge schaute auf die kleine Pfütze auf dem Boden und schüttelte mit dem Kopf. Widerlich.

»Komm zur Sache, King Kong. Wie hat sie sich entschieden? Macht sie mit? Steigt sie bei uns ein?«

»Ja, alles im Lack. Sie übernimmt den Job. Sie hat aber eine Bedingung gestellt.«

»Und die wäre?« Einauge hasste Bedingungen im Vorfeld. Besonders Bedingungen, die andere ihm diktieren wollten. Wenn überhaupt einer Bedingungen stellte, dann er. Doch dieses Mal lag der Fall leider anders. Er würde nicht Drumherum kommen, sich die Bedingung der Dame zumindest anzuhören. Und vermutlich würde er auch nicht Drumherum kommen, diese zu erfüllen.

»Sie will 100.000 Euro vorab. Die Operation wäre nicht ganz ohne Risiko. Sie müsste einige Sachen einfädeln und einige etwas unflexible Verbindungsglieder ihrer Organisation schmieren. Wir könnten uns aber voll und ganz auf sie verlassen.«

»Will die uns verarschen?« Einauge sprang vor Wut aus seinem Sessel. »100.000 Euro mal eben vorneweg? Für eine uns völlig unbekannte Möchtegernkillerin? Die Dame überschätzt womöglich ihren Marktwert.«

»Mag sein.«

King Kong hatte sich mit dem Vorschuss eigentlich schon abgefunden. Zum einen schien es ihm durchaus angebracht, eine solche Summe im Voraus hinzublättern, zum anderen war es ja nicht sein Geld, was hier über den Tresen gehen sollte.

»Ich denke, dass wir keine große Wahl haben. Zumindest dann nicht, wenn wir die Aktion schnell über die Bühne bringen wollen. Außerdem sehe ich im Moment keinen geeigneteren Kandidaten als sie.«

»Aha. Da siehst du keinen.« Einauge streckte King Kong den ausgestreckten Mittelfinger entgegen. »Gib ihr die 100.000. Aber sag' ihr, wenn sie mich verscheißern will, kommen ihre Hände in meine Pfoten-Sammlung.«

King Kong lachte einmal kurz auf. »Das sage ich ihr. Du kannst dich drauf verlassen.«

»War Madame auch so nett, uns mitzuteilen, wie die ganze Sache ablaufen soll? Immerhin wollen wir beide ja in der Nähe sein, wenn es passiert. Wir wollen Annaturm höchstpersönlich den Rest geben.«

King Kong Stimme wurde leicht zitterig. »Ja Chef, das wollen wir.«

»Ob sie gesagt hat, wie sie das anstellen will, habe ich dich gefragt.«

Einauge musste aufpassen. Je näher die Aktion in Reichweite rückte, umso mehr schien King Kong die Geduld zu verlieren. Er hatte ja durchaus Verständnis für die Rachsucht, die sein Blindfisch gegen Annaturm hegte. Er wollte sie ihm ja auch gönnen. Doch, in der Ruhe lag die Kraft. King Kong strahlte momentan alles andere als Ruhe aus.

»Wir haben lange miteinander gesprochen. Sie hat mich in ihren Plan eingeweiht. Das klingt alles sehr gut. Müsste eigentlich klappen.«

»Nun sag' schon, wie sie das anstellen will.«

King Kong setzte sich auf denselben alten Hocker, auf dem ›Der Spezialist unter den Spezialisten‹ den Tod gefunden hatte. Dann erzählte er seinem Chef von der Falle, die seine Killerin für Annaturm aufbauen wollte. Alles sehr überschaubar. Aber durchaus raffiniert eingetütet.

King Kong erzählte gut zwanzig Minuten lang sämtliche Details der geplanten Aktion.

»So, das war alles. Jetzt weißt du, wie es ablaufen soll. Bist du einverstanden?«

Einauge stand auf und ging zu seiner Miele-Schatztruhe. Er öffnete sie und griff in das unterste Fach. Dahin, wo die Normalsterblichen ihre Fischstäbchen bunkerten.

Einauge hatte mehrere Geldbündel eingefroren. Pro Tüte zehntausend Euro. Er nahm zehn dieser Tüten heraus, und packte sie in eine bereitgelegte Jute-Tasche mit der Aufschrift: ›real – einmal hin, alles drin‹. Dann drückte Einauge King Kong den Beutel in die Hand.

»Sorg dafür, dass die Lady ihre Anzahlung erhält. Sag ihr, dass die Chose starten kann.«

»Zu Befehl Chef, mach ich.«

King Kong stand auf, nahm den Beutel und schlurfte, unter Zuhilfenahme seines weißen Stocks, zurück in sein kleines Büro. Dabei zog er eine feuchte Spur hinter sich her. Wie eine Nacktschnecke, die kurz vor Einbruch der Dunkelheit noch versuchte, die Straße zu überqueren.

33

»Alle mal herhören.« Kommissar Lorenz hatte seine Truppe zu einer Dienstbesprechung geladen. »Es gibt Neuigkeiten.«

»Gibt's Grünkohl?«

»Mayrhofer, gib Ruhe und setz dich hin.«

Die Kollegen Schleicher und Schmidt verrichteten bereits seit längerer Zeit ihren Dienst unter der Fuchtel von Kommissar Lorenz. Sie erkannten schon am Tonfall ihres Chefs, dass es sich um ziemlich bedeutende Neuigkeiten handeln musste, die dieser zu verkünden hatte.

»Ich hatte ein längeres Gespräch mit Martin Decker«, begann Lorenz. »Ich habe ihm bevorstehende Ermittlungserfolge vorgegaukelt und versucht, ihn in eine Falle zu locken.«

»Und?« Theresa war stolz auf ihren Chef. Er war so mutig.

»Es war nicht ganz einfach. Und auch nicht ungefährlich.«

Als Lorenz die leuchtenden Augen seiner Sekretärin sah, beschloss er, die ganze Angelegenheit verbal ein wenig aufzupeppen.

»Also«, fuhr er fort, »ich bin zu ihm in seine Wohnung. Decker hielt ein langes Brotmesser in der Hand, als er mir die Tür öffnete.«

»I hob nix gsehn«, murmelte Mayrhofer Richtung Schleicher. Der verdrehte nur die Augen und bedeutete Mayrhofer, still zu sein.

»Ich bin trotzdem rein. Es war keine Zeit, um ein Spezialkommando anzufordern.« Lorenz sah in die Augen seines langjährigen Laborleiters und beschloss, sich ein wenig zurückzunehmen.

»Na ja, jedenfalls habe ich ihm zu verstehen gegeben, dass er die Wahl hat, mit uns zu kooperieren oder aber den Spätherbst seines Lebens hinter Gittern zu verbringen.«

»Aber Sie haben doch gar nichts gegen ihn in der Hand. Außer einem vagen Verdacht vielleicht.«

»Ich habe gepokert, Frau Schneider. Es war wie ein Pokerspiel. Mann gegen Mann. Heads Up. Und wenn man dabei gewinnen will«, jetzt brachte Lorenz wieder die Geste mit der Augenbraue, »dann braucht man nicht nur gute Karten, dann muss man auch gut bluffen können.«

Theresa Schneider schlug die Hände vors Gesicht. »Und jetzt sagen Sie nicht, er ist auf Ihren Bluff hereingefallen?«

»Nicht sofort, das stimmt. Aber als er sah, wie mir lässig die Handschellen am Gürtel baumelten, fing er langsam an, weich zu werden.«

»Das glaub' ich einfach nicht«, flüsterte Theresa ehrfürchtig in den Raum.

»Des kann i aa ned glaam«, flüsterte der Kollege Mayrhofer leise zurück.

Der Kommissar hatte gute Ohren. Er warf Mayrhofer einen strafenden Blick zu.

»Er ist bereit zu kooperieren«, fuhr er fort. »Ich hatte ihm einige Tage Bedenkzeit zugestanden. Heute Morgen hat er mich angerufen. Er will uns den Mörder von Pastor Decker und die Hintermänner auf einem silbernen Tablett servieren. Als Gegenleistung dafür habe ich ihm versprochen, den Staatsanwalt dahingehend zu beeinflussen, sämtliche Verdachtsmomente gegen ihn fallen zu lassen.«

»Aber wir haben gegen Martin Decker doch gar nichts in der Hand«, mischte sich Kollege Schleicher in die Unterhaltung ein. »Was soll der Staatsanwalt denn fallen lassen?«

»Ja aber Kollegen ...«, Lorenz hob deutlich genervt von der Begriffsstutzigkeit seiner Mannschaft die Stimme, »das ist doch der Bluff. Natürlich haben wir außer Vermutungen nichts im Rohr. Aber das weiß doch Martin Decker nicht.«

Der Kommissar schmiss sich in seinen Bürosessel. Manchmal war es aber auch ein Kreuz mit seiner Truppe.

»Was hab' ich doch für einen abgebrühten Chef.« Theresa schnalzte verzückt mit der Zunge.

»Und wie will er das machen, mit dem silbernen Tablett?«, fragte Schleicher. »Wir sitzen hier im Büro, und Martin Decker fährt mit einem Mannschaftsbus vom Hamburger Kiez vor und lässt die Kollegen einzeln aussteigen? Personalausweis in der einen und Geständnis in der anderen Hand?«

Der Kommissar überhörte die Ironie, die hinter diesem Kommentar steckte.

»So einfach wird es vermutlich nicht, Kollegen. Aber das ist der Plan ...«

Lorenz lehnte sich in seinem Sessel zurück und erklärte der erstaunten Truppe, was sich Martin Decker alles so ausgedacht hatte. Er nahm sich ausreichend Zeit, um den Ablauf der Aktion in groben Zügen darzustellen. Als der Kommissar fertig war, verschränkte er seine Hände hinter dem Kopf und schaute fragend in die Runde.

»Nicht ganz ungefährlich«, schätzte Schmidtchen als erster die Situation kritisch, aber vermutlich realistisch ein.

»Könnte aber klappen«, ergänzte Schleicher nachdenklich.

»Und ob des klappen duad«, entfuhr es Mayrhofer.

»Chef, Sie werden mir langsam richtig unheimlich«, gab Theresa Schneider als letzte ihren Senf dazu.

Genaugenommen spielte die Meinung seiner Leute für den Kommissar keine Rolle. Lorenz hatte Martin Decker eh schon grünes Licht für die geplante Aktion gegeben. Aber vor geraumer Zeit war er in einem Motivationskurs für polizeiliche Führungskräfte gewesen. Dort hatte man ihm beigebracht, die eigene Truppe, wenn irgend möglich, in Entscheidungsprozesse immer mit einzubinden.

Zumindest sollte man seinen Getreuen das Gefühl vermitteln, eingebunden zu sein. Lorenz fand, dass er das Gelernte in diesem Fall ausgesprochen geschickt umgesetzt hatte.

34

Normalerweise ließ Einauge sich fahren. Seit Ewigkeiten hatte er seinen schwarzen Jaguar nicht mehr persönlich aus der Garage bugsiert.
Früher hatte er seine Fahrer. Meistens fuhr King Kong. Wenn man jedoch King Kong und ihn jetzt nebeneinander gestellt hätte, dann war er einwandfrei der Einäugige unter den Blinden. Deshalb beschloss Einauge, sich zur Feier des Tages mal wieder selber ans Steuer zu setzten.
King Kong hatte sich, unter ständigem Klackern seines weißen Stocks, bis an die Beifahrertür herangetastet und auf den Sitz gepflanzt. Nun suchte er verzweifelt mit dem Gurt nach dem passenden Verschluss. Einauge hatte den Gurtverschluss in eine Ritze neben dem Beifahrersitz geschoben.
Warum? Das wusste er selber nicht genau. Er hatte einfach Spaß daran, King Kong ab und zu ein wenig zu ärgern. Heute war es einfach mal wieder so weit.
»Ich kann diesen beschissenen Verschluss nicht finden.« King Kong kam schon wieder in Rage. »Kann nicht sein, letztes Mal war er noch da.«
Genaugenommen war Einauge ein Fiesling.
»Das Ding muss doch irgendwo sein.«
Einauge steuerte sein 180.000-Euro-Schätzchen sicher über den Kiez. Richtung A7. Dann fummelte er mit seiner rechten Hand den Gurtverschluss aus der Ritze und platzierte ihn direkt neben King Kongs Hand.

»Da ist er doch. Direkt neben dir.«

King Kong grunzte irgendetwas Unverständliches vor sich hin und schnallte sich an. Einauge grinste sich einen. Aber er wusste, was er tat. Er wollte King Kong ein wenig reizen. Dessen Ganovenreflexe schärfen. Wenn alles nach Plan verlaufen sollte, brauchte er King Kong in Topform.

»Heute ist der Tag der Abrechnung. Heute gedenken wir der Bibel. Auge um Auge, du weißt schon ...«

King Kong wusste ganz genau, was sein Chef meinte. Er freute sich auf diesen Ausflug genauso wie damals, als er mit gut 20 Jahren zum ersten Mal auf Freigang durfte. Er hatte Urlaub auf Ehrenwort bekommen, der Anstaltsleiterin tief in die Augen geschaut und ihr geschworen, am nächsten Tag bis spätestens 17.00 Uhr wieder in den Anstaltshafen der JVA Hankensbüttel einzulaufen.

Er hätte ihr alles versprochen. Hätte sie gesagt, er müsse in einer halben Stunde wieder da sein und auf dem Rückweg was vom Chinesen mitbringen, er hätte es geschworen. Hätte sie gesagt, er dürfte bis morgen Abend ausgehen, aber zwischenzeitlich nicht einmal Luft holen, er hätte auch das geschworen. Er hätte alles geschworen. Auf die Bibel. Auf den lieben Gott. Auf die Hannover Indians. Es war ihm egal. Er machte sich nichts aus Gott und nichts aus Eishockey. Er wollte nur eins: raus.

Dass sein Aufenthalt in der Freiheit dann nur knappe sechs Stunden dauerte, lag vor allem an dem bescheuerten Kioskbesitzer. Der musste ja unbedingt gleich die Bullen rufen. Wegen eines Mini-Überfalls. Kaum der Rede wert.

King Kong hätte sich damals mit den drei geklauten Flaschen Bommerlunder noch locker vom Acker machen können. Aber nein, er musste sich die erste Pulle ja gleich hinter dem Kiosk reinschrauben. Das hatte seine Schrittfolge natürlich deutlich verlangsamt. Und die beiden Jung-Bullen, die dann ziemlich schnell aufkreuzten, waren unglücklicherweise stocknüchtern. Anfang zwanzig und ausgesprochen sportlich.

Von wegen verlangsamter Schrittfolge. Der eine hatte den Spitznamen ›Gazelle‹. Der andere ›Antilope‹. King Kong selber war so mehr das ›Gnu‹. Das besoffene Gnu. Und so nahmen die Uniformierten ihm die übriggebliebenen Bommi-Flaschen gleich wieder ab. Danach verfrachteten sie ihn auf direktem Weg zurück in sein vergittertes Ein-Zimmer-Appartement. Mit Federkernmatratze und Klo in der Ecke. Vollpension auf 6,5 Quadratmetern. Also praktisch ›all inklusive‹.

»Sag mal King Kong«, Einauge hatte nicht vor, Monologe zu führen, »träumst du oder was?«

»'tschuldigung. Ich war mal eben kurz abgetaucht in bessere Zeiten.«

»Bessere Zeiten als mit mir als Chef hast du doch nie gehabt.« Einauge musste lachen. Dabei reizte er seinen latent vorhandenen Raucherhusten derart, dass aus dem schwarzen Jaguar ein deutliches Bellen kam. Man konnte meinen, hier war ein Hundetransport unterwegs.

Als Einauge kurz vor der Raststätte Brunautal wieder halbwegs zu sich kam, schaute er die blinde Nuss neben sich fragend an.

»Ehemaliger Hauptgüterbahnhof am Wurzenpass, hab' ich mir das richtig gemerkt?«

»Fast richtig, Chef. Ehemaliger Hauptgüterbahnhof am Weidendamm. Da müssen wir hin.«

»Kannst du das mal ins Navi hauen«, fragte Einauge, bevor er merkte, wie unsensibel er war. »Sorry, hatte kurzzeitig vergessen, dass du gehandicapt bist. Wie heißt die Straße?«

»Weidendamm.«

Einauge programmierte sein Navigationssystem.

»Wann müssen wir da sein?«

»Punkt 18.00 Uhr. Was sagt das Teil? Wann kommen wir an?«

»17.15 Uhr. Wir haben reichlich Zeit, uns in Position zu bringen. Hast du dein Messer mit?«

King Kong antwortete nicht. King Kong langte einfach in seine Manteltasche und holte sein kleines, geschmeidiges Butterfly heraus. Das hatte er sich, als er noch über reichlich Geld und Ansehen verfügte, bei einer garantiert illegalen Manufaktur im fernen Tibet anfertigen lassen. King Kong drückte auf ein kleines Knöpfchen und sein Schätzchen antwortete mit einem gut hörbarem ›klick‹.

»Mein Butterfly und ich.« King Kong sprach zu seinem Messer wie eine Mutter zu ihrem Kind, »Wir haben alles genau miteinander besprochen. Zunächst die Haut in Streifen schneiden und dann langsam mit dem Fleisch von den Knochen ziehen. Danach machen wir uns ganz gemächlich an die Ohren. Schnipp, schnapp, ab. Dann schneiden wir zwei ihm genüsslich die Zunge raus.«

Während King Kong, völlig in Gedanken versunken, diese recht einseitige Unterhaltung mit seinem Messer führte, machte er immer wieder kleine Pausen. Er genoss seine eigenen Worte. Er spürte seine Erregung.

»Danach werde ich Annaturm auffordern, ein Gebet zu sprechen. Ein einfaches, kurzes Gebet. Im Andenken an seinen Bruder. Vielleicht würde ich dann doch Gnade walten lassen.«

Er wog seinen kleinen tibetischen Freund sanft in der Hand.

»Aber geht das denn überhaupt? Kann man denn ein Gebet sprechen, ohne Zunge?« King Kong haute sich vor Lachen auf die Schenkel und hätte sich dabei mit seinem Messer beinahe selber aufgeschlitzt. »Danach mach' ich genau das, was er mit mir gemacht hat. Ich prokele ihm ganz langsam die Augen aus dem Gesicht. Und wenn er genug gelitten hat«, ein dünner Speichelfaden begann sich seinen Weg durch King Kongs zerfurchtes Kinn zu bahnen, »zack: ein Stich direkt ins Herz.«

»King Kong?«

»Ja, Chef?«

»Wir machen das genau so, wie du es gesagt hast. Allerdings mit einer kleinen redaktionellen Änderung.«

»Die da wäre?«

»Ich will ihm die letzte Ölung höchst persönlich verpassen. Wenn du dich ausgetobt hast, will ich ihm die Lichter ausblasen.«

Man konnte King Kong ansehen, dass er eigentlich etwas anderes unter einem krönenden Tagesabschluss verstand. Aber Chef war Chef. Das würde sich spätestens am nächsten Monatsersten, bei der Lohnabrechnung, wieder als unumstößliche Wahrheit erweisen.

Es passte ihm zwar nicht in den Kram, aber er wollte zumindest versuchen, seine Attacken auf Annaturm etwas zu dosieren. Er würde ihn also zu achtundneunzig Prozent abmurksen, die restlichen kümmerlichen zwei Prozent jedoch seinem Brötchengeber überlassen. Also nickte King Kong pflichtbewusst Richtung Fahrersitz.

»Wir haben uns verstanden. Du lässt mir gefälligst noch was übrig.«

King Kong nickte erneut. Einauge schaute auf sein Navi.

»Noch zehn Minuten bis zur Ausfahrt Anderten. Wir sind bald da.«

35

Martin Decker hatte sich gut vorbereitet. Er hatte eine Freundin in der Maske im hannoverschen Schauspielhaus. Eine gute Freundin. Also zumindest so gut, dass sie ihn genau so präparierte, wie er es brauchte. Und das alles ohne lästiges ›Warum?‹. So gesehen war es sogar eine sehr gute Freundin, der er sich da anvertraute.

Beim Rausgehen empfand er seinen Gang als ein wenig eierig. Sabrina beruhigte ihn.

»Man sieht überhaupt nichts. Überleg doch mal. Der Zuschauer in der ersten Reihe darf ja auch nicht sehen, dass der Schauspieler für die Todesszene präpariert wurde.«

»Stimmt. Aber wir haben gleich mehrere Zuschauer in der ersten Reihe.«

»Davon kann aber nur maximal die Hälfte überhaupt etwas erkennen«, konterte Sabrina und konnte sich ein leises Kichern nicht verkneifen.

Martin blieb kurz stehen und legte seine Hand auf Sabrinas Schulter.

»Hast du die Patronen getauscht?«

»Natürlich habe ich das.«

»Nicht, dass ich dir nicht traue. Du bist genaugenommen so ziemlich die Einzige, der ich traue. Es geht mir mehr so um eine zusätzliche Sicherheitsüberprüfung.«

»Du bist nervös.«

»Das wärst du auch.«

Sabrina holte ihre Knarre aus der Tasche, öffnete die Trommel und ließ die Patronen einzeln auf die Handflächen segeln. Eine nach der anderen.

»Platzpatronen. Alles Platzpatronen.«

Martin ließ seinen geschulten Blick über die Munition streifen. Sabrina hatte recht.

»Keine Panik. Verlass dich auf mich.«

»Du könntest ja netterweise nach dem ersten Schuss mal kurz abwarten, ob ich noch zucke.«

»Wenn du nach dem ersten Schuss nicht mehr zuckst, ist eh alles zu spät.«

Martin Decker holte tief Luft und schaute auf seine Uhr. Rolex. Aus purem Gold. Schöner Chronometer. Aber genau genommen war es völlig egal, ob einem so ein Teil oder aber eine einfache Eieruhr das letzte Stündlein anzeigte.

»Wann müssen wir los?«

»Jetzt, Martin. Jetzt.«

Die beiden stiegen in seinen roten Lamborghini und machten sich auf den Weg zum ehemaligen Hauptgüterbahnhof am Weidendamm. Sie wollten vor den anderen da sein, um den ersten Akt noch einmal kurz zu proben. Genaugenommen bestand das aufzuführende Stück nur aus einem Akt. Aber der musste sitzen.

***

Der Kommissar hatte seine Mannschaft ordnungsgemäß instruiert. Alle kannten die Location, in der es heute am frühen Abend zum Showdown kommen sollte.

›Location‹ und ›Showdown‹ – Lorenz genoss es, Anglizismen in die Ansprache an seine Truppe einzuflechten. Das klang so cool. So professionell. Wie im Film.

Sie waren gestern, am frühen Nachmittag, schon einmal vor Ort gewesen. Gemeinsam hatten sie sich den Plan des Kommissars angehört und alles ganz genau inspiziert. Lorenz war begeistert. Die Örtlichkeit eignete sich perfekt. So hatte er den alten Hauptgüterbahnhof noch nie gesehen. Das Dach war löchrig. Einzelne Sonnenstrahlen erhellten die Bude in diffusem Licht.

Hier sah es aus wie in den alten Stahlnetz-Krimis von Jürgen Roland, Ende der Sechziger. Und vermutlich genauso lange war hier auch schon tote Hose. Der Schotter des tiefliegenden Gleisbetts hatte sich im Laufe der Jahre über die alten Schienen geschoben und einige offenbar völlig wahnwitzige Pflanzen hatten beschlossen, hier zu wuchern.

Der alte Hauptgüterbahnhof war ein ›Blender‹. Von der Straßenseite her hatte man einen durchaus akzeptablen Ausblick auf den Bau. Da hatte sich die Post mit ihrem Paketcenter eingemietet. Auf vielleicht gerade mal fünf Prozent der vorhandenen Fläche.

Ging man aber den kleinen Seitenweg neben dem ellenlangen Gebäude entlang, sah man, was hier so alles ungenutzt vor sich hin gammelte. Der Wind pfiff in die offenen Hallen. Abgerissene Kabel baumelten von den rostenden Trägerkonstruktionen und die mit Gewalt aufgebrochenen Hallentüren schlugen immer wieder gegen die dazugehörigen Zargen. Der Ort wäre der perfekte Krimischauplatz gewesen. Im Grunde genommen wurde er das ja jetzt auch.

Kommissar Lorenz hatte mit Martin Decker exakt besprochen, wie und wo die ›Theateraufführung‹ stattfinden sollte. Vom hinteren offenen Halleneingang kommend, vor der sechsten Stützenachse, sollte alles stattfinden, hatte ihn Martin Decker instruiert. Der Bereich war gut gewählt. Über dieser Achse hing eine alte Kranbahn mit kleiner Führungskabine. Eine halb verfallene ehemalige Meisterbude, ein etwas abseits gelegener Treppenabgang – es gab genügend Möglichkeiten sich zu verstecken.

Lorenz hatte sich am Vortag mit seiner Mannschaft alles genau angeschaut und jedem seine Position zugewiesen. Mayrhofer hatte den Joker gezogen und sollte in die Kranbahnkabine klettern.

»Aber i bin doch da Größte vo olle hier«, jammerte er lautstark. »Warum muaß denn i da nauf?«

»Weil du bei uns noch auf Bewährung bist«, antwortete der Kommissar. »Wir wollen überprüfen, wie flexibel du einsetzbar bist. Los. Rauf mit dir«, fügte er grinsend hinzu.

Schleicher versteckte sich in der Meisterbude. Schmidtchen hockte im Gleisbett und der Kommissar selber bevorzugte den Treppenabgang. Theresa war draußen im gut versteckten Wagen und gab die Funkerin.

»Nichts zu vermelden, Chef. Alles ruhig«, funkte sie in die Halle.

Wenn es nichts zu vermelden gab, warum funkte sie dann? Gleich darauf meldete sie sich wieder. Diesmal mit deutlich mehr Informationsgehalt.

»Roter Lamborghini in Sichtweite. Parkt in der gegenüberliegenden Seitenstraße. Zwei Leute steigen aus und kommen auf das Gebäude zu.«

»Alles klar, habe verstanden. Roger.«

»Wieso Roger? Ich denke, das sind Martin Decker und sein Gehilfe.«

»Bitte Funkdisziplin, Frau Schneider. Das erklär ich ihnen nach dem Einsatz.«

»Roger«, lautete die verblüffende Antwort.

Es dauerte einige Zeit und die zwei Personen betraten das Hallengebäude. Martin Decker und eine maskierte Person. Durch die Hintertür. Genauso wie besprochen. Die beiden gingen hinter einer Stützenreihe in Deckung. Eine gespenstige Stille lag in der Halle. Sie wurde nur durch den Wind durchschnitten, der durch alle sich bietenden Ritzen pfiff. Mayrhofer schlotterten die Knie. In seiner Krankabine zog es wie Hechtsuppe.

Minutenlang passierte nichts.

Dann sah man zwei Schatten auf der gegenüberliegenden Hallenseite. Der eine von den beiden klackerte mit einem weißen Stock auf den betonierten Hallenboden.

Die beiden waren Theresa in ihrem Observationsmobil durch die Lappen gegangen. Sie hatten die Halle des alten Hauptgüterbahnhofs von der Rückseite aus betreten. Keine Ahnung, wie King Kong die Unebenheiten des dortigen Geländes hatte meistern können. Aber jetzt waren sie da. Gleich würde die Vorstellung beginnen.

Lorenz war nicht ganz wohl in seiner Haut. Lief alles glatt? Würde er bekommen, was er sich erhoffte – einen Hinweis, der ihn zu dem Mörder von Pastor Dirk Decker führte? Ging hier etwas schief, hatte er allergrößte Erklärungsnöte der hiesigen Staatsanwaltschaft gegenüber.

Der Kommissar schaute sich nach seinen Leuten um, konnte aber keinen erkennen. Das war gut so. Lorenz roch förmlich die Konzentration seiner Truppe. Dann hörte er ein Geräusch. Eine männliche Gestalt, offenbar Martin Decker, trat in die schummerige Halle.

»Komm raus. Wo bist du?«

Ein mehrfaches Echo schallte von den Hallenwänden.

»Hör auf mit dem Versteckspiel. Komm raus.«

»Ich bin hier.«

Lorenz stockte der Atem. Upps. Der Stimme nach eine Frau. Das hatte ihm Martin Decker vorab nicht erzählt.

Die maskierte Person betrat die Bühne und ging Richtung Martin Decker alias Annaturm.

»Hast du den Stoff dabei?«

»Und du die Kohle?«

»Das ist Annaturm«, flüsterte Einauge King Kong zu.

»Und die andere ist unsere Frau«, antwortete dieser. »Sie hat sich mit Annaturm hier zu einer dicken Drogenübergabe verabredet. Annaturm weiß nicht, dass sie aus unserem Stall ist. Er geht in die Falle.«

Einauge begann, sich Sorgen zu machen.

»Bleib ruhig King Kong. Ich weiß, dass sie unsere Frau ist. Du hast mich in den Plan ja bereits eingeweiht. Jetzt verlier' bloß nicht die Nerven.«

Sabrina machte ihre Sache gut. Einauge und King Kong wähnten sie auf ihrer Seite.

Martin auch.

King Kong hatte mit ihr alles bis ins kleinste Detail abgesprochen.

Martin auch.

King Kong wusste, dass er sich voll und ganz auf Sabrina verlassen konnte.

Martin auch.

Wenn das mal gutging. Jetzt war nichts mehr zu ändern. Die Dinge nahmen ihren Lauf.

»Hast du die Kohle?«, wiederholte Martin seine Frage.

»Ich zeig dir, was ich mitgebracht habe.«

Sabrina hob den Arm. Man konnte ganz deutlich die Knarre erkennen, mit der sie auf Annaturm zielte.

»Was soll der Scheiß?«

Martin schien vollends entsetzt über das, was er da erblickte.

»Was soll das? Nimm die Knarre runter. Wir ...«

Weiter kam er nicht. Ein ohrenbetäubender Knall erfüllte die Halle. Ein Knall, der von den Hallenwänden wieder und wieder zurückgeworfen wurde. Das Echo war kaum verflogen, da fiel der nächste Schuss. Der Lärm war unglaublich. Wenn irgendwo, dann hätte hier ein Schalldämpfer wirklich Sinn gemacht. Sabrina hatte bewusst darauf verzichtet. Für den Effekt.

Martin hielt sich beide Knie und ging unter offenbar furchtbaren Schmerzen zu Boden. Seine Freundin aus der Maske hatte ganze Arbeit geleistet. Er blutete wie ein abgestochenes Schwein. Es sah so aus, als hätte man ihm beide Kniescheiben weggeschossen. Martin winselte und krümmte sich auf dem Boden, dass einem schlecht werden konnte. Wenn solche Szenarien bei normalen Leuten Übelkeit hervorriefen – andere kannten nichts Schöneres. Einauge war mehr als begeistert von dem, was er sah. Und King Kong von dem, was er hörte.

»Madame macht ganze Arbeit. Gleich bist du dran«, instruierte Einauge seine Blindschleiche. »Mach dich bereit. Die Zeit der Rache ist gleich gekommen.«

Theresa hatte vor Schreck das Funkgerät fallen lassen. Mit einem Fernglas bewaffnet, hatte sie verbissen Ausschau nach den noch fehlenden Männern gehalten. Konnte sie doch nicht ahnen, dass die über den Lieferanteneingang kommen würden. Sie dachte schon, dass die ganze Aktion abgeblasen werden würde. Bis sie die Schüsse hörte und die furchtbaren Schreie. Hinten rum, verdammter Mist. Die waren von hinten in die Halle rein. Hoffentlich lief da drinnen alles glatt.

Drinnen lief alles auf den Höhepunkt zu.

»Was ist los? Steh auf. Oder geht das nicht ohne Knie?«

Lorenz konnte die Konturen der vermummten Gestalt im Gegenlicht der im Wind baumelnden Hallenbeleuchtung gut erkennen. Traumhafte Figur. Er war ein Mann im besten Alter. So schummerig konnte das Licht gar nicht sein, als dass er das nicht bemerkt hätte. Durch die Maskerade konnte er nur leider das Gesicht nicht erkennen.

»Komm schon, Annaturm. Stell dich nicht so an. Steh auf.«

Mit hochgehaltener Pistole ging Sabrina auf Martin zu, der sich überzeugend am Boden krümmte.

»Wo ist die Ware? Her mit dem Stoff.«

Einauge kicherte sich ins Fäustchen. »Es klappt. King Kong, es klappt.«

Der hatte aber gar kein Ohr mehr für seinen Chef. Er zog sein Butterfly aus der Tasche und wartete auf seinen Einsatz.

Sabrina machte einen weiteren Schritt auf Annaturm zu. Sie zielte genau auf seinen Oberkörper. Mayrhofer war zwar vorher eingebläut worden, dass es sich bei der Schießerei um ein gestelltes Szenario handeln würde. Aufgrund der realistischen Darbietung der Protagonisten war er aber dennoch kurz davor, sich zu übergeben.

Aber Erbrochenes, das von oben aus der Kranbahn fiel, hätte die ganze Veranstaltung vermutlich früher beendet als geplant. So schluckte er alles samt der aufkommenden Zweifel wieder runter und lauerte weiterhin konzentriert auf seinen möglichen Einsatz.

Annaturm fluchte gerade laut vor sich hin.

»Hau ab.«

Die Blutlache um Annaturms Knie war mittlerweile größer als die Speichelpfütze, die sich um King Kong's Füße gebildet hatte.

»Scher dich zum Teufel. Hau ab.«

»Und was ist, wenn nicht?«, rief Sabrina zurück. »Willst du mich verhauen? Mit Armen, die ohne Gelenke an den Schultern baumeln?«

Man sah den Feuerstoß aus dem Lauf der Pistole. Erneut erfüllte der Knall die ganze Halle. Ein zweiter Schuss folgte unmittelbar. Schmidtchen musste sich vom Geschehen abwenden und hielt sich die Ohren zu. Das Schreien Martin Deckers war unerträglich geworden. Dazu drehte er sich auf dem blutverschmierten Hallenboden wie einer dieser Brummkreisel, die man zu Sylvester ganz gern mal zündete.

Bei Kommissar Lorenz gab es da einen jährlich wiederkehrenden Rhythmus. Zuerst die Raketen. Dann die Böller.

Zum Schluss, wenn die halbe Straße schon wieder vorm Fernseher saß und die achte Wiederholung von ›Dinner for One‹ guckte, die Brummkreisel.

Die Show war perfekt inszeniert. Martin Decker alias Annaturm jammerte so erbärmlich, dass sich alle in Lorenz' Truppe die Frage stellten, ob es sich hier denn wirklich um eine Inszenierung handelte.

Wenn ja, Respekt vor den Darstellern.

Wenn nein, na dann Prost Mahlzeit.

Das gab dann vermutlich ein ausgesprochen erquickendes Gespräch mit dem Herrn Staatsanwalt. Da kämen die Kriminalen aber in erhebliche Erklärungsnot. Müssten sie doch erklären, wie sie die ganze Zeit seelenruhig dabei zuschauen konnten, dass ein vor Schmerzen schreiender Mensch, vor ihren Augen, scheibchenweise abgeschlachtet wurde.

Mit der Zeit wurden Annaturms Bewegungen immer langsamer. Nur ein leises Wimmern verriet, dass er überhaupt noch am Leben war. Sabrina trat mit vorgehaltener Pistole noch näher an den Angeschossenen heran. Sie schien sich vergewissern zu wollen, dass von dem am Boden liegenden keinerlei Gefahr mehr ausging. Sie stellte sich genau vor ihn und hob die Waffe. Augenscheinlich mit dem festen Vorsatz, den finalen Fangschuss abzugeben.

Da platze es aus Einauge heraus.

»Warte. Warte auf uns. Den Rest übernehmen wir.«

»Alles klar, aber beeilt euch. Der Kerl macht nicht mehr lange.«

»Komm, King Kong. Komm schnell. Es ist so weit.«

Nun war es Einauge, der die Contenance verlor. Seine Superkillerin hatte ganze Arbeit geleistet. Genauso wie versprochen. Er nahm King Kong an die Hand. Die beiden verließen gemeinsam ihr Versteck und tappten wie geplant in die gestellte Falle.

Das war das Signal für Kommissar Lorenz und seine Männer, sich bereitzumachen. Sie hielten mit ihren Pistolen auf die Heraneilenden. Jederzeit bereit abzudrücken. Aber sie mussten geduldig bleiben. Noch hatten sie nicht das, was sie brauchten.

»Lass uns noch was über«, rief Einauge Sabrina zu.

»Mir auch«, vernahm man die aufgeregte Stimme King Kongs.

Mit einer jahrelang geübten Handbewegung ließ er die Klinge aus dem Messerschaft schießen.

»Lass ihn uns in Stücke reißen.«

Lorenz schüttelte mit dem Kopf. Was waren das für Menschen, die sich so aufführten? Wie viel Hass musste sich bei den beiden aufgestaut haben, dass sie sich aufführten wie die Tiere? Sabrina trat ein paar Schritte zurück und machte eine einladende Geste.

»Meine Herren, es ist angerichtet.«

Mit diesen Worten zog sie sich zurück. Keiner achtete mehr so richtig auf sie.

Vier Schritte waren es noch.

Drei, zwei, einer.

Dann war King Kong bei Annaturm angekommen.

Er ließ seinen Stock fallen, ging auf die Knie und setzte sich auf Martin. Dann versuchte er, mit seiner linken Hand die Augen Annaturms zu ertasten. Als er sie gefunden hatte, führte er seine rechte Hand mit dem Messer zu Annaturms Gesicht. Dabei grunzte King Kong vor Aufregung wie ein aufgegeiltes Trüffelschwein.

Schleicher hatte schon die ganze Zeit über auf ein Zeichen seines Chefs gewartet. Nun war er heilfroh, dass es endlich kam. Genau in dem Moment, als King Kong sich anschickte, Annaturm auf grausamste Art und Weise seiner Sehkraft zu berauben, drückte Schmidtchen auf den Knopf. Das diffuse Licht war Geschichte. Die Halle des ehemaligen Hauptgüterbahnhofs lag, von Scheinwerfern hell erleuchtet, bestens einsehbar vor allen.

»Hände hoch. Keine Bewegung.«

Kommissar Lorenz betrat, von Mayrhofer aus der Kranbahnkabine und Schleicher aus dem halbverrotteten Fenster der ehemaligen Meisterbude gut abgesichert, die Bühne.

»Keine Bewegung oder ich drücke ab.«

King Kong war wie paralysiert, hielt jedoch nach wie vor das Messer an Annaturms Gesicht. Einauge nahm die Füße in die Hand und versuchte zu fliehen. Schwacher Versuch. Er lief Schleicher genau vor den Lauf seiner nun auch schon gut zehn Jahre alten Dienstwaffe.

Annaturm war ein Stück weit unruhig. Berechtigterweise. Bis hierher hatte ja alles ganz gut geklappt. Jetzt musste nur noch die Bombe King Kong entschärft werden. Dann konnte man diese Veranstaltung als erfolgreich beendet erklären.

»Lassen Sie sofort das Messer fallen.«

Lorenz war nicht ganz wohl zumute. Hier würde doch wohl nicht einer vollends durchdrehen? King Kong schien sich nicht richtig entscheiden zu können. War nicht ohnehin alles verloren? Käme er nicht ohnehin für Jahrzehnte in den Knast? Sollte er nicht das zu Ende bringen, was er sich so sehnlichst gewünscht hatte?

Annaturm lief kalter Angstschweiß über sein mit Theaterblut verschmiertes Gesicht. King Kong hatte sich derart ungünstig auf ihn gesetzt, dass er sich nicht bewegen konnte. Geschweige denn wehren.

Auch Kommissar Lorenz spürte die pure Panik in sich. Scheiße was, das ging in die Hose. Der stach direkt vor seinen Augen dem Decker die seinen aus.

»Messer runter«, schrie der Kommissar.

Nach einigen Sekunden der Unentschlossenheit hatte sich King Kong entschieden.

»Scheiß drauf«, rief er lautstark in die hell erleuchtete Halle, im wahrsten Sinne des Wortes blind vor Wut. »Für mich ist der Zug eh abgefahren.«

Mayrhofer dachte noch, wie treffend der Vergleich mit dem abgefahrenen Zug in der Halle eines ehemaligen Hauptgüterbahnhofs daher kam. Dann drückte er ab. Und zwar genau in dem Moment, als King Kong dem verzweifelten und unter seinem Gewicht völlig bewegungslosen Annaturm das Messer unter das rechte Auge schieben wollte.

Lorenz, Schmidtchen, Schleicher und auch Mayrhofer sahen sich entgeistert an. Theresa flogen vor Schreck beinahe die Kopfhörer von den Ohren. Der Knall hatte eine ganz andere Bedeutung als die vorhergegangenen. Wussten doch alle, dass dieses Geräusch keiner Platzpatrone, sondern einer echten Waffe zuzuordnen war.

King Kong verharrte einen Augenblick regungslos. Dann schaute er auf seine blutende Hand. Ein reiner Reflex. Hätte King Kong sehen können, er hätte durch seinen Handteller direkt in Annaturms schreckensbleiches Gesicht geschaut. Mayrhofer hatte aus seiner Kranbahn-Kabine heraus King Kong ein Loch in den Handteller geballert. Von Größe und Form ähnlich dem, was vor geraumer Zeit auch Pastor Decker vorzuweisen hatte. Der allerdings in der Birne.

Die Kugel durchschlug King Kongs Hand, knallte dann, knapp zehn Zentimeter neben dem Kopf von Annaturm auf den Hallenboden, sprang von dort einmal schräg weg und kullerte Richtung Gleisbett. Dort wartete Schmidtchen schon darauf, sie mittels gezückter Pinzette in eine eiligst geöffnete kleine Plastiktüte zu verfrachten.

King Kong rutsche vor Schreck ein Stück nach vorne. Das gab Martin Decker alias Annaturm ein wenig Spielraum. Er zog das rechte Knie an und traf King Kong dabei sehr empfindlich an einer Stelle, die wohl bei so ziemlich allen Männern dieser

Welt unglaubliche Schmerzen hervorrief. Egal ob blind oder sehend, da waren alle Männer gleich. Nun war es King Kong, der sich am Boden krümmte.

»Hallo Chef, hier spricht Theresa Schneider. Ich höre nur Geballere. Was ist bei Ihnen los?«

»Wir haben alles im Griff«, versuchte Lorenz seine Sekretärin, aber auch sich selber zu beruhigen.

Mayrhofer kraxelte umständlich aus der Kranbahnkabine herunter. »Hob i eahm troffa?«

King Kong hatte Martin Decker nur einen kleinen Schnitt unter die Haut verpasst, als der rettende Schuss fiel. Trotzdem stand er noch immer unter Schock, als er sich Mayrhofer zuwandte.

»Sie sind doch der Kollege in Uniform, der schon im Treppenhaus vor meiner Wohnung darauf aufgepasst hat, dass mir nichts passiert?«

»Ja, des bin i.«

»Danke. Ich hätte es zwar auch ohne Sie geschafft, aber trotzdem: Danke.«

Theresa hatte auf Anweisung des Kommissars einen Krankenwagen gerufen. Der kündigte sein Eintreffen jetzt mittels Martinshorn lautstark an. Ein junger Notarzt hastete herbei, kümmerte sich zunächst um King Kong und legte ihm einen provisorischen Verband an. Dort, wo man verbinden konnte. Also an der Hand. Die anderen Schmerzen würden wohl mit der Zeit von alleine wieder abklingen. Dann leuchtete er mit einer kleinen Taschenlampe in King Kongs Augen.

»Na, fällt Ihnen etwas auf?« Annaturm war durchaus interessiert am Schicksal King Kongs.

»Ja«, antwortete der Notarzt. »Er hat einen Schock. Die Pupillen reagieren nicht.«

»Da kannst du noch 'ne Stunde reinleuchten, da wird sich nicht viel bewegen.«

»Warum nicht?«, fragte der junge Notarzt deutlich erregt. »Wenn der Schock nachlässt, kann man das an den Regungen der Pupillen deutlich erkennen.«

»Aber nicht, wenn man Glasaugen hat«, brachte Annaturm den Doktor kurz und bündig auf den Stand der laufenden Ermittlungen. »Der ist blind wie die Nacht. Was ja auch einen Vorteil hat.« Annaturm fuhr mit seinen Fingern über die leicht blutende Wunde unter seinem eigenen rechten Auge. »Dann sieht der vor dem Spiegel wenigstens nicht, was er für eine bescheuerte Visage hat.«

King Kong grunzte einmal kurz auf. Man konnte aber beim besten Willen nicht herausfiltern, was er von sich geben wollte. Schleicher hatte Einauge mittlerweile die eiserne Acht um die Handgelenke geschnallt. Einauges Gegenwehr war enttäuschend mickerig ausgefallen. Er trottete mit hängendem Kopf aus der alten Bahnhofshalle. Direkt in den bereits vorgefahrenen grünen Gefängniswagen.

Annaturm stand mit verschränkten Armen in einer Hallenecke und verfolgte interessiert das rege Treiben. Kommissar Lorenz ging zu ihm und schaute ihn sich besorgt an.

»Sie sehen arg ramponiert aus.«

Seine Kniescheiben sowie die Schulterblätter waren tiefrot verfärbt. Die Maskenbildnerin hatte ganze Arbeit geleistet und Kapseln mit künstlichem Blut an Martin Körper angebracht. Bei jedem Schuss, den Sabrina abgab, hatte er sich mit der Hand auf die vermeintlich getroffene Stelle gefasst und so die Kapsel platzen lassen. Super gemacht. Sah aus wie echt.

Apropos Sabrina. Wo war die eigentlich geblieben? Der Kommissar schaute sich nach allen Seiten um. Dann blickte er zu Martin Decker.

»Wo ist denn Ihre Komplizin hin?«

Diese Frage schien Martin Decker erwartet zu haben. Er hatte sich eine verblüffende Antwort zurechtgelegt.

»Komplizin? Welche Komplizin?«

Lorenz war stinkig. Die Dame war ihm offensichtlich durch die Lappen gegangen. Ja musste man sich denn hier um alles kümmern? Egal. Die maskierte Frau würde er schon noch finden. Lorenz brannte aber etwas ganz anderes unter den Nägeln.

»Hören Sie, Decker. Wir beide haben einen Deal. Was ist mit den Beweisen hinsichtlich der Ermordung Ihres Bruders?«

Annaturm griff in die Brusttasche seines blutdurchtränkten Hemdes, fummelte einen Zettel heraus und übergab ihn an Lorenz. Der nahm den befleckten Wisch mit spitzen Fingern.

»Was soll ich damit?«

»Das ist die Anschrift, unter der Einauge firmiert. Natürlich nicht offiziell. Aber hier hat er sein Büro. Sie werden dort Indizien finden, die Sie zur Aufklärung einiger ungelöster Mordfälle der letzten Jahre verwenden können.«

»Mich interessiert kein offener Fall im Moment so sehr wie der Fall Ihres getöteten Zwillingsbruders.«

»Ich bin noch nicht fertig.« Annaturm räusperte sich. Seine Stimme war belegt. Er erholte sich nur langsam. »Im hinteren Bereich des Zimmers ist ein kleiner Vorhang. Dahinter steht eine Tiefkühltruhe.«

»Und?«

Obwohl tendenziell immer hungrig, war dem Kommissar nicht nach Tiefkühlkost.

»In dieser Truhe befindet sich alles, was Sie brauchen, um den Mord an meinem Bruder aufklären zu können.«

Kommissar Lorenz schnalzte mit der Zunge. »Na wenn das stimmt, dann hätte sich das ganze Theater hier ja doch gelohnt.«

»Hat es sich, Herr Kommissar. Ich gebe Ihnen mein Wort.«

»Ich werde das umgehend überprüfen. Halten Sie sich bitte für weitere Befragungen bereit.«

Lorenz steckte den Zettel mit der Anschrift ein.

»Übrigens – brauchen Sie ärztliche Hilfe? Der Notarzt steht noch draußen.«

»Nein, danke. Alles klar.« Annaturm schaute an sich herunter. »Na ja, fast alles.«

Der Kommissar ging vor die Tür und atmete in tiefen Zügen die kalte Luft der niedersächsischen Landeshauptstadt ein. Es war nicht ganz so gelaufen wie geplant. Sie hatten einen Verletzten, und um ein Haar, hätte es hier einen Toten gegeben. Aber Gott sei Dank hatte der Kollege Mayrhofer einen geradezu unglaublich präzisen Schuss abgegeben. Gerade noch rechtzeitig. Es hätte nicht viel gefehlt, und die ganze Chose hier wäre im wahrsten Sinne des Wortes mächtig ins Auge gegangen.

Lorenz ging langsam Richtung Funkwagen. Theresa hielt immer noch treu die Stellung. Er sah sie durch die offene Schiebetür auf der Rückbank sitzen. Neben ihr kauerte der Notarzt. Er war noch frisch in seinem Gewerbe. Es war der erste Durchschuss, den er in Ausübung seines Berufes zu behandeln hatte.

Theresa hatte ihn vor der Hallentür abgefangen. Nun war sie dabei, den armen Kerl wieder ein wenig aufzupäppeln. Als Lorenz sah, wie liebevoll sich seine Sekretärin um den jungen Notarzt kümmerte, wünschte er sich an seine Stelle. Na und? Träumen durfte man doch wohl noch. Die Gedanken sind frei.

»Hallo Herr Kommissar«, rief ihm Theresa zu. »Ich bin echt froh, dass Sie das alles heil überstanden haben. Wirklich. Sie und die Kollegen auch. Ach, das ist übrigens Dr. Becker. Ich kümmere mich nur ein bisschen um ihn. Er war ein wenig angeschlagen.«

Dabei tätschelte sie dem armen Tropf zärtlich die Stirn. Lorenz wand sich ab, um zu gehen. Er hatte sein Tageswerk vollbracht und wollte nur noch nach Hause.

»Herr Kommissar«, rief Theresa ihm hinterher. »Wollen Sie wissen, wie der Notarzt mit Vornamen heißt?«

Wollte er nicht.

Um Theresa jedoch nicht zu enttäuschen, tat er so, als ob.
»Klar will ich wissen, wie der Glückliche heißt.«
»Chef, das glauben Sie nicht. Er heißt Roger.«
Lorenz schüttelte den Kopf und ging wortlos weiter.

Zweiter Teil

1

Peter Petersen war an und für sich mehr so der penible Typ. Vom Wesen her klassischer Beamter. Pünktlich. Ordentlich. Gewissenhaft. Doch tief in seinem Inneren hatte Peter Petersen eine Ader, die nach Verwegenheit und Abenteuer lechzte. Deswegen hatte er sich gegen die Beamtenlaufbahn entschieden und war zur Feuerwehr gegangen. Dort hatte er eine Eins-A-Ausbildung genossen und sich Stück für Stück hochgearbeitet.

Seine angeborene Penibilität hatte ihm dabei mehr geholfen als geschadet. Man bildete bei der Feuerwehr nicht gern Leute aus, die gleich beim ersten gefährlichen Einsatz auf der Strecke blieben. Man investierte lieber in Leute, die genau wussten, wie weit sie bei einem Einsatz gehen konnten – und wie weit besser nicht.

Und so ackerte sich Peter Petersen auf der Feuerwehr-Erfolgsleiter bis ziemlich weit nach oben. Vorbei an deutlich dynamischeren, aber eben auch draufgängerischen Kollegen. Petersen liebte seinen Job. Auch weil er ihm noch Zeit für sein Lieblingshobby ließ – die Taucherei.

Als bei der Hamburger Feuerwehr eines Tages die Stelle des Truppführers der Taucherstaffel frei wurde, suchte man genau ihn. Also, man suchte natürlich nicht genau nach Peter Petersen. Aber nach jemandem, der nicht halb so draufgängerisch war wie sein leider viel zu früh abgesoffener Vorgänger. Man suchte einen, der die Sauerstoffflaschen vorm Abtauchen sicherheitshalber noch einmal kontrollierte. Und zwar bevor ein Taucher sie sich auf den Rücken schnallte.

Als Peter Petersen seinerzeit die innerbetriebliche Stellenanzeige las, fand er unglaublich viele Merkmale, von denen er meinte, dass sie auf ihn zuträfen. ›Zuverlässigkeit‹ zum Beispiel. ›Erfahrung in Menschenführung‹. Aber auch ›versierter Taucher‹. Seine Vorgesetzten staunten nicht schlecht, als sie seine Bewerbungsunterlagen in den Händen hielten. Aber nachdem sie die Papiere eingehend studiert hatten, ging alles ganz schnell. Petersen bekam den Job.

Mit seiner Penibilität hatte Petersen Erfolg. Keinem seiner Männer war in den vergangenen Jahren mehr als ein halber Liter Wasser in die Lungen gelaufen. Den meisten deutlich weniger, einigen kein Tropfen. In den zurückliegenden Wochen hatte Petersen seine Männer hauptsächlich damit beschäftigt, die Tauchausrüstungen zu überprüfen und auf Vordermann zu bringen. Es war Ende März. Obwohl noch bitterkalt, war heute der Tag, an dem er mit seiner Truppe das jährliche ›Anschwimmen‹ in Angriff nehmen wollte.

Der erste Übungseinsatz des Jahres also.

Mit vereinten Kräften wurde das Einsatzboot, die Titanic II, aus der Schiffsgarage bugsiert und auf den Trailer gehievt. Die Neoprenanzüge, die Sauerstoffflaschen sowie das ganze Taucherzubehör wurden zusammengepackt, um dann, unter simulierten Einsatzbedingungen – ohne Signalhorn, aber mit Blaulicht – Richtung Elbanleger zu fahren.

Dort angekommen, ließen sie mit vereinten Kräften das Boot ins bitterkalte Wasser. Sie legten Anzüge und Ausrüstung an, starteten den Außenbordmotor und fuhren bis zur Flussmitte. Nun könnte man vermuten, dass jetzt alle in die Elbe sprangen und fröhlich drauflos tauchten. Doch da war sie wieder: Petersens Penibilität.

»Durchzählen!« Eine klare Ansage an seine Männer.

Als Außenstehender hätte man zu der Überzeugung kommen können, dass vier Leute, einschließlich Peter Petersen, eine doch recht überschaubare Anzahl an Tauchern war und man auf das Durchzählen möglicherweise auch hätte verzichten können. Aber solche Schludrigkeiten gab es nicht bei Peter Petersen. Die immer wiederkehrenden Automatismen sollten sich bei seinen Männern einbrennen. Vor jedem Einsatz. Egal ob Übung oder Ernstfall.

»Durchzählen, Männer. Ich fange an. Eins!«
»Zwei!«
»Drei!«
»Vier!«

Die Antworten seiner Jungs kamen prompt und mathematisch korrekt. Petersen konnte weitermachen im Protokoll.

»Alle Mann abtauchen.«

Er hatte es genau errechnet. Es gab zwar nur eine verschwindend kleine Wahrscheinlichkeit, dass ihm auf dem Weg vom Boot bis zum Grund der Elbe einer seiner Männer verloren gehen könnte. Aber die Wahrscheinlichkeit war nicht null. Also ließ er seine Jungs, unten angekommen, erneut antreten.

Das Abtauchen hatte nur wenige Sekunden gedauert. Noch nie war es auf dieser kurzen Strecke einem seiner Taucher gelungen, abhandenzukommen. Dennoch, Peter Petersen liebte das Ritual des Durchzählens.

Er hob den Daumen seiner rechten Hand und signalisierte somit die ›Eins‹, der nächste Kollege die ›Zwei‹, der übernächste die ›Drei‹, der letzte die ›Vier‹. Ja, und dann starrten sie sich alle stumm an. Da stand ein fünfter Kollege mit ihnen auf dem Elbgrund. Der zeigte aber nichts an.

Bei genauem Hinschauen konnte man auch ziemlich genau erkennen, warum. Mal ganz abgesehen davon, dass der Typ überhaupt keinen Taucheranzug anhatte, was an und für sich schon sehr ungewöhnlich war, hatte er auch keine Finger, mit denen er die ›Fünf‹ hätte anzeigen können. Genaugenommen hatte er nicht mal Hände, an denen Finger befestigt werden konnten. Das Einzige, was er aufgrund der Strömung leicht schräg nach oben hielt, waren zwei abgenagte Stumpen. Er hätte auf diese Art und Weise also maximal eine ›Zwei‹ anzeigen können.

Peter Petersen war sich vor Beginn des Tauchgangs eigentlich ziemlich sicher gewesen, dass ihm keiner seiner Männer abhandenkommen würde. Dass sich aber noch einer dazugesellen sollte, darauf hätte er nun auch nicht gewettet.

2

Für den nächsten Morgen hatte der Kommissar seine Schäfchen früh geladen. Schmidtchen betrat gähnend das Büro. Schleicher wischte sich den Schlaf aus den Augen und Mayrhofer sah aus wie einer, der sich maximal drei Stunden in seiner Koje aufgehalten hatte. Lediglich Theresa strahlte wie frisch aus dem Ei gepellt. Lorenz selber war topfit. Er war am gestrigen Abend gegen 23.00 Uhr ins Bett gefallen und sofort eingeschlafen. Als der Wecker ihn um fünf vor Fünf respektlos anbrüllte, sprang er sofort auf.

Der Kommissar hatte etwas vor, was keinen Aufschub vertrug.

»Leute, alle mal herhören.«

»Ähm«, räusperte sich Theresa. »Chef, Morgenstund' hat Gold im Mund.«

»Was ist?«

So munter war er nun auch wieder nicht, um den frühmorgendlichen Intuitionen seiner Sekretärin folgen zu können.

»Der Ton macht die Musik«, flüsterte sie ihm kaum hörbar zu.

»Wie? Ach ja.« Lorenz holte tief Luft und begann von vorne.

»Liebe Leute, alle bitte mal herhören. Zunächst einmal möchte ich mich bei euch für den gestrigen Einsatz bedanken. Wir waren als Truppe bärenstark. Jeder auf seiner Position ein As. Von der Funkerin bis zu unserem bayerischen Kunstschützen. Alles hat wunderbar geklappt. Und heute ist der Tag, an dem wir uns für unsere gestrige Leistung belohnen wollen.«

Lorenz holte den blutverschmierten Zettel mit der Adresse von Einauges Büro aus der Hosentasche und las laut vor. »Kiezweg 7, in Hamburg. Da finden wir hoffentlich all dass, was uns zum Mörder von Pastor Dirk Decker führen wird.« Der Kommissar erzählte seinen Leuten von seinem Gespräch mit Martin Decker und davon, dass dieser ihm den Zettel mit der Anschrift gegeben hatte.

»Ich habe schon Kontakt mit den Hamburger Kollegen aufgenommen. Die wollen bei der Überprüfung der Räumlichkeiten dabei sein und werden die Bude für uns öffnen. Wir nehmen den Mannschaftswagen. In fünf Minuten ist Abfahrt.«

***

Knappe zweieinhalb Stunden später traf die Truppe in Hamburg ein. Den Kiezweg und die Nummer 7 fanden sie auf Anhieb.

»So weit im Norden drobm bin i no nia gwesn«, versuchte Mayrhofer seine Nervosität in Worte zu kleiden. »Is hier ned des mit de scheena Madln?«

Theresa drehte sich mit entsetzter Miene zu Mayrhofer um. »Kollege Mayrhofer. Ich hätte nicht gedacht, dass du dich für so etwas Armseliges interessieren würdest.«

Mayrhofer schaute irritiert.

»Kollege Mayrhofer«, ergriff der Kommissar das Wort. »Kollege Schleicher, Schmidtchen und ich, wir sind auch völlig entsetzt darüber, dass du dich für solche Dinge interessierst.«

Theresa verdrehte die Augen.

»Männer.«

Schmidtchen fiel vor Lachen fast aus dem geöffneten Fenster. Klaus Schleicher rettete die Situation.

»Seht doch. Wenn mich nicht alles täuscht, warten die Hamburger Kollegen schon auf uns.«

Und in der Tat, so war es. Drei Hamburger Kriminalbeamte standen bereits vor der Haustür.

»Na, da habt ihr uns ja 'ne heiße Info zukommen lassen«, begrüßte sie ein Beamter in Zivil, der sich als Hauptkommissar Rost vorstellte.

»Das sind meine Kollegen Britz und Brandes. Wir haben Einauge schon länger im Visier. In unzähligen Ermittlungen tauchte in den letzten Jahren sein Name auf. Bis auf einige bedeutungslose Kleinigkeiten haben wir ihm aber nie etwas nachweisen können. Wir wussten noch nicht mal, dass er hier möglicherweise eine illegale Absteige hat.«

Hauptkommissar Rost schaute auf das Klingelschild und dann fragend in die Runde.

»Welche Wohnung wollen wir denn überhaupt hopps nehmen? Hier wohnen vier Parteien.«

Die Blicke schweiften zu Lorenz. Der schaute auf seinen blutverschmierten Zettel. Dann schüttelte er unschlüssig den Kopf.

»Keine Ahnung. Steht hier nicht.«

Hauptwachtmeister Rost ergriff sein Funkgerät.

»Rost an Zentrale. Ich erbitte die Überprüfung von Meldedaten.«

Nach einer kurzen Pause erklang ein Rauschen, gefolgt von einer netten Frauenstimme mit eindeutigem Hamburger Dialekt. »Moin Kollege Rost. Alles klar. Die Koordinaten bitte.«

»Geht los. Die Adresse ist Kiezweg 7. Erster Name: Yilmaz.«

Nach einer kurzen Funkpause kam die Antwort. »Familie Yilmaz, gemeldet Kiezweg 7. Die wohnen dort schon seit 2002. Völlig sauber. Keinerlei Eintragungen.«

»Gut, weiter geht's. Name einer Einzelperson: Petra Schulte.«

»Petra Schulte«, kam es aus dem Funkgerät. »Gemeldet Kiezweg 7 seit 1996. Nix. Außer zweimal Schwarzfahren.«

Hauptwachtmeister Rost war etwas kurzsichtig und hatte Schwierigkeiten, den nächsten Namen zu entziffern.

»Was ist los Kollege? Kommt noch was? Sonst mache ich Frühstück.«

»Entschuldige, mein Täubchen.« Hauptkommissar Rost schien die weibliche Stimme auf der anderen Seite des Funkgerätes gut zu kennen. »Der nächste Name lautet: Martinez.«

»Martinez, wohnhaft Kiezweg 7. Seit 2010. Und wenn du mich noch einmal Täubchen nennst, kannst du dir dein Abendessen heute selber machen.«

Die hannoversche Truppe schaute den Kollegen Rost interessiert an.

»Meine Frau«, antwortete dieser schulterzuckend. »Achtet stets auf Funkdisziplin.«

»Hauke?«

»Kollegin Rost. Funkdisziplin bitte.«

Der Hauptkommissar grinste.

»Habt ihr noch einen?«

»Ja, einen noch. Der letzte heißt Müller.«

»Müller. Wie originell«, entfuhr es Lorenz.

»Müller?« Mayrhofer kratzte sich nachdenklich am Kinn.

»Müller, den Namma hob i scho amoi ghead.«

»Was ist denn das für ein Slang? Du kommst aber nicht wirklich aus Hannover, oder?«, fragte der bis dahin stumme Kollege Brandes. Mayrhofer kam gar nicht mehr zum Antworten.

»Treffer«, ertönte es aus dem Funkgerät. »Wir haben zwar Tausende Müllers in Hamburg herumlaufen, im Kiezweg ist aber keiner von denen gemeldet. Weder in der 7 noch anderswo.«

»Danke Kollegin Rost. Bis heute Abend.«

»Viel Spaß bei der Arbeit. Und passt auf euch auf«, war die knappe, aber herzliche Antwort.

Hauptkommissar Rost schaute auf das Namensschild, das den Namen Müller trug. Dann drückte er auf den dazugehörigen Klingelknopf.

Nichts geschah.
Niemand öffnete.
Mayrhofer leckte sich die Lippen.
»Des is wos füa mi. Ois aufd Seitn, bitte.«
Mayrhofer ging einige Meter zurück, setzte seinen Bruce-Lee-Gedächtnisblick auf und machte Anstalten, die Tür gewaltsam zu öffnen. Hauptkommissar Rost stoppte ihn im Ansatz.
»Ruhig Blut, mein bayerischer Freund.« Rost war ebenso verbindlich wie bestimmt. »Wir befinden uns hier in der Hansestadt Hamburg. Nicht in der wilden Prärie. Kommissar Britz zeigt dir jetzt mal, wie wir hier verschlossene Türen öffnen.«
Mayrhofer schaute Lorenz fragend an. Als dieser gleich mehrfach heftig nickte, lockerte Mayrhofer sich merklich.
»Oiso, da bin i aber moi gspannt.« Er trat einen Schritt zur Seite. Dann zeigte er mit seiner rechten Pranke generös auf die zu öffnende Tür.
Britz zwinkerte Mayrhofer einmal kurz zu. Dann holte er einen Schlüsselbund aus dem Wagen. Etwa einhundert verschiedene Schlüssel baumelten an einem großen Metallring. Nach gut zwei Minuten Türschlossgefummel hörte man ein kleines ›klack‹ und die Pforte öffnete sich.
»Aber jetzt mal ganz im Ernst«, grinste Kommissar Britz Richtung Mayrhofer, »ich hätte deine Version auch ganz gern gesehen.«
»Beim nächsten moi. Kannst di drauf verlassn.«
Hauptkommissar Rost schob die Tür weit auf. Dann nickte er einmal konzentriert in die Runde und die gesamte Truppe betrat mit gezogenen Waffen die Wohnung. Obwohl die Sonne bereits seit gut zwei Stunden gelangweilt am Himmel stand, war es stockdunkel in der Bude. Außerdem roch es so, als wäre hier seit drei Jahren nicht mehr gelüftet worden. Hauptkommissar Rost tastete nach einem Lichtschalter. Als er endlich einen

fand, blinzelten alle in einen unaufgeräumt wirkenden Raum. Die Bude schien unbewohnt zu sein. Ein in die Jahre gekommener Schreibtisch stand in der Ecke, zugemüllt mit Unterlagen, alten Fotos und einem stinkenden Aschenbecher.

»Herr Müller ist Zigarrenraucher«, glänzte Klaus Schleicher mit einem ersten Ermittlungserfolg.

Drei schwarzbraune Regale waren an die Wände geschraubt. Darin lagen Zeitungen und sonstiger Papierkram. Schmutzige Teppiche auf dem Boden, ein angeknackster Rattan-Sessel mitten im Raum. Ein schäbiger Hocker daneben. Das ganze Ambiente lag irgendwo zwischen Studentenbude und Männerwohnheim. Es roch auch so.

»Schöner Wohnen ist anders«, beschrieb der Hamburger Kollege Brandes den Anblick norddeutsch unterkühlt, aber ungemein treffend.

Theresa, die als letzte das Etablissement betreten hatte, kämpfte sichtbar mit dem unangenehmen Geruch. Sie öffnete das zur Straße liegende Fenster und hielt sich eine Hand vor die Nase. Mit der anderen Hand durchforstete sie die Regale und arbeitete sich durch die dicken Zeitungsstapel. Hauptkommissar Rost legte einen Finger auf die Lippen und deutete mit ausgestreckter Hand auf eine Verbindungstür. Sie führte offenbar in einen weiteren Raum. Von den Kollegen gesichert, stieß er sie auf. Ein Blick in das Zimmer bestätigte jedoch seine Vermutung.

»Alle Vögel ausgeflogen. Keiner da.«

»Chef, ich hab' was«, vernahm man die aufgeregte Stimme Theresas.

Kommissar Lorenz hatte aber im Moment keine Ohren für seine Sekretärin. Er hatte nur Augen für den beigefarbenen Vorhang, der sich in der hinteren Ecke des kleinen Nebenraumes unaufgeregt vor eine winzige Nische schob. Lorenz steuerte geradewegs auf diesen Vorhang zu und zurrte ihn vorsichtig zur Seite. Zum Vorschein kam eine Tiefkühltruhe. Miele. Gar nicht mal so alt. Das unangefochtene Prunkstück der gesamten Wohnung. Eine Tiefkühltruhe, genauso wie Martin Decker – alias Annaturm – es gesagt hatte. Das brummende Geräusch verriet Lorenz, dass die Truhe fröhlich vor sich hin kühlte.

»Chef, ich hab' da was. Wo stecken Sie denn?« Theresa stand hinter dem Kommissar und schaute diesem neugierig über die Schulter. »Ich hab' was gefunden«, wiederholte sie hörbar aufgeregt. »Eine Zeitung. Das wird Sie interessieren.«

»Einen Moment noch«, antwortete Lorenz. »Alles der Reihe nach.«

Er öffnete die Truhe und sah sofort, dass sie gut gefüllt war. Sehr gut sogar, wenn man bedachte, dass hier vermutlich nur eine Person hauste.

»Kollege Rost«, rief er über die Schulter. »Haben Sie Hunger?«

»Was gibt's? Fischstäbchen von Kapitän Iglu?«

»Auch«, antwortete Lorenz, der zwei Tiefkühlpizzen sowie drei Pakete Fischstäbchen herausfingerte. »Aber eben nicht nur.«

Theresa, die ihre Neugierde nicht unter Kontrolle hatte, zwängte sich zwischen den beiden hindurch und starrte in die offene Truhe.

»Was ist das denn?«

Kommissar Lorenz holte mehrere prall gefüllte Gefrierbeutel hervor.

»Sieht mir aus wie abgehackte Hände.«

Theresa schaute die beiden Kommissare entsetzt an. Dann rannte sie los wie eine Irre, die Hände vor den aufgeblähten Backen, raus auf die Straße. Hauptkommissar Rost bestaunte den forschen Abgang. Dann warf er einen erneuten Blick in die Truhe und zog anerkennend die Augenbrauen hoch.

»Volltreffer, Kollege Lorenz. Absoluter Volltreffer.«

Der war aber immer noch damit beschäftigt, die Truhe zu entleeren.

»Fünf Paar Hände und achtzehn Gefrierbeutel. Voll mit Bargeld. Was ich so erkennen kann, viele Hunderter. Auch Zweihunderter. Ein paar Scheine in Magentarot hab' ich auch schon gesehen.«

»Magentarot? Meinen Sie Fünfhunderter? Ist der Magentarot? Darüber habe ich mir ja noch nie Gedanken gemacht«, kam Rost ins Grübeln.

»Hat man bei unserer Besoldungsstufe ja auch nicht allzu oft in den Händen«, antwortete Lorenz diplomatisch. »Aber wer weiß, vielleicht steht uns beiden nach dieser Aktion hier ja eine Prämie zu?«

»Chef, die Zeitung. Ich habe sie auf den Schreibtisch gelegt.« Nix haut einen Seemann um. Eine Seefrau schon gar nicht. Theresa schien sich ihrer nautischen Vorfahren zu erinnern. Durch das geöffnete Fenster rief sie ihre exklusive Entdeckung in den Raum. »Auf dem Schreibtisch. Neben dem Aschenbecher. Schauen Sie mal hin.«

Lorenz verließ den Nebenraum und ging zurück in das größere, offensichtlich als Wohn- und Arbeitsraum genutzte Zimmer. Wie von seiner langjährigen Sekretärin avisiert, lag auf dem Schreibtisch eine bereits wochenalte Zeitung. Von der ersten Seite der ›Hannoversche Allgemeine‹ grinste ihn eine vertraute Schlagzeile an:

›Hemminger Pastor Dirk Decker Opfer eines Mordanschlages‹

»Ach nee«, entfuhr es ihm. »Was haben wir denn da?«

Eine gute halbe Stunde später waren sie mit der Durchsuchung fertig. Lorenz war zufrieden. Sie hatten reichlich Beute gemacht. Die tiefgefrorenen Hände wurden ebenso wie das eisgekühlte Bargeld in eine Kiste verstaut und umgehend ins Labor der Hamburger Kollegen gebracht. Auch die gefundene Zeitung wurde den hiesigen Spezialisten zur eingehenden Untersuchung übergeben.

»Schade«, sinnierte Schmidtchen. »Den Fund hätte ich auch gern unter die Lupe genommen.«

Als die gesamte Mannschaft wieder vor der Tür stand, erteilte Hauptkommissar Rost eine unmissverständliche Anweisung.

»Bahn frei für den Spurendienst. Es sollte mich wundern, wenn wir hier nicht Spuren für zig ungelöste Fälle finden sollten.«

»Wir haben vergessen, das Fenster zu schließen.« Kollege Brandes war ein ganz genauer. Dem entging nichts.

»Hab' Gnade mit den Jungs von der Spusi. Die sind in einer guten Stunde hier und auch nicht alle geruchsresistent«, zeigte Rost ein Herz für die nachrückenden Kollegen.

»Ich wollt' es ja nur gesagt haben«, rechtfertigte sich Brandes kleinlaut. »In unseren Dienstvorschriften steht ...«

Rost schaute Brandes tief in die Augen.

»In unseren Dienstvorschriften steht aber auch was von Verhältnismäßigkeit. Und ich als dein Vorgesetzter sage dir, dass es da drinnen verhältnismäßig übel stinkt. Die Jungs sollen da gleich Spuren sichern. Das ist harte Arbeit. Keine Dschungelprüfung.«

Brandes nickte einsichtig. Es folgte eine herzliche Verabschiedung der Delegationen. Die länderübergreifende Zusammenarbeit war vorbildlich gewesen.

»Wir werden euch die Ermittlungsergebnisse natürlich umgehend zukommen lassen. Sobald wir was haben, melden wir uns«, versicherte Hauptkommissar Rost dem Kollegen Lorenz. »Ihr könnt euch drauf verlassen. Wir beeilen uns. Euch allen eine gute Heimfahrt.«

Rost ging zu seiner blauen Minna. Auch in Hamburg hatte man die Farben der Dienstwagen gewechselt. Er griff zum Funkgerät.

»Rost an Zentrale, bitte kommen.«

»Ja, hier Zentrale. Was gibt's?«, antwortete die bereits bekannte, weibliche Stimme.

»Einsatz beendet. Fahren jetzt zurück aufs Revier. Ich brauche hier umgehend die Spurensicherung. Die sollen sich Zeit mitbringen, es gibt reichlich zu tun.«

»Verstanden. Seid ihr alle in Ordnung?«

»Wir sind alle gesund und quietschfidel.«

»Das freut mich, Häschen. Bis heute Abend.«

»Häschen?« Theresa musste grinsen. »Nennt die ihren Mann über Funk Häschen. Na ja, von den Ohren her hat er ja was von einem Karnickel.«

»Kollegin Schneider«, fuhr Lorenz ihr in die Parade.

»Zum einen sind Hasen und Kaninchen zwei völlig unterschiedliche Viecher, schon rein geschmacklich. Zum anderen geht es uns einen feuchten Kehricht an, wie Frau Rost ihren Mann zu nennen pflegt.«

Theresa grummelte irgendetwas vor sich hin und trollte sich in den Mannschaftsbus. Der vom bayerischen Kollegen Mayrhofer ins Gespräch gebrachte Reeperbahnausflug fiel dem schwächelnden Magen einer weiblichen Mitreisenden zum Opfer. So traten sie, nachdem man für die Kollegin einen Atemfrische versprechenden Kaugummi besorgt hatte, wieder den geordneten Rückzug an.

Sie hatten viel erreicht. Lorenz schätzte, in zwei, maximal drei Tagen würden erste Ergebnisse aus Hamburg kommen. Ergebnisse, die den Fall ›Pastor Dirk Decker‹ hoffentlich abschlossen.

3

Die eine oder andere Wasserleiche hatte Peter Petersen mit seinen Männern wohl schon geborgen. Meistens trieben sie von ganz alleine ans Ufer. Manche verfingen sich in tief hängenden Ästen oder aber im Böschungsgestrüpp. Vor Monaten hatten sie eine männliche Leiche, stromabwärts treibend, in ihr Boot gehievt. Der Kerl war besoffen über Bord eines Elbkutters gegangen und hatte sich dabei die Rübe an der Bootswand aufgeschlagen. Der trieb maximal eine Stunde im Fluss. Als sie ihn kescherten, sah er eigentlich noch ganz fit aus. Eine geübte Nase konnte sogar ausmachen, dass es sich bei den letzten eingenommenen Getränken um norddeutschen Doppelkorn gehandelt haben musste. Bis auf das kleine Loch im Schädel sah der Sportsfreund eigentlich ganz normal aus. Also so normal, wie eine normale Wasserleiche eben aussah.

Wenn sie aber einen bargen, der schon tagelang als gut getarntes Floß unterwegs war, konnte der Anblick schon deutlich unschöner sein. Blitzeblau und aufgedunsen. Wie ein Lkw-Reifen. Besonders übel war es, wenn einer schon mehr als sechs Wochen lang die Ziehung der Lottozahlen unter Wasser verfolgt hatte. Und wenn so jemand dann auch noch Schuhe aus Beton trug, war eine Bergung alles andere als einfach. Das war schon fast unmöglich. Da mussten drei Mann von unten schieben und drei Mann von oben ziehen. Sonst bekam man den Kollegen gar nicht an Bord. Aber zu dolle schieben oder ziehen durfte man auch nicht. Da gab es ungewollte Auflösungserscheinungen. Etwa so, wie bei einem zu lange gekochten Hummer. Der zerfiel auch in seine Einzelteile, wenn man nur lange genug an ihm herumzerrte.

Und als genau so ein Exemplar hatte sich der ›fünfte Mann‹, wie Peter Petersen die geortete Wasserleiche seit dem Tag des Fundes nannte, entpuppt. Schon bei der anspruchsvollen Bergung hatte Petersen geahnt, dass es nicht ganz einfach werden würde, den gescheiterten Tiefseetaucher zu identifizieren.

Keine Hände, von denen man Fingerabdrücke hätte nehmen können. Die Füße, oder zumindest das, was von ihnen übriggeblieben war, mussten auch erst herausgestemmt werden. Die Betonschuhe waren bei der Bergung unglücklicherweise abgefallen. Das machte die Sache nicht wirklich appetitlicher.

Das Gesicht war niemandem zum Zweck der Identifizierung zuzumuten. Bei den Fischen hatte sich offenbar herumgesprochen, dass die weiche Haut in den Wangenpartien, die Augen und die Zunge das Schmackhafteste waren, was man von einem leblosen Schwimmer bekommen konnte. Da konnten einige wohl nicht widerstehen und hatten ihren Futterplan kurzzeitig umgestellt.

Wie sollte man so eine Wasserleiche identifizieren? Das war nicht einfach. Für Peter Petersen sahen abgenagte menschliche Schädel alle gleich aus. Mal etwas größer. Mal etwas kleiner. Aber ansonsten? Kaum zu unterscheiden.

4

Die Nummer im hannoverschen Hauptgüterbahnhof war jetzt eine Woche her. Sabrina war in Prag. Für einen Schuss. Es gab Sachen, die konnte sie nicht verstehen. Prag. Eine Hochburg des osteuropäischen Verbrechertums. Am Anfang ihrer Karriere hatte sie noch gedacht, dass die Vollstecker aus dem Westen günstige Killer aus dem Osten anheuerten. Günstig, verschwiegen und zielsicher. Aber die Zeiten hatten sich offenbar geändert. Ihr guter Name hatte sich bis in die tschechische Hauptstadt herumgesprochen. Das machte Sabrina schon ein wenig stolz.

Der Job war denkbar einfach. Es handelte sich um den Klassiker. Reicher, älterer Mann betrügt seine jüngere Frau mit einer noch jüngeren. Das hätte dem alten Bock sowieso schon fast den Rest gegeben. Er war Ende achtzig, sie Ende zwanzig. Ja, was dachte er denn, wer er sei? Ein Wunder der Natur? Unwiderstehlich und sexy?

Frauen sahen gut aus oder aber eben nicht. Bei Männern war das anders. Mit Kohle waren sie hübsch. Mit viel Kohle noch hübscher. Ohne Zaster aber konnte vermutlich auch der Clooney unbemerkt durch die Kölner Innenstadt laufen. Der Prager Opa war zwar keine Schönheit, hatte aber Heu bis zum Abwinken. Davon wollte die junge Dame etwas abhaben. Opas Angetraute, mit Achtunddreißig ja irgendwie auch noch am Leben, fand das heraus und gar nicht gut. Und da sie Zugang zu Opas Konten hatte, war der Deal schnell eingefädelt.

Außerdem verdammt gut bezahlt.

Der Kerl pfiff schon auf der letzten Rille, als Sabrina ihm den Gnadenschuss verpasste. Ein lückenloses Trefferbild war bei der Abrechnung ungemein wichtig. Mal angenommen, der ältere Herr kriegte beim Anblick einer Walther PPQ einen Herzinfarkt und kippte vorschnell um. Auftrag ausgeführt? Ja, aber ... Wie sollte man als Killer den Beweis führen, dass man dafür auch wirklich verantwortlich war? Schließlich konnte man nur dann auch eine Rechnung schreiben.

Nun, es war ja nochmal gutgegangen. Sabrina hatte den Prager Deckhengst unter dem Vorwand in einen Hinterhalt gelockt, dass eine noch Jüngere tierisch scharf auf ihn sei. Prag war ja überhaupt eine tolle Stadt. Eine Skyline zum Niederknien. Das Nachtleben – ein Traum. Aber Prag im Dunkeln war eben auch nicht ganz ungefährlich. Da wurde an jeder Ecke rumgeballert. Das war sehr praktisch. Da fiel ihr Schuss gar nicht auf.

Jetzt sollten sich die beiden Ladys erst einmal richtig aussprechen. Sabrina dachte gar nicht daran, sich dabei einzumischen.

Sabrina dachte an etwas ganz anderes.

Sabrina dachte an Martin.

5

Es dauerte exakt vier Tage, bis das Telefon bei Kommissar Lorenz klingelte. Hauptkommissar Rost war in der Leitung. »Wir haben da eine Vermutung«, legte dieser gleich los. »Es geht um zwei der aufgetauten Hände.«
»Dann lassen Sie mal hören.« Lorenz war gespannt.
Rost ließ sich nicht lange bitten. Waren es doch wirklich interessante Neuigkeiten, die er zu vermelden hatte.
»Nach unserem Tiefkühlfund haben wir natürlich sofort versucht, von den Händen die Fingerabdrücke zu nehmen. Und was soll ich sagen? Das klappte ganz gut. Der Täter hätte ja zur Sicherheit die Fingerkuppen abschneiden können. Waren aber noch alle dran.«
Was der Kommissar da sagte, gefiel Lorenz ausnehmend.
»Die Fingerabdrücke sind also brauchbar?«
»Absolut. Ich habe gerade eben die Scans bekommen. Tadellose Qualität.«
Lorenz war begeistert.
»Haben Sie Fälle, zu denen die Abdrücke passen?«
»So schnell geht das auch in Hamburg nicht. Ich habe die Aufnahmen erst seit einer halben Stunde. Aber wir sind dabei, das zu überprüfen. Außerdem haben wir allen gefundenen Händen eine DNA-Probe entnommen. Die Daten lassen noch ein wenig auf sich warten. Ich wollte Ihnen nur schon mal eine erste Zwischeninfo geben.«
»Danke. Super Service.«

Rost lachte ins Telefon.

»So sind wir hier im Norden. Ich habe da übrigens noch etwas für Sie. Unsere Taucherstaffel hat vor knapp zwei Wochen eine Wasserleiche aus der Elbe gefischt. Der fehlten beide Hände. Das haben wir natürlich sofort mit unserem gemeinsamen Fund in Zusammenhang gebracht. Wäre doch naheliegend, dass ein Paar der aufgetauten Hände zu dieser Wasserleiche passt.«

Lorenz nickte zustimmend. Da das hier aber keine Videokonferenz war, fasste er sein Nicken umgehend in Worte.

»In der Tat, das wäre naheliegend. Vermutlich läuft von der Wasserleiche auch ein DNA-Test?«

»Selbstverständlich haben wir das veranlasst. Das Ergebnis liegt sogar schon vor. Wir haben den Kerl allerdings nicht gespeichert. Warten wir also auf DNA-Ergebnisse der Hände. Dann wissen wir, ob es hier einen Zusammenhang gibt.«

»Das sind doch schon mal interessante Neuigkeiten, Kollege Rost. Könnten Sie uns die Scans der gesicherten Fingerabdrücke netterweise vorab schon einmal zukommen lassen? Vielleicht finden wir ja was?«

»Kein Problem. Wird umgehend erledigt.«

»Prima. Und bitte melden Sie sich sofort, wenn die DNA-Ergebnisse vorliegen. Wer weiß, wofür sie nützlich sind?«

»Alles klar. Wird gemacht. Und liebe Grüße an die Kollegen. An die Kollegin natürlich auch. Ich hoffe, es geht ihr wieder besser.«

»Die Grüße richte ich gern aus. Und danke der Nachfrage. Die Kollegin ist wieder auf dem Damm.«

»Dann bis bald.«

Mit diesen Worten beendete Hauptkommissar Rost das Telefonat. Keine zehn Minuten später hatte Lorenz eine Mail auf seinem Rechner: ›Mit sonnigen Grüßen aus der Hansestadt Hamburg, Hauke Rost.‹

Der Hamburger Kollege war ausgesprochen flink. Und an den Anhang hatte er auch gedacht. Lorenz öffnete ihn und scrollte sich durch sechs deutlich erkennbare Fingerabdrücke. Na, wenn das mal nicht was für Schmidtchen war.

6

Schmidtchen kam mit einer roten Akte unter dem Arm zu Kommissar Lorenz ins Büro. Er strahlte wie ein Honigkuchenpferd.

»Volltreffer.« Er beförderte die Akte schwungvoll auf den großen eichenen Schreibtisch. »Ich habe sämtliche Fingerabdrücke untersucht und unsere Datenbank damit gefüttert. Das Ergebnis ist erfreulich.« Schmidtchen ließ sich in einen Sessel fallen und schaute selig. »Da freut sich der Mensch, wenn der Tag gekommen ist, an dem sich das ganze Eingeben von Daten, DNA-Analysen, Fingerabdrücken oder sonstigen Informationen auch mal auszahlt.« Laborleiter Schmidt war sonst eher der ruhige Typ. Aber bei dieser Sachlage konnten schon mal die Pferde mit ihm durchgehen.

»Schmidtchen.« Der Kommissar wurde zusehends unruhig. »Was hältst du davon, deinen Vorgesetzten von den neuesten Informationen in Kenntnis zu setzen?«

»Mach' ich, Chef. Mach' ich doch gern.«

»Na, dann mal raus mit der Sprache.«

»Also, wie gesagt: Ich habe die Fingerabdrücke eingescannt und in unsere Datenbank eingegeben. Bei fünf Fingerabdrücken bekam ich ein ›negativ‹. Beim Sechsten hatte ich die Hoffnung schon fast aufgegeben. Aber: Das Paar Hände gehört ganz unstritig zu dem Killer, der vor knapp zwei Jahren den Dealer Alfred Werner ins Nirwana geballert hat.«

»Derselbe Killer, der auch Pastor Dirk Decker auf dem Gewissen hat?«

»Spricht viel dafür«, nickte Schmidtchen. »Vorausgesetzt, die Waffe wurde jeweils von derselben Person abgefeuert. Keine Ahnung, ob so eine Knarre im Milieu weitergereicht wird?!«

»Das glaube ich nicht«, antwortete Lorenz. »Das ist viel zu gefährlich. Nein. In der Branche wird gut bezahlt, da wird sich wohl jeder seine eigene Kanone leisten können. Die Wahrscheinlichkeit ist schon sehr groß, dass derjenige, der Alfred Werner die Lichter ausgepustet hat, auch für den Tod des Pastors verantwortlich zeichnet.«

»Das denke ich auch«, antwortete Schmidtchen. »Dann müssen wir jetzt nur noch die Person ausfindig machen, zu der die entsprechenden Fingerabdrücke passen.«

»Die Hamburger Kollegen sind dabei. Dieser Kommissar Rost scheint ja durchaus was auf dem Kasten zu haben.«

»Hauptkommissar. Der Hamburger Kollege heißt Hauptkommissar Rost«, wies Schmidtchen seinen Chef dezent auf den seit Jahren praktizierten Beförderungsstopp im niedersächsischen Polizeiapparat hin.

»Kommt Zeit, kommt Haupt.« Kommissar Lorenz rettete sich mit seinem Lieblingsspruch. »Die Beförderung läuft mir nicht weg. Irgendwann bin auch ich mal fällig. Aber das ist ein anderes Thema. Kollege Rost versucht zurzeit, eine Verbindung zwischen der DNA der aufgetauten Hände und potentiellen Blutsverwandten herzustellen.«

»Wie das?« Schmidtchen war stets interessiert daran, wie seine Kollegen ihrer Arbeit nachgingen.

»Er prüft die für den Zeitraum infrage kommenden Vermisstenfälle, sucht die Blutsverwandten auf und nimmt DNA-Proben. Dann vergleicht er diese mit den uns vorliegenden aus Einauges Tiefkühltruhe. Vielleicht haben wir dabei einen Treffer.«

›Versuch macht klug‹, dachte Schmidtchen. Genauso hätte er es auch gemacht.

7

Sabrina klingelte an Martins Tür Sturm. Sie war ohne Vorwarnung gekommen. Keine Vorab-SMS. Keine WhatsApp. Klassisch altdeutsch. Wie früher: Einfach an der Tür geklingelt und gewartet, ob einer aufmacht.

Martin warf sich seinen Bademantel über. Er vermutete Kommissar Lorenz hinter der Klingelattacke und wollte nicht in seinem albernen Frottee-Schlafanzug die Tür öffnen. Frottee-Schlafanzug mit kleinen bunten aufgestickten Handgranaten. Maßanfertigung. Aus Nordkorea.

Er hätte den Mantel gar nicht schließen müssen. Sabrina war noch nicht eingetreten, da hatte sie ihm das Teil schon wieder ausgezogen. Die beiden hatten es noch nicht bis zum Rolf-Benz-Arktisblau-Einzelstück geschafft, da meinte Martin zu hören, wie die ersten seiner aufgestickten Handgranaten explodierten. Jeder kennt das. Es gibt neutrale Begrüßungen. Auch herzliche oder abweisende. Aber eben auch innige. Spätestens als Martin die achte Handgranate vom Schlafanzug flog, war er sicher: Das hier war mal eine ganz innige Begrüßung. Und das gefiel ihm.

»Wie lange bleibst Du?« Eigentlich eine belanglose Frage. Für ›völlig durch den Wind‹ aber extrem lässig vorgetragen.

»Weiß nicht!? Wie lange soll ich? Sag' jetzt nicht für immer. Dann hau' ich gleich wieder ab.«

»Na ja, vielleicht bleibst Du ja mal bis zum Frühstück. Erstens ist es wirklich gemütlich bei mir, zweitens wollte ich mit dir mal was besprechen.«

»Bis zum Frühstück ist ok.« Sabrina setzte ihren «Alles-oder-Nix-Blick« auf. »Aber nur, wenn es mir bis dahin nicht zu langweilig wird.«

Martin grinste. Er hatte die neue Scheibe von Enrique Iglesias in seine Musikanlage geschoben. Zwei Flaschen Schampus lagen auf Eis. Sein Schlafanzug qualmte. An ihm sollte es nicht liegen.

8

Natürlich bekam die Hamburger Polizei nahezu täglich Vermisstenfälle auf den Tisch. Die meisten dieser Fälle lösten sich in den darauffolgenden Tagen von allein. Einige klärten sich nie. Einige dauerten aber einfach nur etwas länger. Der ›fünfte Mann‹ war der letzten Kategorie zuzurechnen.

Die Pathologen der Hamburger Gerichtsmedizin schätzten, dass der Unbekannte seine Betonschuhe seit etwa sechs Wochen trug. Die als vermisst Gemeldeten aus diesem Zeitraum plus minus zwei Wochen waren die Ersten, die sich Hauptkommissar Hauke Rost zur Überprüfung vornahm. Es handelte sich um sechzehn Personen. Sechzehn – das hörte sich viel an. Für eine Großstadt wie Hamburg war das aber völlig normal.

Das Labor hatte der Wasserleiche eine DNA-Probe entnommen. Das Ergebnis lag vor Hauke Rost auf dem Tisch. Nun hatte er zu überprüfen, ob die Vermissten so freundlich gewesen waren, Nachwuchs zu hinterlassen. Wenn ja, konnte man anhand der DNA verwandtschaftliche Verhältnisse ableiten. Einige der Vermissten hatten Kinder. Eine Haarprobe genügte schon, um die Vergleichs-DNA erstellen zu lassen.

Eine Frau hatte sich bei Hauptkommissar Rost gemeldet. Ihr Mann war verschwunden. Seit einem halben Jahr schon. Sie wäre zu einem DNA-Test bereit. Rost brauchte ganze zwei Tage, um der Frau klarzumachen, dass man mit ihrer DNA nichts anfangen konnte. Das Paar war kinderlos geblieben. Was sollte er mit der DNA der Frau?

Endlich bekam er aus dem Labor die lang ersehnten Ergebnisse der Vergleichsproben. Hauptkommissar Rost schlug den Aktendeckel auf und erblickte das oberste Blatt. Darauf hatte irgendein Spaßvogel aus dem Labor handschriftlich ›99,9 Prozent‹ gekritzelt. Das roch nach einem Treffer.

Drei Seiten später hatte der Hauptkommissar Gewissheit. Bei der Wasserleiche handelte es sich um einen Hamburger Bürger.

Mirko Drovac

Dass Mirko Drovac der Schützenkönig von Wandsbek war, sollte Rost im Laufe seiner Ermittlungen auch noch herausfinden.

9

Kommissar Lorenz schlürfte an einer Sorte Tee, die ihm bis dato noch nie in den Becher gekommen war. Afrikanischer Zitronenbaum mit einem Schuss Curry-Ingwer. Das war dann schon eher etwas für absolute Spezialisten. Theresa hatte es gut mit ihm gemeint und dieses mehr als fragwürdige Produkt in einem Afrika-Laden günstig erstanden. ›Im Dutzend billiger‹, schoss es Lorenz durch den Kopf. Er konnte sich nicht vorstellen, dass jemand, der einmal diese Sorte probiert hatte, ein zweites Mal in das Regal mit dieser exotischen Mischung greifen würde.

Er dachte darüber nach, die gelblich-braune Brühe in einem Blumenkübel zu entsorgen, da klingelte sein Telefon. Das war doch zumindest schon mal ein plausibler Grund dafür, den Becher wieder auf seinem Schreibtisch zu parken. Der Kommissar lächelte seiner Sekretärin einmal freundlich zu und griff zum Hörer.

»Lorenz«, meldete er sich kurz und bündig.

Wer seine Durchwahl hatte, wusste ja schließlich, wen er am anderen Ende der Leitung erwartete. Deshalb hatte der Kommissar bereits vor Jahren beschlossen, auf Floskeln wie: ›Lorenz, Mordkommission Hannover, was kann ich für Sie tun?‹, zu verzichten.

»Rost hier. Hauptkommissar Hauke Rost. Moin, Moin.«

»Moin, Moin? Ich denke, in Ostfriesland sagt man nur einmal Moin?«

»In Ostfriesland schon«, ging Hauptkommissar Rost auf die ironische Gesprächseröffnung seines hannoverschen Kollegen gern ein. »In Hamburg begrüßt man seinen Gesprächspartner aber auch schon mal mit einem doppelten Moin. Vor allem dann, wenn man gute Nachrichten hat.«

»Dann legen Sie mal los.« Lorenz war ganz angespannte Vorfreude.

»Mirko Drovac«, begann Hauke Rost. »Der Tote aus der Elbe heißt Mirko Drovac. Wir haben seine Familie ausfindig gemacht und DNA-Vergleichsproben bei seinen Kindern durchgeführt. Es gibt keinen Zweifel. Unsere Wasserleiche hat einen Namen.«

Lorenz spürte, wie der Fall begann an Fahrt aufzunehmen.

»Lassen Sie mich raten: Wir haben seine Hände aus der Tiefkühltruhe gefischt.«

»So ist es. An welche Arme die fünf anderen Paar Hände passen, weiß ich noch nicht. Aber das sechste Paar gehört zu Drovac. Ich hoffe, Sie können damit etwas anfangen.«

»Können Sie mir verraten, wo der Tote gewohnt hat? Ich muss seiner Familie dringend einen Besuch abstatten.«

»Klar kann ich Ihnen das sagen. In Wandsbek. Königsberger Allee 25. Den Toten kannte dort fast jeder. Er war Schützenkönig von Wandsbek im Jahr 2007.«

»Schützenkönig?« Der Kommissar sprang aus seinem Bürostuhl. »Kollege Rost, die Sache hört sich ausgesprochen vielversprechend an.«

»Was wollen Sie von der Familie Drovac?« Das Interesse des Hauptkommissars war geweckt.

»Vor rund zwei Jahren gab es bei uns im Steintorviertel einen Mordfall. War vermutlich ein Revierkampf. Wir konnten damals Fingerabdrücke sichern. Auch die abgefeuerte Kugel konnten wir bergen. Und vor sechs Wochen, also gut zwei Jahre nach diesem Vorfall, ist vor den Toren Hannovers Pastor Dirk Decker mit derselben Waffe umgelegt worden.«

»Ich weiß. Deshalb haben Sie uns neulich ja auch einen Besuch abgestattet.«

Lorenz stand aus seinem Sessel auf und telefonierte im Stehen weiter.

»Unser Laborleiter Schmidt ist gerade dabei, die damals festgestellten Spuren mit denen aus der Tiefkühltruhe zu vergleichen. Wenn die DNA Ihrer Wasserleiche identisch ist mit Händen aus der Tiefkühltruhe, und wenn die Fingerabdrücke dieser Hände identisch sind mit den von uns damals gesicherten – nun, dann spricht alles dafür, dass dieser Herr Drovac der von uns gesuchte Mörder ist. Der von Alfred Werner seinerzeit und auch der vom armen Pastor Decker.«

Lorenz schmiss sich wieder auf seinen alten Drehstuhl.

»Ich muss der Familie Drovac ganz dringend einen Besuch abstatten. Vielleicht hat unser Schützenbruder ja einen Waffenschrank im Keller und die Mordwaffe hängt dort einsam und verlassen herum. Das wäre wohl der endgültige Beweis dafür, dass Herr Drovac nicht nur auf Wandsbeker Schützenscheiben sein Können demonstriert hat.«

»Wenn Sie möchten, kann ich Sie begleiten«, antwortete Rost. »Mein oberster Dienstherr sieht es nicht gern, wenn Polizisten aus anderen Bundesländern bei uns ermitteln. Lassen Sie uns zu zweit los. Oder bringen Sie den Kollegen Schleicher mit. Das sollte an Unterstützung ausreichen.«

Lorenz war es Recht.

»Gut. Dann also morgen um 11.00 Uhr. Königsberger Allee 25. Passt Ihnen das? Ich möchte nicht, dass wir uns da vorher groß ankündigen. Vielleicht ahnte Frau Drovac etwas von den Machenschaften ihres Mannes. Nicht, dass die Dame die Waffe möglicherweise kurzfristig entsorgt.«

»Alles klar«, antwortete Rost. »Morgen um 11.00 Uhr. Ich bin da.«

10

Lorenz hatte die Nacht unruhig geschlafen. Das passierte ihm des Öfteren in letzter Zeit. Aber so beschissen geträumt hatte er schon gefühlte Ewigkeiten nicht mehr.

Bei einem Auslandseinsatz in Afrika war er in die Hände einer international operierenden Teeschieberbande geraten. Man hatte ihn in einen großen, hell erleuchteten Kellerraum gesperrt. Vor ihm standen hunderte von Kübeln. In jedem eine andere Tee-Sorte. Aus diesen sollte er nun neue Geschmacksrichtungen kreieren. Hatte er eine fertiggestellt, musste er nach dem Anführer der Bande rufen. Der roch dann an der Mischung. Fand er sie schlecht, kippte er Lorenz den ganzen Kram wieder direkt vor die Füße. Fand er sie gut, musste der Kommissar sie in einzelne Teebeutel abfüllen. Mit einem kleinen, verbeulten Löffel. Was für ein Schwachsinn.

Es lagen an die 100.000 Beutel vor ihm auf dem Tisch und warteten auf ihre Befüllung. Danach musste er die Pappschnipsel, an denen die Schnur zum Teebeutel befestigt war, handschriftlich mit dem Namen der Tee-Sorte beschriften. Aber mit welchem Namen? Er hatte doch gar keinen. Dann kam ihm eine Idee ›afrikanischer Zitronenbaum mit einem Schuss Curry-Ingwer‹. Er beschriftete gerade den 7.588sten Beutel, als sein Wecker klingelte.

Lorenz war in seinem ganzen Leben kein Frühaufsteher gewesen. Er hasste es, maschinell geweckt zu werden. Aber er hatte sich noch nie so sehr gefreut wie heute, dieses Geräusch

zu hören. Der Kommissar sprang direkt aus seiner Koje unter die Dusche. Danach zog er sich an und ging in die Küche. Und dann machte er sich etwas, was er seit Jahrzehnten nicht mehr gemacht hatte.
Einen Kaffee. Instant.

***

Um viertel nach Neun passierten Lorenz und Schleicher in einem schwarzen 5er BMW die Stadtgrenze Hannovers. Unter Einhaltung sämtlicher Geschwindigkeitsbegrenzungen erreichten sie Hamburg gegen 10.40 Uhr. Dank eingebautem Navigationssystem fanden sie problemlos bis vor die Haustür der Königsberger Allee 25. Kurz nach ihnen erschien Hauptkommissar Rost in einem nagelneuen blauen VW-Touareg.

»Na, ihr scheint's ja zu haben«, begrüßte Lorenz den Kollegen schon fast vertraulich kollegial. »Wir haben vor drei Jahren den letzten neuen Wagen gekriegt. Und der hat auch schon wieder knapp 120.000 auf dem Tacho.«

»Nicht auf den Wagen kommt es an«, erwiderte Rost die Begrüßung seines Kollegen herzlich. »Der Mann am Lenkrad ist das Entscheidende.«

»Und was ist mit den Frauen?« Eine blecherne Stimme aus dem Wagen verriet den Anwesenden, dass Hauke Rost vergessen hatte, sein Funkgerät auszuschalten. Unglücklicherweise hatte seine Frau heute Vormittag Dienst.

»Jetzt musst du mich nur noch Quotenfrau nennen, dann kannst du die Nacht draußen pennen.«

Hauptkommissar Rost spurtete zu seinem Wagen und stellte den Funk auf lautlos.

»Ich will mich da in nichts einmischen«, meldete sich Schleicher zu Wort. »Aber in Hannover haben wir Nachtfrost. Das wird in Hamburg nicht deutlich anders sein.«

Hauke Rost fing an zu lachen.»Lasst gut sein. Bis heute abend hat sich mein Schätzchen wieder beruhigt.« Er zeigte auf das Haus mit der Nummer 25.»Dann wollen wir doch gleich mal unser Glück versuchen. Vielleicht ist Frau Drovac ja zu Hause?«

»So machen wir das«, antwortete Lorenz voller Tatendrang.

Gemeinsam erklommen sie die Betonstufen bis zur Haustür. An dem Klingelschild leuchtete in hellgelber Farbe der Name ›Drovac‹. Hauptkommissar Rost drückte beherzt auf den Klingelknopf. Die drei schauten sich überrascht an. Wenn sie nicht alles täuschte, war es der Original-Jonny-Weissmüller-Tarzan-Schrei, den sich die Familie Drovac als Klingelton hatte programmieren lassen.

Es dauerte nicht lange und die Tür wurde geöffnet. Eine gut aussehende junge Frau, Ende zwanzig, Anfang dreißig stand ihnen gegenüber und gab sich, in perfektem Hochdeutsch, als Frau Drovac zu erkennen.

»Was kann ich für Sie tun?«

Hauptkommissar Rost zog seinen Dienstausweis, stellte sich und die beiden hannoverschen Kollegen vor und übermittelte Frau Drovac sein Beileid. Die Nachricht vom Tode ihres Mannes hatten Frau Drovac zwei extra geschulte Kolleginnen bereits vor zwei Tagen überbracht. Und da war Hauke Rost nicht böse drum.

Er überzeugte Frau Drovac davon, ihm und seinen Begleitern den Waffenschrank ihres verstorbenen Mannes zu zeigen. Frau Drovac war zwar nicht ganz klar warum, hatte aber nichts dagegen. Also gingen sie zu viert in den Keller des ansprechend ausgestatteten Hauses.

Lorenz fragte sich zwischen der siebten und neunten Kellertreppenstufe, womit der verstorbene Herr Drovac wohl sein Geld verdient haben mochte, dass er sich das alles hier hatte leisten können. Am Waffenschrank angekommen sah man gleich, dass er mittels Zahlenschloss vorschriftsmäßig gesichert und verschlossen war.

»Ich habe die Kombination im Kopf«, sagte Frau Drovac ungefragt. »Mein Mann hat sie zu Lebzeiten nicht aufgeschrieben. Wohl aus Angst, eines der Kinder könnte diesen Zettel einmal finden und Blödsinn anstellen. Ich habe sie mir aber gut merken können. Das war nicht schwer. Es ist mein Geburtsdatum.«

Sie öffnete den Schrank. Hinter der Tür verbargen sich mehrere Waffen. Lorenz zählte drei Pistolen und vier Gewehre. Wenn er das Kaliber der gefundenen Kugeln richtig einschätzte, konnten zwei oder drei als Tatwaffe durchaus in Frage kommen. Lorenz schaute Hauke Rost fragend an.

»Ich würde die Gewehre am liebsten alle mitnehmen. Sollte die von uns gesuchte Waffe dabei sein, wird mein Laborleiter das mit Sicherheit herausfinden.«

Gerade als der Hamburger Kollege zu einer Antwort ansetzen wollte, bimmelte Lorenz' Handy. Er wusste sofort, wer am anderen Ende der Leitung war. Schmidtchen.

Wenn sein langjähriger Laborleiter aufgeregt war, neigte er zu Schnappatmung. Und so, wie der Anrufer hechelte, das konnte nur Schmidtchen sein. Lorenz trat ein paar Schritte zur Seite und ließ den Kollegen Rost mit Frau Drovac alleine.

»Schmidtchen, was gibt's?«

»Chef, die Fingerabdrücke ...«

»Welche?«, unterbrach ihn Lorenz. »Wir haben mehrere.«

Er hörte, wie sein Laborleiter einmal tief Luft holte, um sich zu sammeln.

»Die Fingerabdrücke, die wir damals bei dem Mord an Alfred Werner gesichert haben entsprechen einem der Händepaare aus Einauges Tiefkühltruhe. Es sind die Hände der Wasserleiche. Einhundertprozentig.« Nun begann Schmidtchens Stimme sich zu überschlagen. »Chef, wir haben ihn. Dieser Drovac war es. Der hat damals den Alfred Werner erschossen. Der hat neulich den Pastor erschossen. Der ist es.«

Lorenz drehte sich zu Schleicher und Rost um. Die beiden ahnten bereits, um was für einen Anruf es sich handelte. Hauke Rost übernahm jetzt das Reden.

»Frau Drovac, ich muss die Waffen vorerst einziehen.«

»Sie können alles mitnehmen. Und auch behalten. Ich brauche keine Waffen in meinem Haus.«

Sie unterstrich ihre Worte mit einer Geste, die Lorenz an den afrikanischen Bandenboss aus seinem Traum erinnerte. Genau so hatte er ihm die durchgefallenen Teeproben vor die Füße gedonnert.

»Aber eins möchte ich schon wissen«, pochte Frau Drovac auf eine Erklärung. »Was haben diese Waffen mit dem Tod meines Mannes zu tun?«

»Genau das wollen wir herausfinden.«

Hauke Rost versuchte redlich, die Hausherrin zu beruhigen. Wenn man dem Gesichtsausdruck von Frau Drovac jedoch Glauben schenken wollte, gelang ihm das nicht ansatzweise.

11

Viele Menschen kennen das. Es gibt gewisse Situationen im Leben, die prägen sich einem derart ein, dass man sie auf immer abgespeichert hat. Manchmal nur im hintersten Bereich der menschlichen Festplatte, aber trotzdem irgendwie immer präsent und abrufbar.

Bei dem einen ist es die Erinnerung an ein Mädchen in lauer Sommernacht. Beim anderen der gelungene Fallrückzieher im Kreispokal-Endspiel. Bei Martin war es der Blick aus dem großen Panoramafenster seines Lofts.

Da war zum einen die Turmuhr der Marktkirche. Das war an sich schon einprägend genug. Aber noch mehr hatte es ihm das kleine Reisebüro angetan. Die Palmen im Schaufenster. Der weiße Strand. Dieses Bild wollte ihm nicht mehr aus dem Kopf gehen.

War schon gut möglich, dass er aus dieser Sache hier noch einmal mit heiler Haut davonkam. Genaugenommen hatte der Kommissar nicht viel gegen ihn in der Hand. Aber wenn sie sich erst einmal festfraßen, die Damen und Herren der hannoverschen Kriminalpolizei, dann konnte es für ihn sehr schnell ungemütlich werden.

Noch nie hatte ihm jemand eine Kronzeugenregelung angeboten. Geschweige denn ein Zeugenschutzprogramm. Man würde ihn vorladen. Den braven Bürger Martin Decker. Den Bruder des erschossenen Pastors. Allein die Vorstellung war die Höchststrafe für ihn.

Martin musste weg. Warum auch nicht? Er hatte im Laufe seiner Karriere dermaßen viel Kohle angehäuft, dass er bereits ein zweites Konto eröffnen musste. Das erste war voll. Was wollte er mit dem ganzen Geld?

Und nun war auch noch eine absolute Traumfrau in sein Leben getreten. War das vielleicht das Zeichen, in Hannover komplett abzuräumen und die Zelte für immer abzubrechen?

Das große Panoramafenster zog Martin magisch an. Den Blick auf die Turmuhr verkniff er sich. Er schielte gleich rüber zu dem kleinen Reisebüro. Und dann sah er sie wieder: Seine Palme – strahlend schön.

Es schien ihm, als wäre sie ein wenig gewachsen. Und wenn er sich nicht vollends irrte, hatte sie damit begonnen, sich ganz leicht in seine Richtung zu neigen.

12

Schmidtchen war sauer, dass er nicht mit nach Hamburg durfte. Stinksauer. Mit Tränen in den Augen hatte er am Fenster gestanden und traurig beobachtet, wie der schwarze 5er vom Hof glitt. Hamburg – die Stadt seiner heimlichen Träume. Als kleiner Junge schon hatte er vom Hafen geschwärmt. Er hatte davon geträumt, eines Tages als Küchenjunge anzuheuern, um auf großer Fahrt die weite Welt kennenzulernen. Im späteren Leben war er nicht deutlich über die Lüneburger Heide hinausgekommen. Jetzt war endlich mal was los im Präsidium. Sie hatten beruflichen Kontakt zu Labskaus und Reeperbahn, aber er durfte nicht mit.

Einzig allein Theresa Schneider und ihrem starken Beruhigungstee war es zu verdanken, dass Schmidtchen nicht wutschnaubend seinen Dienst quittiert hatte. Sie sollten ihn alle noch kennenlernen. Wenn sein Chef wieder zurückkam, dann wollte er ihm sagen, was er davon hielt. ›So nicht Chef. So nicht‹, hatte er sich zurechtgelegt. ›Nicht mit Laborleiter Schmidt. Nicht nach all den Jahren treuester Ergebenheit.‹

Aber dann war er in sein Labor geschlichen und hatte den entscheidenden Treffer gelandet. Er hätte auch früher drauf kommen können. Aber es galt halt, viele Spuren zu überprüfen. Da konnte es schon mal etwas dauern, bis man die richtige im Visier hatte. Das Telefonat mit seinem Chef war eins der schönsten, die er je geführt hatte.

Nun stand er am Fenster und sah, dass der schwarze 5er mit dem Kommissar und Klaus Schleicher, dem alte Schleimer, wieder eintrudelte. Schleicher stieg aus und beugte sich über den Kofferraum. Dann holte er mehrere, in durchsichtiger Plastikfolie eingepackte Gewehre heraus. Klaus Schleicher drehte sich um und sah hoch zum Fenster. Schmidtchen direkt ins Gesicht. Schleicher machte das Victory-Zeichen.

Schmidtchen musste sich schwer zurückhalten, seinem Kollegen nicht den Mittelfinger zu zeigen. Er konnte sich gerade noch bremsen. Stattdessen wartete er mit stoischer Ruhe darauf, dass Kommissar Lorenz und Schleicher, der alte Speichellecker, das Büro wieder betreten würden. Keine zwei Minuten später öffnete sich die Bürotür und die beiden traten ein. Klaus Schleicher trug den Plastiksack. Schmidtchens Augen hatten ihn nicht getäuscht. Der Sack war voller Waffen.

»Hier, Schmidtchen«, begrüßte der Kommissar seinen Laborleiter herzlich. »Wir haben dir etwas mitgebracht. Eines der Gewehre könnte die Tatwaffe sein. Würdest du bitte so nett sein und die notwendigen ballistischen Untersuchungen durchführen?«

Theresa schaute ihren Chef glücklich an. Das war der Ton, den sie sich seit Jahren wünschte. Schmidtchen ging langsam auf seinen Chef zu und sah ihm tief in die Augen. Er holte tief Luft. Es war Zeit, seiner angestauten Wut freien Lauf zu lassen. Darum nahm er seinen ganzen Mut zusammen und antwortete: »Natürlich Chef. Das mach' ich doch gern. Vielleicht haben wir ja morgen Abend schon ein Ergebnis.«

Laborleiter Schmidt schnappte sich die Wundertüte und verschwand in sein Labor.

»Schmidtchen.«

»Ja, Chef.«

»Danke für dein Telefonat. Du hast einen Super-Job gemacht. Großartig. Glückwunsch.«

Ein Lächeln huschte über Schmidtchens Gesicht. Es war eine seiner großen Stärken, nicht nachtragender zu sein als unbedingt nötig.

***

Das alte Gebäude, in dem die Mordkommission Hannover residierte, war unter baulichen Gesichtspunkten nicht mehr auf dem neuesten Stand. Im Winter zog es wie Hechtsuppe und im Sommer schwitzte man sich fast zu Tode.
»Warum eigentlich?«, hatte Theresa ihren Chef schon des Öfteren gefragt. »Das sind doch alles alte dicke Mauern hier. Die müssten doch eigentlich schön kühl halten.«
»Aber nicht, wenn die vor Jahren eingesetzten Fenster nichts taugen«, hatte ihr der Kommissar geantwortet. Lorenz hatte in seiner Sturm- und Drangzeit mal zwei Semester Architektur studiert. »Der Wind sucht sich den Weg des geringsten Widerstands«, hatte er Theresa zu erklären versucht. Und bei genauerer Betrachtung der angegammelten Fensterfassade war der Widerstand hier mehr als gering.

Aber auch im Inneren des Gebäudes stand kaum noch ein Stein auf dem anderen. Vor Jahrzehnten schon wurden massive Wände abgebrochen und durch leichte Gipskarton-Trennwände ersetzt. Damit war man möglicherweise den Bedürfnissen in Sachen moderner Bürogestaltung gerecht geworden. Die Schallschutzbestimmungen wurden dabei aber offensichtlich völlig außer Acht gelassen. Vermutlich deshalb zuckte das komplette Dezernat jedes Mal erschrocken zusammen, wenn Laborleiter Schmidt in seinem Kellerlabor herumballerte.

Schmidtchen schoss aus den aus Hamburg angelieferten Waffen, was das Zeug hielt. Und zwar auf einen dem menschlichen Haupt nachempfundenen Holzkopf. In diesem befand sich reichlich Montageschaum. Der sollte das Gehirn darstellen.

Schmidtchen liebte die Geräusche, die er produzierte. Für ihn war das kein Krach. Es war Musik in seinen Ohren. Der Laborleiter feuerte den ganzen Tag und hätte es im Präsidium nicht jeder besser gewusst, man hätte glauben können, im Keller sei der dritte Weltkrieg ausgebrochen.

Als gegen späten Nachmittag der Spuk vorüber war, sah man Schmidtchen völlig geschafft, aber überglücklich die Kellerstufen hochstapfen. Dabei trug er eine Schatulle Kugeln vor sich her. Diese Prozedur erinnerte nicht nur Mayrhofer an einen Pastor, der die geweihten Hostien zu seinen Schäfchen trug.

»Des scheint mir fei a weng übertriebm, Kollege Schmidt. Du kannst de aa normal trogn.«

»Davon verstehst du nichts, Kollege Mayrhofer. Die Kugeln dürfen keine weiteren Schrammen bekommen. Da kann man nicht vorsichtig genug sein.« Es hätte nicht viel gefehlt und Schmidtchen hätte jeder einzelnen einen Namen verpasst.

Jetzt konnte die eigentliche Arbeit beginnen. Das Einscannen der Schleifspuren und Schlieren der einzelnen Geschosse. Schmidtchen war aufgeregt. Hatte er die Waffe gefunden, mit der einst Alfred Werner und vor gar nicht langer Zeit der Pastor Dirk Decker erschossen wurde? Noch war es zu früh. Aber bald würde er die ersten Ergebnisse haben. Gott sei Dank war er damals nicht Richtung Hamburg abgehauen.

Was hätte er hier alles verpasst.

13

In Betrieben, in denen die Hierarchien nicht ganz geklärt sind, geht es für gewöhnlich innerhalb kürzester Zeit drunter und drüber. Das ist bei großen Aktiengesellschaften nicht anders als in mittelständischen Betrieben. Es braucht einen Chef. Oder eine Chefin. Ganz egal. Aber es braucht jemanden, der die Fäden in den Händen hält. Ganz besonders wichtig ist das in Firmen, die inhabergeführt sind. Also in sogenannten Familienbetrieben.

Ist Chef oder Chefin da, weiß jeder, was er zu tun hat. Ist Chef oder Chefin nicht da, entsteht oftmals ein Vakuum. Das ist für gewöhnlich nicht gut. Jeder lässt es ein wenig schleifen. Die Geschäfte laufen nur noch schleppend.

Genau so ein Vakuum entstand nun in den Strukturen, die Einauge im Laufe seiner Ganovenjahre umtriebig gestrickt hatte. Einauge führte einen Familienbetrieb. Man musste nur davon absehen, dass er seinen Laden nicht beim Finanzamt angemeldet hatte. Das hatte den unschlagbaren Vorteil, keine Angst vor dem Betriebsprüfer haben zu müssen. Ansonsten konnte man Einauges Geschäft durchaus als Familienbetrieb bezeichnen. Und er selbst war das Familienoberhaupt.

Das erwies sich besonders dann als praktisch, wenn es um die Aufteilung des Betriebsergebnisses ging. Was von seinen Geschäften an Reingewinn übrig blieb, war alles seins. Vor Steuern. Nach Steuern auch. Weil, wer keine Steuern zahlte, der hatte auch keine Abzüge.

Prostitution war nie sein Ding gewesen. Zum einen gab es auf dem Kiez genug Typen, die dieses Geschäft besser beherrschten als er. Zum anderen hatte er sich schon in jungen Jahren der Dealerei verschrieben und auf diesem Betätigungsfeld beeindruckende Erfolge vorzuweisen.

Auf dieser Basis hatte sich Einauge einen Laden aufgebaut, der, wenn man ihn auf ein Blatt Papier hätte zeichnen sollen, eindeutig an eine Pyramide erinnerte. Ganz oben an der Spitze war er: Einauge. Eine Etage darunter: King Kong. Neben ihm: ›Der Spezialist unter den Spezialisten‹. Dieser Platz war seit geraumer Zeit unbesetzt. Schon das alleine war für die Statik der Pyramide ausgesprochen unglücklich. Noch hielt sie aber. Dann fächerte sich das Gebilde nach unten hin immer weiter auf. Einauge hatte einen Haufen Kleindealer, Transporteure, Verteiler, Geldeintreiber und Schlägertrupps, die auf seine Rechnung arbeiteten.

Das gleiche System hatte Einauge auch in Hannover installieren wollen. Er wollte erfolgreich und krisensicher ins nächste Jahrzehnt. Doch nicht nur die feindliche Übernahme Hannovers war kläglich gescheitert. Einauge begann nun auch in seinem Hamburger Stammsitz die Kontrolle zu verlieren. Seine Pyramide begann zu wackeln. Befehle blieben aus. Zahlungen auch.

Was sollte man davon halten? Die Pyramidenspitze saß gemeinsam mit einer Fachkraft der zweiten Führungsebene in U-Haft. ›Der Spezialist unter den Spezialisten‹ war angeblich einem ganz unerfreulichen Badeunfall zum Opfer gefallen. Dieses ganze Durcheinander ermutigte einen jungen Mann aus der dritten Pyramidenebene, ein wenig forscher aufzutreten. Es handelte sich um einen Burschen, der sich den vielsagenden Decknamen ›Adonis‹ zugelegt hatte.

Adonis wagte den Pyramidenputsch. Er hatte versucht, sich während Einauges Abwesenheit an die Spitze der Organisation zu setzen. Ausgestattet mit Bargeld und den in der Szene unerlässlichen Kontakten leitete er nun schon über eine Woche das Unternehmen. Es gab nicht wenige, die in Adonis den kommenden Star am Hamburger Dealer-Himmel sahen.

Umso überraschter reagierte die Szene, als man eines morgens, nicht unweit der sündigen Meile, eben genau diesen Adonis mit einem Messer im Bauch fand. Tot. Toter ging es gar nicht.

Adonis kam seinerzeit aus dem Hamburger Umland. Der zweite Sohn eines Landwirts. Der erste erbt den Hof, der zweite geht leer aus. Sohn eines Landwirts – also praktisch Bauernopfer. So etwas passierte. War unschön, gehörte aber zum Geschäft.

Das Messer war schon fast ein Dolch. So lang, dass es vorne und hinten gut zwanzig Zentimeter aus dem einstigen ›Adonis-Körper‹ herausragte. Einige seiner Jungs hielten Einauge offenbar die Treue. Seine wackelnde Pyramide würde wohl noch eine Zeit lang halten. Aber die Hyänen hatten Fährte aufgenommen.

Einauge merkte sehr wohl, dass sich die Schlinge um seinen Hals langsam zuzog.

14

Er würde noch zum richtigen Koch werden. Früher war Martin Typ Dosensuppe. Auch Ravioli und Ragout fin konnte er fehlerfrei erhitzen. Alleine zu essen machte keinen Spaß. Für eine Person zu kochen spornt nicht an. Keiner war da, der einen loben konnte.

›Oh, deine Vinaigrette, ein Gedicht‹ – sollte er sich solche Sätze etwa selber zuwerfen? Also waren seine Kochkünste eingeschlafen. Gelegentlich ging er in ein gutes Restaurant. Meistens Italiener. Das musste reichen.

Seit seinem ersten gemeinsamen Abendessen mit Sabrina hatten sich Martins Ess- und Kochgewohnheiten jedoch wieder grundlegend geändert. Er war sehr wohl in der Lage, seiner Wunderküche die entsprechenden Köstlichkeiten abzuringen. Er hatte nur jahrelang keine Lust dazu gehabt. Jetzt hatte er wieder. Und Sabrina war ein dankbarer Gast. Martin hatte keine Ahnung, wie sie bei so gutem Hunger eine solche Top-Figur halten konnte.

Leichtes Bäuchlein? Cellulite? Martin hatte bereits mehrfach sämtliche Stellen ihres Körpers ausgiebig in Augenschein genommen. Makel hatte er keine gefunden.

Heute war ihm nach Fisch. Zum einen, weil lecker. Zum anderen, weil der optimale kulinarische Übergang zu dem, was er mit Sabrina zu besprechen hatte. Fisch muss schwimmen. Und genau das hatte Martin auch vor.

Schwimmen.

Urlaub machen.
Aussteigen.
Aber wohin? Und wann war der richtige Augenblick? Martin war heute früh in der Markthalle gewesen. Beim Fischhändler seines Vertrauens hatte er sich für die frische Dorade entschieden. Warum Dorade? Weil Salzwasserfisch. Wie bereits erwähnt. Fisch muss schwimmen. Das wollte Martin auch. Aber nicht in Süßwasser. Er musste dringend mit Sabrina sprechen.

***

Es waren zu viele Morde in zu kurzer Zeit gewesen. Die Bezahlung war jedes Mal sehr gut. Keine Ahnung, was Sabrina mit der ganzen Kohle anstellte. Ein neues Auto? Brauchte sie nicht. Klamotten? Besaß sie bis zum Abwinken. Eine neue Waffe? Nie im Leben. Von der Alten war das Gute noch nicht ab.

Nein, wenn überhaupt, dann mal ein paar Tage ausspannen. Sie wollte für einige Zeit von der Bildfläche verschwinden. Sie machte ihre Arbeit wirklich gut. Aber sie durfte nicht damit beginnen, sich für die Tollste zu halten. Übermut tat selten gut. Das hatte ihr die Oma schon gesagt.

Sie wollte sich mit Martin unterhalten. Sabrina brauchte eine Auszeit. Vielleicht kam er ja mit? Martin hatte für den heutigen Abend zum Essen eingeladen. Sie würde die Gelegenheit nutzen mit ihm darüber zu sprechen.

15

Bis morgens um halb acht saß der Laborleiter der Mordkommission Hannover vor seinem Mikroskop und untersuchte, was das Zeug hielt. Er fütterte seinen Computer, verglich die Ergebnisse, machte sich Notizen und ging hochkonzentriert seiner Arbeit nach. Dann betrat er das Büro seines Chefs. Glücklich und zufrieden.

»Kollege Schmidt«, empfing ihn Lorenz jovial. »Du siehst aus wie einer, der die halbe Nacht durchgemacht hat.«

Dabei lächelte er seinem Laborleiter zu und nahm einen ordentlichen Schluck aus seiner Teetasse. Dem Geruch nach zu schließen irgendwas mit Brokkoli.

Aber das schien Schmidtchen überhaupt nicht zu interessieren.

»Wir haben die Waffe«, platzte es aus ihm raus. Er ließ sich auf einen Stuhl fallen und blickte verträumt in den Raum. »Die Schlieren, die Verformungen, alles passt perfekt. Eins der Gewehre ist zweifelsohne die Waffe, mit der vor zwei Jahren auf Alfred Werner und vor geraumer Zeit auf den Pastor Dirk Decker geschossen wurde. Ich habe die Waffe überprüfen lassen. Sie ist auf Mirko Drovac zugelassen. Übrigens habe ich nicht die halbe Nacht durchgemacht. Es war die Ganze.«

Kommissar Lorenz lauschte aufmerksam Schmidtchens Ausführungen.

»Gute Arbeit, Kollege. Sehr gute Arbeit. Das war es dann wohl endgültig. Wir haben unseren Mörder gefunden.«

»Doppelmörder«, erwiderte Schmidtchen. »Schade nur, dass wir ihn nicht mehr festnehmen und seiner gerechten Strafe zuführen können.«

Lorenz nickte zustimmend.

»Aber immerhin ist der Fall gelöst. Und die Arbeit wird uns so schnell nicht ausgehen. Denk nur an die restliche Tiefkühlkost. Außerdem haben wir da noch Einauge und King Kong, die wir verarzten müssen. Es wird höchste Zeit, den beiden auf den Zahn zu fühlen. Sag' mal Schmidtchen, haben die eigentlich auch einen normalen Namen? ›Einauge‹ und ›King Kong‹ – das sind ja wohl eher Künstlernamen.«

»Du meinst wie Ronaldo oder Lady Gaga?«

»So oder so ähnlich. Es wäre schön, wenn du das mal in Erfahrung bringen könntest. Und dann schick' mir den ersten zum Verhör.«

»Einauge?«

»Mit dem fangen wir an. Ich bin gespannt, was der uns zu erzählen hat.«

16

Die Dorade war der absolute Knaller. In heißer Butter geschwenkt. Das Fleisch fiel fast von den Gräten. Dazu gedünstetes Gemüse und zwei Rosmarin-Kartöffelchen. Das musste reichen. Nicht zu viele Kohlenhydrate. Martin wollte unbedingt in seine Lieblings-Badehose passen. Dazu vernaschten sie eine Flasche besten Weißwein.

Zuerst druckste er ein wenig herum. Dann druckste Sabrina ein wenig herum. Nach dem Essen drucksten sie beide in Martins Schlafzimmer ein wenig herum.

Aber dann war es Martin, der die Sprache auf die Südsee brachte. Er hatte kaum mit dem Thema begonnen, da fiel ihm Sabrina schon um den Hals. Sie waren sich schnell einig geworden. Zwischen ihnen passte einfach alles. Es war den beiden schon fast unheimlich. Martin wollte noch einige Geschäfte abwickeln. Sabrina sollte sich um alles kümmern. Das Reiseziel bestimmen. Die Flüge buchen. Hinflüge. Rückflüge bräuchten sie womöglich gar nicht. Sabrina sollte die Koffer packen.

Bei dem ganzen Träumen, Planen und Packen hätte Sabrina beinahe vergessen, worum es ihr eigentlich mal ging. Bei Martin gab es ordentlich abzuräumen. Auch deshalb hatte sie ihn damals am Leben gelassen. Keine Frage. Sabrina hatte sich schwer in Martin verguckt. Außerdem hatte sie sein vollstes Vertrauen.

Aber gegen ihre gelegentlichen Gedankengänge kam sie nicht an. Das war vermutlich genetisch bedingt.

17

Der rechteckige Raum, in dem Kommissar Lorenz sich Einauge zur Brust nehmen wollte, war karg eingerichtet. Genauso, wie man ihn aus Fernsehkrimis kannte. Auf knapp zwölf Quadratmetern stand ein Tisch mit Lampe und Diktiergerät. Davor und dahinter ein Stuhl. Das war's.

Lorenz saß bereits auf seinem, als Einauge von einem Wärter in den Raum geführt wurde. Mit Handschellen. Sah gefährlich aus. Einauge feuerte eine wahre Schimpftirade in Richtung des Kommissars. Lorenz war es egal. Der Wärter postierte sich in einer Ecke des Raumes und behielt seinen Schützling im Blick. Lorenz drückte den Aufnahmeknopf des Diktiergerätes und begrüßte Einauge mit einer seiner berüchtigten Verbalattacken.

»Josef Pfeiffer – ein ziemlich unspektakulär klingender Name für jemanden, der auf dem Kiez 'ne große Nummer sein wollte. Josef Pfeiffer. Das hört sich an wie der Mann von der Hamburg Mannheimer, aber nicht nach Ganovenkarriere. Einauge klingt da schon besser. Verwegener.«

Einauge hatte dem Kommissar aufmerksam zugehört.

»Respekt. Du bist ein echter Superbulle. Hast meinen wahren Namen aus den Akten gelesen. Für einen Superbullen wie dich ein beachtlicher Fahndungserfolg.«

Einauge hegte eine gewisse Antipathie Lorenz gegenüber und versuchte erst gar nicht, diese zu verheimlichen. Er hatte keine Verträge mit den Bediensteten des Staatsapparates und machte keinen Hehl daraus, was er von diesem Verhör hielt.

»Ihr werdet für den sympathischen Einauge euer beschissenes Tor wieder öffnen müssen. Ihr könnt mir nichts nachweisen. Gar nichts.«

Kommissar Lorenz grinste Einauge an.

»Hören Sie zu, Herr Pfeiffer. Genau das werden wir aber. Wir werden Ihnen nachweisen, dass Sie vor knapp zwei Jahren dem ehemaligen Schützenkönig von Wandsbek, Mirko Drovac, den Auftrag zur Ermordung von Alfred Werner gegeben haben. Und Anfang Februar hat er für Sie auch Pastor Dirk Decker ermordet. Zugegebenermaßen war das mit dem Pastor ein peinliches Missgeschick. Aber Mord ist Mord. Und ich fürchte, das wird der Herr Staatsanwalt genauso sehen.«

»Ich höre immer Mord. Was für ein Mord. Ich kenne keinen Alfons Werner.«

»Alfred«, verbesserte Lorenz. »Alfred Werner.«

»Mir scheißegal, den kenn' ich auch nicht. Ich habe keinen blassen Schimmer, von welchem Pastor Sie da faseln. Und einen, wie hieß der Kerl, Mikko Dorbatsch? Keine Ahnung, wer das sein soll.«

Lorenz blieb gelassen. »Lassen Sie mich raten: Wie die abgehackten Hände in Ihre Tiefkühltruhe gekommen sind, davon haben Sie auch keine Ahnung?«

»Um Gottes willen. Herr Kommissar, welche Hände? Das hört sich ja furchtbar an. Ich hatte in meiner Truhe einige Fertiggerichte gebunkert. Für den Fall, dass mal der kleine Hunger um die Ecke kommt. Nicht, dass da einer in meinen Büroräumen während meiner Abwesenheit etwas Illegales gemacht hat.«

Einauge feixte sich was. Ihm würde so schnell keiner was nachweisen. Da war er sich sicher.

»Und das viele Geld? In Tüten verpackt und auf Eis gelegt. Auch nicht Ihres?«

Einauge dachte kurz nach.

»Doch, doch. Prima Versteck, das müssen Sie zugeben. Wissen Sie, Herr Kommissar, ich arbeite ehrenamtlich für eine karitative Vereinigung und sammle Geld für den guten Zweck. Dieses Geld habe ich in meiner Truhe gebunkert. Ihnen muss ich doch nicht erklären, was heute so alles passiert. Nichts geht über ein gutes und sicheres Versteck. Ich helfe den Armen und Schwachen, das ist mein einziger Lebenszweck.«

Einauge gefiel sich in seiner Samariterrolle. Er war kurz davor, seinen Mist selber zu glauben.

»Wie lange wollen Sie mich hierbehalten und mit Ihren falschen Anschuldigungen belästigen? Ich bin ein freier Bürger, habe niemandem etwas getan. Außerdem will ich sofort meinen Anwalt sprechen.«

»Sprechen Sie, mit wem Sie wollen, Herr Pfeiffer. Daran kann ich Sie nicht hindern. Aber etwas noch ...«

Der Kommissar beugte sich über den Tisch und kam ganz nah an Einauges Gesicht. Mit einer kurzen Handbewegung drückte er, für Einauge gut sichtbar, auf die Stopptaste des Diktiergerätes.

»Ich bring' dich hinter Gitter, du Pfeife. Für deine Taten wirst du büßen. Ein Leben lang. Und jetzt kannst Du deinen verlogenen Winkeladvokaten anrufen.«

Lorenz ließ sich zurück auf seinen Stuhl fallen. Dabei drückte er wieder auf die Aufnahmetaste. Einauge starrte den Kommissar an. Er war von dieser Ansage des Kommissars derart überrascht, dass er die Aktion mit dem Wiederanschalten des Diktiergerätes gar nicht mitbekommen hatte.

»Bringst du mich in den Knast«, sprach er laut und deutlich, »dann sorge ich dafür, dass du dir die Radieschen bald von unten ansehen kannst.«

»Oh, oh«, sprach der Kommissar gelassen und zeigte auf das laufende Aufnahmegerät. »Das verbessert Ihre Position nicht wirklich, mein lieber Herr Pfeiffer.«

Der nächste, der den Verhörraum betrat, war King Kong alias Uwe Ostermeier. Das Verhör begann mit einem durchaus amüsanten Dialog.

»Name?«

»Kong.«

»Vorname?«

»King.«

So viel Witz hatte Lorenz seinem Gegenüber gar nicht zugetraut.

»Also, Herr Ostermeier«, kürzte er die Sache ab. »Dann werde ich Ihre Personalien mal eigenhändig in das entsprechende Formular eintragen. Ich lese Ihnen das dann am Ende des Verhörs noch einmal vor. Sie können sich bis dahin ja überlegen, ob Sie mit uns kooperieren wollen.«

»Einen Scheißdreck will ich.«

Irgendwie schien der Bereich um den Hamburger Kiez nicht der zu sein, in dem besonderer Wert auf eine gepflegte Artikulation gelegt wurde.

»Du kannst mich fragen, was du willst. Ich sage nix.«

»Ihre Karten sind nicht sonderlich gut«, begann Lorenz Fahrt aufzunehmen. »Sie werden verdächtigt, an mindestens sechs Morden beteiligt gewesen zu sein.«

»Wie kommt Ihr denn auf so einen Quatsch?«

King Kong war sichtlich überrascht. Mit einer solchen Anschuldigung hatte er nicht gerechnet. Zugegeben, er war kein Kind von Traurigkeit. Hatte Leute bis zur Bewusstlosigkeit verprügelt. Schutzgelder eingetrieben und da, wo die Zahlungen nicht ganz so reibungslos geleistet wurden, auch schon mal dezent nachgeholfen. Aber man hatte ihm nie etwas beweisen können.

Und nun so etwas.

»Pass auf, Kommissar«, versuchte er, die Lage mal vorsichtig auszuloten. »Ihr dreht hier eine Folge von ›versteckter Kamera‹, richtig? Der Wärter ist verkleidet und heißt in Wirklichkeit Guido Canz. Stimmt's?«

»Stimmt nicht. Wie der Wärter heißt, weiß ich gar nicht. Tut auch nichts zur Sache. Ich weiß nur, dass Sie, Herr Ostermeier, alias King Kong, gemeinsam mit Herrn Pfeiffer, alias Einauge, unter dem dringenden Tatverdacht des mehrfachen gemeinschaftlichen Mordes stehen. Und nun halten Sie sich fest: Ich habe auch noch vor, Ihnen das Ganze zu beweisen.«

King Kong rutschte unruhig auf seinem Sessel hin und her. Seine dunkle Sonnenbrille war leicht verrutscht.

»Ihr wollt mich da in was reinziehen. Das ist ein abgekartetes Spiel.«

»Herr Ostermeier, passen Sie auf. Wir drehen den Spieß mal um. Stellen Sie sich vor, Sie wären an meiner Stelle.«

»Ein Bullenschwein?« King Kong tat so, als müsse er sich übergeben. »Da wird mir ja bei der Vorstellung schon schlecht.«

»Egal.« Lorenz hatte nicht vor, sich aus der Fassung bringen zu lassen. »Also, Ostermeier, Sie sind jetzt mal ich. Ob Ihnen dabei schlecht wird oder nicht.«

King Kong lehnte sich in seinem Stuhl zurück und tat gelangweilt.

»Na, dann mal los. Ich bin gespannt, was kommt.«

»Also. Sie öffnen mit ein paar versierten Kollegen eine Wohnung, von der Sie vermuten, dass die Personen A und B hier ein illegales Büro betreiben.«

»Lassen Sie mich raten«, merkte King Kong verschmitzt an. »A bin ich und B ist Einauge.«

»Genau so«, antwortete der Kommissar. »Oder aber umgekehrt, ganz wie Sie wollen. Die ganze Wohnung ist voll von Gegenständen, Fingerabdrücken und DNA-Spuren, die ganz zweifelsfrei klären, dass Sie beide die freundlichen Bewohner dieses Etablissements sind. Und dann entdecken Sie eine mit fünf Paar abgehackten Menschenhänden gefüllte Tiefkühltruhe.

Was würden Sie als Vermittler vermuten: Dass die Jungs von ›Bofrost‹ eine falsche Lieferung im Wagen hatten?«

King Kong zuckte mit den Schultern. Lorenz legte nach.

»Ich sage Ihnen, was wir vermuten. Wir glauben, dass die Hände nicht einfach so ohne Grund von den dazugehörigen Armen abgefallen sind, sondern dass dabei massiv nachgeholfen wurde. Wir vermuten des Weiteren, dass die jeweils dazugehörigen fehlenden 98 Prozent der Körper ebenfalls mausetot sind. Irgendwo verscharrt, versenkt oder sonst wie vernichtet wurden. Einen der Toten haben wir identifizieren können: Mirko Drovac, ehemaliger Schützenkönig aus Wandsbek. Die anderen haben wir noch nicht gefunden. Vielleicht finden wir sie auch nie. Was wir aber haben, sind die beiden Leute, die für ihr Verschwinden verantwortlich zu machen sind. Sie, lieber Herr Ostereier, und Ihr Chef, Herr Josef Pfeiffer. Was meinen Sie, warum wir Sie hier so lange festhalten können? Soll ich es Ihnen sagen?«

Ein stummes Kopfnicken King Kongs signalisierte ein ›Ja‹.

»Weil der Herr Staatsanwalt, nachdem wir ihm Fotos Ihrer Tiefkühlkost gezeigt haben, den Haftbefehl gerade noch unterschreiben konnte, bevor er sich übergeben musste.«

»›Heimfrost‹«, sprach King Kong leise in den Raum.

»Was?«

»›Heimfrost‹«, wiederholte er nun deutlich verständlicher. »Nicht ›Bofrost‹. Aber nur die Pizzen. Die schmecken da besser. Von den Händen weiß ich nichts. Hab' ich nie gesehen. Keine Ahnung, wie die da reingekommen sind.«

»Das hab' ich mir gedacht. Hören Sie zu, Herr Ostermeier. Hier ist nichts mit ›Verstehen Sie Spaß‹, das hier ist bitterer Ernst. Glauben Sie mir. Wir brechen das Verhör für heute ab. Aber ich gebe Ihnen eines mit auf den Weg in die U-Haft. Denken Sie darüber nach, ob Sie für Taten, die andere begangen haben, lebenslang in den Knast wollen. Andere werden sich am

Strand von Acapulco die Sonne auf ihren süßen Arsch brennen lassen, während Sie sich im Halbdunkel Ihrer Einzelzelle mit einem abgebrochenen Plastiklöffel Graupensuppe zwischen die Kiemendeckel schaufeln.«

»Das könnt ihr mit mir nicht machen.« King Kong wollte aufspringen, wurde aber von dem herbeieilenden Wärter wieder zurück auf seinen Stuhl gedrückt. Dabei fiel seine Brille zu Boden. »Das könnt ihr mit mir nicht machen«, wiederholte er außer sich vor Entsetzten. »Ich bin unschuldig.«

»Genau«, antwortete Lorenz. »Und ich bin Vadder Abraham.«

Er schaute zu dem Wärter und gab ihm ein Zeichen, King Kongs Brille aufzuheben. Dann erteilte der Kommissar eine unmissverständliche Anweisung: »Abführen.«

Kommissar Lorenz hatte vor, den feinen Herrn Ostermeier noch ein wenig schmoren zu lassen. Erst dann wollte er versuchen, dem erblindeten Möchtegern-Ganoven eine Brücke zu bauen.

18

So wahnsinnig lange hatte es gar nicht gedauert, bis King Kong zur Vernunft gekommen war. Drei Tage und drei Nächte. Das war doch im Grunde genommen kein Zeitraum für jemanden, der es bis vor kurzem noch für unmöglich gehalten hatte, mit der Polizei zusammenzuarbeiten.

King Kong hatte sich auf seiner harten Zellenmatratze hin und her gewälzt. Einmal war er sogar von der Pritsche auf den kalten Fliesenboden gefallen. Das karge Leben im Knast wäre ohnehin schon beschissen genug. Womit King Kong aber überhaupt nicht klar kam, war die Androhung mit der Graupensuppe. Da hatte Lorenz einen ganz wunden Punkt in seinem Ernährungsplan angesprochen. King Kong musste sich als junger Bengel jeden zweiten Tag von eben solcher Suppe am Leben halten. Seit diesen Tagen hatte er sich geschworen, nie wieder einen Löffel in Richtung eines mit Graupensuppe gefüllten Tellers zu bewegen.

Ja, er hatte Scheiße gebaut. Nicht nur in letzter Zeit. Eigentlich sein ganzes Leben lang. Er hatte mit dem Verlust seines Augenlichtes für seinen Lebenswandel teuer bezahlt. King Kong hatte keinen Bock, nun auch noch in den Bau zu gehen. Einauge war derjenige, der die Morde zu verantworten hatte. Er hatte sie in Auftrag gegeben. Einige, als er noch sehen konnte, vor King Kongs Augen selber ausgeführt. Er hatte keine Lust, die Zeche anderer zu zahlen. Aber Chef verpfeifen hieß Arsch zukneifen. Eine alte Kiezweisheit, die auch vor ihm vermutlich nicht Halt machen würde. King Kong konnte es drehen und wenden wie er es wollte. Er saß in der Klemme.

***

Als dem Kommissar zu Ohren kam, dass King Kong eine Aussage machen wollte, war er hocherfreut. Lorenz hatte schon vor etlichen Jahren auf der Polizeischule gelernt, dass man aussagewillige Kantonisten noch redseliger machen konnte, wenn man sie etwas warten ließ. Also hatte Lorenz beschlossen, King Kong noch zwei Tage schmoren zu lassen. Dann würde er ihm eine Audienz gewähren.

Nun waren die zwei Tage um. King Kong wurde von demselben Wärter in das Verhörzimmer geführt wie beim letzten Mal.

»Guten Morgen Herr Ostermeier«, begrüßte der Kommissar seinen Spezi gutgelaunt. »Sie wollten mich sprechen. Was kann ich für sie tun?«

King Kong grunzte etwas Unverständliches in den Raum. Von ›blöde Arschlöcher‹ bis ›fahrt zur Hölle‹ hätte es alles heißen können.

Lorenz beschloss, den genauen Wortlaut nicht zu hinterfragen. »Also was gibt's, Herr Ostermeier? Ich habe nicht ewig Zeit. Ich muss wieder rüber zu Herrn Pfeiffer. Der ist deutlich redseliger als Sie«, entschied sich Lorenz für einen Standardbluff.

»Was?« King Kongs Speicheldrüsen reagierten sofort. »Was erzählt der?«

»Zum Beispiel, dass Sie ein ganz schlimmer Finger sind. Na ja, waren. Weil – jetzt sitzen Sie ja bei mir. Und wenn der Herr Staatsanwalt den Beschuldigungen des Herrn Pfeiffer Glauben schenkt, dann sitzen Sie wohl noch lange hier. Sehr lange, Herr Ostermeier. Man könnte glatt meinen, für immer.«

»Was erzählt das Schwein?« King Kong begann zu tropfen. Langsam war ihm alles egal.

Lorenz hatte in die richtige Trickkiste gegriffen. Es war an der Zeit, King Kong die Messe zu lesen.

»Nun ja«, hob der Kommissar mit staatstragender Stimme an. »Herr Pfeiffer hat uns alles erzählt. Wie Sie ihn in die Drogenszene reingerissen haben. Wie skrupellos Sie gegen Ihre Widersacher vorgegangen sind. Wie brutal und hinterhältig Sie gemordet haben. Am bewegendsten aber waren seine Schilderungen, wie Sie ihn mit vorgehaltener Waffe dazu gezwungen haben, den Opfern bei lebendigem Leib die Hände abzuhacken. Das muss für Herrn Pfeiffer in der Tat sehr schockierend gewesen sein. Aber wie bereits erwähnt: Ich muss jetzt wieder 'rüber in den anderen Verhörraum. Herr Pfeiffer hat noch weitere Informationen angekündigt. Er hat mir glaubhaft versichert, sein Gewissen erleichtern zu wollen. Es sieht nicht gut aus für Sie. Für uns schon. Ich denke, wir werden den Fall bald abgeschlossen haben.«

King Kong war klitschnass. Schweiß und Speichel. Eine fiese Mischung.

»Glauben Sie ihm kein Wort. Der Arsch lügt. Er hat die ganzen Typen höchstpersönlich umgebracht. Oder umbringen lassen. Aber nicht von mir. Er ist das miese Schwein, das Sie suchen. Ich habe mit den Morden nichts zu tun. Das müssen Sie mir glauben. Stimmt schon, ich habe die Nachricht an den entsprechenden Auftragskiller schon mal weitergeleitet. Aber ich habe nie selber gemordet. Ich schwöre.«

Erst jetzt nahm der Kommissar, der King Kongs Ausführungen bisher im Stehen gelauscht hatte, auf seinem Stuhl Platz.

»Hören Sie zu, Herr Ostermeier. Lassen Sie uns die ganze Sache noch einmal in aller Ruhe und von vorne aufrollen. Fall für Fall. Mord für Mord. Ich will Ihnen gegenüber ehrlich sein. Ich glaube dem Herrn Pfeiffer auch nicht so richtig. Aber wissen Sie, ich bin Beamter. Wenn ich einen Grund habe, den Fall zügig abzuschließen, dann schließe ich ihn ab. Ich sehne mich nach dem Feierabend. Wenn Sie mir aber versprechen mitzuhelfen, das Knäuel der Gewalttaten zu entwirren, sollen Sie nicht leer ausgehen.«

King Kong hatte sich wieder halbwegs im Griff.

»Das heißt im Klartext?«

»Wenn Sie mich nicht bescheißen, wenn Ihre Informationen partiell nachprüfbar sind, wenn wir Herrn Pfeiffer, alias Einauge, anhand Ihrer Aussagen aus dem Verkehr ziehen können, werde ich bei der Staatsanwaltschaft ein gutes Wort für Sie einlegen. Es sollte mich sehr wundern, wenn ich da nichts erreichen würde. Sie wandern mit ziemlicher Sicherheit für einige Zeit in den Bau. Wenn Sie mit uns kooperieren, wird sich Ihre Strafe aber in Grenzen halten. Und danach? Neue Stadt. Neue Identität. Neues Leben. Ich kann es auch in Reim-Form packen: ›Palmen, Sommer, Sonne, Strand‹ statt ›Zelle, Graupen, lebenslang‹. Denken Sie darüber nach.«

King Kong brauchte keine drei Sekunden.

»Herr Kommissar?«

»Ja?«

»Hab' ich schon.«

»Was?«

»Nachgedacht.«

»Und?«

»Womit fangen wir an?«

»Gut. Vorname?«

»Uwe.«

»Nachname?«

»Ostermeier.«

Na also, es ging doch.

19

Castrop-Rauxel war ein Doppelname. Wanne-Eickel auch. So gesehen war Bora Bora nicht viel anders. Auch ein Doppelname, nur ohne Bindestrich.
Wenn man aber erst einmal da war, gab es gewisse Unterschiede. Wo, bitte schön, gab es in Castrop-Rauxel Palmen am Meeresstrand? Wo in Wanne-Eickel Frauen in Bananenschalenkleidern? Bora Bora war viel, viel besser. Fand Sabrina.
Sie lag in einer Hängematte und lauschte den Wellen. Martin war joggen. Am Strand. Man versank beim Laufen immer im warmen, weißen Sand. Das war Sabrina zu anstrengend. Sie mochte das Meer. Schon als Kind war sie eine kleine Wasserratte. Sabrina hatte sich etwas überlegt. Heute wollte sie ihnen ein Abendessen zubereiten. Frischen Fisch.
»Was hast Du denn da?«
Martin stand keuchend vor ihr. Die Sonne stand hoch. Schweißperlen rannten über seinen muskulösen Körper. Sabrina schälte sich aus ihrer Matte und zeigte voller Stolz ihr kleines Schätzchen.
»Eine Harpune. Heute gibt es gemischte Fischplatte. Promi-Dinner. Nur für uns zwei.«
Martin nahm sie in den Arm.
»Das ist doch mal eine Super-Idee. Wann willst du los? Nimmst du mich mit?«
Drei Wochen waren sie nun bereits hier. Bora Bora. Der absolute Hammer. Der Bungalow, den Sabrina auf unbestimmte Zeit

angemietet hatte, kostete ein Vermögen. Aber zum einen verfügte Martin genau darüber. Zum anderen war der Bunker jeden Cent wert.

Outdoor-Küche. Draußen kochen. Mit Blick auf Palmen, Sonne, Strand und Meer. Martin war glücklich. Dazu die schärfste Braut an seiner Seite, die jemals einen Fuß auf diese paradiesische Insel gesetzt hatte. Sabrina gab ihm einen zärtlichen Kuss auf die Wange.

»Na klar nehme ich dich mit. Einer von uns muss den ganzen Fang ja auch schleppen.«

Fünf Minuten später ging es los. Sabrina stieg ins Wasser. Wie Bo Derek damals in einem dieser Bond-Filme. Stimmte nicht. Die kam aus dem Wasser. Aber egal. Beide sahen rattenscharf aus.

Martin und Sabrina ließen sich von den Wellen durch das seichte Wasser treiben, hinaus zu dem kleinen Riff.

Zwei Gestalten mit Taucherbrille.

Zwei mit Flossen.

Zwei mit Schnorchel.

Eine mit Harpune – und einem merkwürdigen Lächeln im Gesicht.

20

»Jäger- oder Zigeunersoße?«

Die neue strohblonde Bedienung des ›Oma Biermann‹ schlug Mayrhofer derart in den Bann, dass er glatt vergessen hatte, mit welcher Spezialsoße des Hauses sein halbquadratmetergroßes Schnitzel überzogen werden sollte.

»I woaß aa ned. Machens Jäger.« Dabei schaute er wie einer, der nicht nur Hunger auf bereits totes Fleisch hatte.

»Mayrhofer«, Schmidtchen knuffte ihn in die Rippen. »Nu krieg dich wieder ein.«

Mayrhofer fuhr sich einmal flüchtig durch seine üppige Haarpracht.

»Schaugt aus wie die Zenzi. Lang, lang is her.«

»Kommen wir zum Grund unseres heutigen Treffens.«

Kommissar Lorenz hatte geladen und seine Truppe war in voller Mannschaftsstärke aufgelaufen. Theresa Schneider hatte sich besonders hübsch zurecht gemacht. Sie hatte sich im Internet ein aufreizendes Kostüm mit kleinen Teebeutelmotiven bestellt. Heute war der Tag der Uraufführung. Hübsch. Fand zumindest der Kommissar.

»Nach gelösten Fällen pflegen wir einen draufzumachen.« Lorenz breitete generös seine Arme aus. »Vater Staat zahlt. Gilt als offizielle Dienstbesprechung.«

Diese Ansage kam bei seinen Leuten gut an, und der Kollege Schleicher begann schon einmal, die Weinkarte von rückwärts zu lesen.

»Aber nur das Essen«, schob Lorenz mit leichter Verzögerung und zum Leidwesen seiner Getreuen hinterher. Schleicher legte die Weinkarte blitzartig zurück und bestellte ein kleines Bier.

»Und eins von Ihren Riesenschnitzeln. Mit Pommes und Salat. Jägersoße, bitte.«

Auch der Rest der Anwesenden orderte Speis und Trank. Die Getränke waren unterschiedlich. Beim Essen bestellen alle das gleiche. Es war die reinste Schnitzeljagd. Danach konnte Lorenz endlich zu seinem großen Finale ansetzen.

»Liebe Mitglieder unserer Fahndungsgruppe.«

Theresa schaute grimmig.

»Und Mitgliederinnen«, beruhigte sie Lorenz umgehend. »Da haben wir mal wieder eine harte Nuss geknackt. Der Fall ist so gut wie gelöst. Unser spezieller Freund Uwe Ostermeier, alias King Kong, hat ausgepackt. Und das nicht zu knapp. Nach relativ kurzer Bedenkzeit hat Ostermeier uns auf die Spur von einigen handlosen Kollegen gebracht. Fälle, die wir sonst nie gelöst hätten. Wir haben noch ein Klärbecken auszupumpen, die Bodenplatte einer Doppelhaushälfte aufzustemmen sowie eine gezielte Grabung in der Lüneburger Heide durchzuführen. Seine Angaben waren sehr präzise. Den Mord an Mirko Drovac werden wir unter Mithilfe von Herrn Ostermeier dem Herrn Pfeiffer lückenlos nachweisen können.«

»Was ist mit Martin Decker?«

Laborleiter Schmidt war nicht entgangen, dass Martin Decker, alias Annaturm, einen Deal mit dem Kommissar hatte.

»Gegen Martin Decker haben wir nie etwas Beweisbares in den Händen gehabt. Damals nicht und heute auch nicht. Zugegebenermaßen haben wir uns dieses Mal auch nicht die Beine ausgerissen.

Aber Herr Decker hat uns die entscheidenden Hinweise geliefert. Hinweise, die uns schlussendlich in die Lage versetzt haben, die Herren Pfeiffer und Ostermeier hopps nehmen zu können.«

»Wer bekommt das Weizenbier?«

Die strohblonde Neue sah zwar ganz gut aus, ihr Taktgefühl war jedoch nicht sonderlich ausgeprägt.

»Des kriag i.«

Mayrhofer sprach eine Oktave höher als sonst. Schmidtchen hatte da so eine Vermutung. Entweder war Mayrhofer erkältet, oder aber er hatte sich schwer verguckt in die Zenzi, die vermutlich gar nicht Zenzi hieß.

Nachdem auch die restlichen Getränke verteilt waren, fuhr der Kommissar fort.

»Wenn unsere Spezialisten also den einen oder anderen vermissten Zeitgenossen freischaufeln können, hat der Staatsanwalt seine Bereitschaft signalisiert, bei King Kong Gnade vor Recht walten zu lassen. Der Verlust des Augenlichtes scheint Strafe genug.«

»Und das heißt dann genau?«, mischte sich Theresa ein.

»Er wird vermutlich Bewährung kriegen.« Lorenz griff zum Glas. »Auf uns. Auf die nächsten Fälle. Auf die gute Zusammenarbeit zwischen nord- und süddeutschen Polizeibeamten.«

Gemeinsam stießen sie an und prosteten sich zu. Schleicher ärgerte sich, nur ein kleines Bier bestellt zu haben. Er schielte bereits zur blonden Bedienungskraft. Genauso wie Mayrhofer. Der aber aus einem anderen Grund.

»Was wird aus Einauge?«, ergriff Schmidtchen das Wort. »Sieht so aus, als hätte der die Arschkarte gezogen.«

»Herr Schmidt«, entfuhr es Theresa. »Was sind denn das für Worte?« Die männlichen Kollegen schauten sich fragend an.

»Wieso, was ist?« Klaus Schleicher verstand die Welt nicht mehr. »Was ist denn an dem Wort Einauge so anrüchig?«

Das peinliche Schweigen hielt knappe fünf Sekunden, dann platze es zeitgleich aus allen heraus.

»Männer. Typisch Männer. Und ich blöde Ziege fall' auch noch drauf 'rein«, echauffierte sich Theresa. Dann aber lachte auch sie.

»Sagen wir es mal so«, versuchte der Kommissar, wieder etwas Linie in die Sache zu bringen. »Der Herr Pfeiffer wird das Gefängnis in diesem Leben wohl nicht mehr als freier Mann verlassen. Wenn wir ihm auch nur die Hälfte von dem nachweisen können, was wir vorhaben, ist der Vorhang für ihn bereits gefallen.«

Das mochte Theresa Schneider an ihrem Chef. Er konnte sich unglaublich gewählt ausdrücken. ›Vorhang gefallen‹, wie er das wieder formuliert hatte. Ein flüchtiger Blick Theresas in Richtung Lorenz, gepaart mit einem kurzen Augenblinzeln, sagte mehr als tausend Worte. Sie zupfte sich ihr Teebeutelchen-Kleid etwas zurecht und strahlte in die Runde.

Der Kommissar war glücklicherweise der einzige, der diese kurze nonverbale Techtelmechtel-Attacke mitbekommen hatte. Theresa sah ihn an und wartete auf weitere Ausführungen.

»Wer bekommt das Wiener Schnitzel?«

Da war sie wieder, die strohblonde Fachkraft.

Aber diesmal schnalzte Lorenz innerlich mit der Zunge, mit wie viel Taktgefühl die ›Zenzi‹ in die klaffende Konversationslücke stieß.

Kollege Schleicher verfügte über eine unglaubliche Gabe. Er konnte kochend heiße Hausmannskost wegputzen, als wäre sie lauwarm. Während die anderen die frisch aus der Pfanne gepurzelten Schnitzel kurz abkühlen ließen, war Schleicher fast schon fertig. Das eilig nachbestellte Bier spülte auch die letzten Pommes in die dafür vorgesehene Magengegend und machte ihn zudem mutig genug, dem Kollegen Mayrhofer eine als durchaus pikant zu bezeichnende Frage zu stellen.

»Musst du jetzt eigentlich wieder nach Niederbayern? Meine innere Uhr sagt mir, dass deine Zeit langsam abgelaufen ist.«

»Wos is?«, prustete Mayrhofer eine Prise Panade in den Raum. »Wos is abglaffa? Mei Zeit?«

»Natürlich nur auf deinen Aufenthalt hier bei uns bezogen«, versuchte Schleicher, seinen bayrischen Kollegen zu beruhigen. »Nicht allgemein betrachtet.«
Mayrhofer wäre der letzte Happen fast im Halse stecken geblieben.

»Oiso erstens, i kimm ja ned aus Niederbayern. I kimm aus Oberbayern. Und zwoatens«, Mayrhofer verschränkte die Arme vor dem Bauch und setzte eine nachdenkliche Mine auf. »I hob mi entschiedn und mi um a dauerhofte Versetzung nach hier bewoabm. Da Kommissar woaß scho. Nächsten Monat soi a Entscheidung kemma. I hoff sehr, dass i bei eich bleibm ko. Wenns ihr mi überhaupts ham woits!?«

»Stimmt das?« Theresa war hoch erfreut. Hatte sie den bayrischen Kollegen doch schon fest in ihr warmes Herz geschlossen.

»Das stimmt«, sagte Kommissar Lorenz. »Kollege Mayrhofer hat mich bereits vor einigen Tagen von seinem Vorhaben in Kenntnis gesetzt. Ich habe ihm auch ausdrücklich zu diesem Schritt geraten. Ich werde als direkter Vorgesetzter diesen Antrag wohlwollend unterstützen und würde mich sehr freuen, wenn das Ganze klappen sollte. Allein sein Auftritt in der Kranbahn hat eine positive Beurteilung verdient.«

Die als Dienstbesprechung getarnte Feier nahm durch die Ankündigung Mayrhofers, in der niedersächsischen Landeshauptstadt sesshaft werden zu wollen, deutlich an Fahrt auf. Leere Gläser wurden nicht geduldet. Die Stimmung lockerte sich zusehends.

Kommissar Lorenz fing an, sich mit den Motiven auf Theresas Kleid zu beschäftigen. Er meinte, direkt über ihrem Herzen eine Sorte ausgemacht zu haben, die er am liebsten umgehend probieren würde.

Mayrhofer hatte es an den Tresen verschlagen. Er flirtete, was das Zeug hielt. Auf die Frage Schmidtchens, was er denn da mache, hatte Mayrhofer eine verblüffende Antwort parat: »Ich plane meine Zukunft.«

Ein kaum hörbares Kichern der strohblonden Bedienung signalisierte ihm, dass er dabei offensichtlich schon wieder einen Schritt weiter gekommen war.

***

Die fünf feierten ausgelassen. Die halbe Nacht lang. Sie konnten ja auch noch nichts ahnen von dem Toten, den man morgen Mittag finden sollte.

Auf einer einsamen Lichtung des Ricklinger Holzes, gar nicht weit weg von hier ...

Epilog

Die Sonne ging unter. Der knallrote Feuerball tänzelte am Horizont und warf ein letztes, langes Licht auf das ruhige Wasser des Pazifik.
Sabrina schaute gebannt auf das Naturschauspiel.
Alleine.
›Was willst du eigentlich mal werden?‹
Da war sie wieder, diese Frage.
Ihre Eltern hatten sie immer damit genervt.
Sabrina kicherte leise vor sich hin.
Sie war kein braves Mädchen geworden.
Ihre Eltern wären nicht stolz auf sie.

Über den Autor

Christian Herrnleben wurde am 8. März 1964 in Hannover geboren. Er hat zwei erwachsene Kinder, eine jung gebliebene Frau – und einen Hund. Der, sagt Herrnleben, sei zwar nicht gesellschaftstauglich, aber gut gegen Einbrecher.
Als Geschäftsführer eines Familienbetriebes lebt und arbeitet Christian Herrnleben im kleinen Städtchen Hemmingen bei Hannover. Wenn er nicht arbeitet, dann liest er, schreibt er oder geht mit seiner Frau auf Reisen. Auch gerne in umgekehrter Reihenfolge.

GANYMED EDITION

Weiße Hand wie Schnee
Thriller von Alexandra Huß
212 Seiten, 14, - Euro (Softcover), ISBN: 978-3-946223-00-9

Dort, wo die schottischen Wälder am dunkelsten und die verfallenen Burgen fast vergessen sind, stoßen sie aufeinander: Fünf Geschwister, die fatalerweise glauben, hier ein sicheres Versteck gefunden zu haben; zwei Psychiater, die sich auf der Suche nach einem überfälligen Patienten voreilig schon am Ziel sehen; und ein Serienkiller, der an die falsche Adresse gerät.

www.ganymed-edition.de